Ismail Kadare
Der Schandkasten

Ismail Kadare

DER SCHANDKASTEN

Roman

Aus dem Albanischen von
Joachim Röhm

Büchergilde Gutenberg

Lizenzausgabe für die Büchergilde Gutenberg
Frankfurt am Main und Wien
mit freundlicher Genehmigung des
Residenz Verlages, Salzburg und Wien
Copyright © 1990 by Residenz Verlag, Salzburg und Wien
Die Originalausgabe erschien 1978 unter dem Titel
›Pashallëqet e mëdha‹ bei Shtëpia Botuese
›Naim Frashëri‹, Tirana
Copyright © 1984 by Librairie Arthème Fayard
Alle Rechte vorbehalten
Schutzumschlag Tiina Lindström, Hamburg
Herstellung Margot Mayer, Dietzenbach-Steinberg
Satz Dörlemann-Satz, Lemförde
Druck und Bindung Kösel, Kempten
Printed in Germany   ISBN 3 7632 4026 8

KAPITEL 1
Im Zentrum des Reiches   7

KAPITEL 2
Am Rand des Reiches   21

KAPITEL 3
Zwischen Rand und Zentrum des Reiches   37

KAPITEL 4
Zentrum des Reiches. Ein wolkiger Tag   61

KAPITEL 5
Am Rand des Reiches. Ein wolkiger Tag   77

KAPITEL 6
Immer noch am Rand   113

KAPITEL 7
Weder Rand noch Zentrum. Kra-kra   147

KAPITEL 8
Zentrum des Reiches. Schluß   157

KAPITEL 1
Im Zentrum des Reiches

Immer wieder begegneten seine Augen den Blicken der Passanten und Touristen, die von allen Seiten auf den Platz strömten. So wie alle Massen in Bewegung, hatten auch die Touristenscharen leichte und flüchtige Blicke, doch diese erstarrten schon beim ersten Kontakt. Zuerst schienen sich die überrumpelten Pupillen tief in die Höhlen verkriechen zu wollen, und nur, weil dies nicht glückte, blieben sie an ihrem Platz und ertrugen den Anblick. Die meisten erbleichten, einigen wurde übel, und nur ganz wenige schauten weiter standhaft in seine Augen. Diese waren gleichgültig und von einer Farbe, die sich so wenig als blau bezeichnen ließ, wie sie grau oder weiß genannt werden durfte, ja, man konnte überhaupt kaum von Farbe reden, denn eher als eine Farbe war es der Widerschein einer fernen Leere.

Wenn es den Touristenscharen dann schließlich gelungen war, ihre Blicke loszureißen, erkundigten sie sich eilig nach dem Weg zur Hagia Sophia, zu den Türben der erhabenen Sultane, zur Bank, zu den alten Bädern, zum Palast der Träume. Und obwohl sie fragten und fragten, gingen die meisten doch nicht weg, sondern irrten über den Platz, als seien sie in eine Falle geraten. Vielleicht lag dies daran, daß der Platz zwar nicht sehr groß, aber immerhin einer der charakteristischen Plätze im Zentrum des vielhundertjährigen Reiches war. Mit grünlich schimmerndem Granit gepflastert, sah er wie in Bronze gegossen aus. Der Eindruck von Solidität, den das Pflaster vermittelte, wurde noch durch die metallenen Löwenköpfe hinter den Eisengittern am Gebäude des Zentralen Staatsarchivs betont, dessen einer Flügel den Platz begrenzte, durch die Bleikuppel der Sultansmoschee, eine mit Hieroglyphen bedeckte Säule, die vor Jahrhunderten als Trophäe aus dem eroberten Ägypten mitgebracht worden war, verschiedene in Metall gegossene Insignien und Symbole des Imperiums und schließlich eben durch das Kanonentor, in dessen Mauern der Schandkasten eingelassen war. Die Einheimischen nannten die Nische Ibret Tasch, also »Stein der Warnung« oder, in freierer Übersetzung, »Lehre aus dem Unheil«.

Unschwer zu erraten, weshalb man den Kasten für die abgeschnittenen Köpfe rebellischer Wesire oder in Ungnade gefallener Größen des Reiches gerade an diesem Platz eingerichtet hatte. Nirgendwo sonst hätte der Kontrast zwischen der gewichtigen Statik des altehrwürdigen Platzes und dem abgehackten Menschenkopf, der sich dagegen zu empören gewagt hatte, einem Passanten augenfälliger werden können. Man sah sofort, daß der Platz für den Kasten in der Mauer so gewählt worden war, daß sich der Eindruck vermittelte, die erloschenen Augen des Kopfes überschauten den ganzen Platz samt allem, das sich darauf befand. Alles hatte den Zweck, auch noch den phantasielosesten Passanten dazu zu verleiten, sich den eigenen Kopf in dieser unnatürlichen Höhe vorzustellen, knapp übermannshoch, doch etwas niedriger als das Haupt eines Berittenen.

Der Platz war wirklich von ungeheurer Solidität. Allenthalben offenbarte sich die Liaison von Metall und Stein. Sogar auf der Terrasse des Kaffeehauses gegenüber, wo den ganzen Tag über Mokka getrunken wurde, hatte es das Metall in Form schwerer Kupferkannen und -kessel offenbar schnell verstanden, alles, was an den Gebärden des Kaffeetrinkens träge und anheimelnd war, mit seiner Gegenwart zu umgeben.

Dort nahmen gewöhnlich auch die betagten Exherolde des Staates ihren Kaffee ein, wenn sie wegen Alters oder Stimmverlusts, ihrer Berufskrankheit, in Pension geschickt worden waren. Sie waren Veteranen der letzten Meldung, und der Wirt hatte Abdullah, dem Aufseher des Schandkastens, erzählt, daß es in ihren Geprächen um nichts anderes ging als um Nachrichten und Erlasse, die sie einst allerorts im Reich verkündet hatten.

Ehe sich morgens der Platz belebte, blickte Abdullah, Aufseher des Schandkastens, oft lange zur Kaffeehausterrasse hinüber. Nach Dienstschluß wäre er gerne an einem der kleinen Tische gesessen, doch er tat es nur selten, weil ihm der Arzt den Kaffee als seiner Gesundheit abträglich verboten hatte. Abdullah war einunddreißig, doch seine langen Glieder waren schwächlich; überdies machte ihm ab und zu ein Brausen in den Ohren zu schaffen, das seinen ganzen Körper lähmte. Und auf diesem Platz war der Kaffee so stark wie alles andere. Trotzdem wagte es Abdullah ab und zu, sich ein Täßchen zu bestellen. Dabei setzte er sich gerne zu den alten Herolden an den Tisch.

Ihre Kehlen, von denen einst Scheiben erbebt waren, gaben nun nur noch ein elendes Krächzen von sich. Doch war das nicht schwer zu verstehen, wie der Wirt meinte, denn nach ihrer Meinung waren die Erlasse damals, verglichen mit heute, sehr viel bedeutender, so wie sie selbst auch, verglichen mit den heutigen Herolden. Vom Herrn des Kaffeehauses hatte Abdullah auch erfahren, daß ausnahmslos alle der Ausrufer, die ihre Stimme verloren hatten, sich präzise des Tages erinnerten, an dem dies eingetreten war, und nicht nur des Tages, sondern auch des Fermans, den sie gerade verkündet hatten, ja sogar des Satzes, bei dem ihnen die Stimme weggeblieben war. So sind sie nun einmal, die Leute, fuhr er heftig fort, sie vergessen nichts.

Wenn er während der Dienststunden keine Lust mehr hatte, zum Kaffeehaus hinüberzuschauen, wanderte sein Blick zu den Speeren der beiden Posten hinüber, die den Kasten Tag und Nacht bewachten. Doch das war ein mehr als langweiliger Anblick, und nur, wenn der Platz ganz verlassen dalag, kam er überhaupt auf diese Idee. Füllte sich der Platz dann mit Menschen, beobachtete er am liebsten das Pupillenspiel der Passanten oder Touristen, wenn sie zum ersten Mal dem Kopf direkt gegenüberstanden. Er wußte, daß keiner den Anblick eines abgeschnittenen Hauptes gewohnt war, und dennoch hatte er immer wieder das Gefühl, der Schrecken und die Erschütterung, die in den Gesichtern der Betrachter festzustellen waren, überschritten das Maß alles Vorhersehbaren. Er vermutete, daß der tiefste Eindruck von den Augen des Kopfes ausging, aber nicht vor allem deswegen, weil es tote Augen waren, sondern weil die Leute menschliche Augen üblicherweise in einem bestimmten Verhältnis zum ganzen Körper einschließlich der Hände und Füße wahrnahmen, weshalb dann deren Fehlen, so glaubte Abdullah, die Augen größer und wichtiger erscheinen ließ, als sie es tatsächlich waren.

Überhaupt kam es Abdullah so vor, als ob die Menschen weniger wichtig wären, als sie sich selber nahmen. Manchmal, wenn die Dämmerung niedersank und der Mond zu früh auf den Platz herableuchtete, erschienen ihm die Menschen, ihn selber eingeschlossen, wie eine bloße Unreinlichkeit auf dem erhabenen Platz, die seine Würde und Harmonie beeinträchtigte. Er konnte es dann kaum erwarten, bis der Platz wieder gänzlich menschenleer war, damit er, obwohl seine Dienststunden schon vorüber waren, das eisige Glitzern des Mondes genießen konnte, das sich ringsumher ausbreitete. Ab und zu fiel das Mondlicht schräg auf den Kasten, und dann nahm der beleuchtete Kopf, je nach dem Stand des Mondes über dem Horizont, einen spöttischen oder gänzlich apathischen Ausdruck an. Doch Abdullah kam es so vor, als ob der von menschlichen Gliedern wie von etwas Überflüssigem befreite Kopf nun des Zusammenseins mit den jahrhundertealten Insignien und Symbolen auf dem Platz erheblich würdiger sei. In solchen Momenten spürte er, von selbstzerstörerischer Ekstase ergriffen, irgendwo tief in seinem Innern den Wunsch, sich des langen und lästigen Plunders, der seine Glieder waren, zu entledigen und ganz Kopf zu werden. Doch dieser Wunsch blieb so konturlos, daß er niemals an die Oberfläche seines Bewußtseins zu gelangen vermochte.

Tagsüber war Abdullahs Miene selbstverständlich stets starr, denn immerhin war er im Dienst und hatte sich bis zu einem gewissen Grad mit der Statik des Platzes in Harmonie zu befinden. Er war der Aufseher über eines der Wahrzeichen des Platzes, und sein Erscheinungsbild hatte der Aufgabe zu entsprechen. Doch obwohl Abdullah nur ein paar Schritte vom Kasten entfernt stand und unschwer als sein Aufseher zu erkennen war, beachtete ihn merkwürdigerweise kein Mensch. Alle starrten wie gebannt auf den Kasten. Schwache Eifersucht breitete sich, wie in einem großen Topf mit anderen Gefühlen durchmischt, allmählich in dem Aufseher aus.

Zum tausendsten Mal betrachtete er der Reihe nach all die Sehenswürdigkeiten auf dem Platz, gleichsam als wolle er sich davon überzeugen, daß er noch zu weit von der Vollendung entfernt war, um sich ihnen zur Seite stellen zu dürfen. Das einzig Dünne und weniger Großartige waren die Hieroglyphen auf der ägyptischen Säule; sie kamen ihm wie Insekten vor, die im Darüberkriechen erstarrt waren. Wenn er sich manchmal nicht so wohl fühlte, wollten ihm die Hieroglyphen unversehens zu Leben erwachen, begannen sich zu regen, versuchten wohl diese steinerne und metallene Gleichförmigkeit für immer hinter sich zu lassen, um wie Nomaden in ihrer Wüste zu verschwinden. Doch das geschah selten und in Momenten der

Ermüdung, während es ihm noch seltener, in Augenblicken der Schwäche, so schien, als sei eigentlich er selbst es, der wie ein Insekt dieser granitenen Falle entfliehen wollte.

Es war Morgen. Aus der Straße der Islamischen Waffen, von der Kreuzung, auf der sich die Tokmakhan-Säule erhob, vom benachbarten Platz des Halbmonds und auf den drei anderen Straßen kamen die Passanten und die Touristenscharen auf den Platz geströmt. Reglosen Auges beobachtete Abdullah das hektische Treiben. Ein kühner Tourist hatte sich dem Kasten auf wenige Schritte genähert. Die gerunzelte Stirn und der angestrengte Blick ließen erkennen, daß er den knappen Hinweis unter dem Kasten zu entziffern versuchte. Abdullah kannte den Text auswendig: »Dies ist des Wesirs Bugrachan Pascha Kopf, den der Sultan, unser Herr, bestrafte, da er, vom Hochverräter Ali Tepelena, ehedem Albaniens Gouverneur, im Krieg bezwungen, sich mit Schande bedeckte.«

Die Uhr auf dem benachbarten Platz des Halbmonds schlug zehnmal. Abdullah tat einige Schritte auf die Mauer zu, hin zu den Holzstufen unter dem Kasten, und begleitet von einem gleichermaßen bestürzten wie verwunderten Getuschel stieg er langsam die Stufen hinauf. Er wußte, daß die Menge hinter seinem Rücken in erwartungsvoller Starre verharrte. Gewisper war zu hören: Was ist das? Was wird er tun? Dies war einer der erfreulichsten Momente des Tages. Endlich rückte er in den Mittelpunkt des Interesses. Natürlich war er nicht berechtigt, irgend etwas an dem Kopf zu verändern. Er durfte ihn noch nicht einmal berühren. Es war seine einzige Pflicht, ihn auf den allgemeinen Zustand hin zu begutachten, um dann, sofern ihm etwas auffiel, sogleich den Arzt zu verständigen.

Wie stets vermied es Abdullah, dem Haupt in die Augen zu blicken. Statt dessen musterte er ein paar Sekunden lang prüfend die kleine Kupferpfanne, auf der, von einer dünnen Honigschicht gehalten, der Hals ruhte. Der Honig war fest geworden. Nun im Dezember sanken die Temperaturen ständig. Immer noch mit dem Rücken zu der Menge stieg Abdullah vorsichtig die Stufen herab. Nach und nach verstummte das Gewisper: Was ist das? Was tut er da? Jetzt stand er wieder an seinem üblichen Platz. Einige Augenblicke lang betrachteten ihn die

Passanten und Touristen ehrfurchtsvoll, doch dann war es damit auch schon vorbei, denn eine neue Welle von Menschen schwappte heran, die von der Inspektion nichts mitbekommen hatten, und allmählich rutschte Abdullah aus der Aufmerksamkeit wieder hinaus. Um vier Uhr nachmittags wiederholte sich das Schauspiel. Nach den Vorschriften war die Inspektion des Kopfes zweimal pro Tag im Winter und viermal im Sommer vorzunehmen. Dabei war im Sommer natürlich alles schwieriger. Ständig mußte er darauf achten, daß genug Eisstücke und Salz in der Kupferpfanne waren, und außerdem wurde der kurze Bericht, den er dem Arzt im Winter nur zweimal in der Woche zu senden hatte, während des Sommers am Ende eines jeden Tages fällig.

Am Ende des vergangenen Sommers (dem ersten und auch schwierigsten seines Dienstes) hatte eine Generalinspektion des Platzes stattgefunden. Für ihn waren diese Tage ein wahrer Alptraum gewesen. Ein paarmal schien es soweit zu sein, daß er für immer die Arbeit verlor, und nicht nur die Arbeit. Die Regierungskommission, der die Inspektion oblag, war außerordentlich streng. Der Aufseher der Tokmakhan-Säule war lebenslänglich in den Kerker gewandert, weil links an der Westfront, eine Handbreit über der Erde, ein Rostfleck festgestellt worden war. Lange war die Kommission vor dem Schandkasten geblieben. Damals hatte sich der Kopf des rebellischen Wesirs von Trapezunt darin befunden. Weil man einen Vorwand suchte, um dem Arzt und dem Aufseher Verstöße gegen die »Vorschrift zu Bewahrung der Köpfe« unterstellen zu können, hatten die Kommissionsmitglieder angefangen, wegen der angeblich übermäßig gelben Färbung des Wesirsgesichts und der Blässe der Augen hinterhältige Fragen zu stellen. Abdullah verschlug es vollständig die Sprache, doch der Arzt begann sich mutig zu verteidigen. Er wies die Kommission darauf hin, daß der Wesir auch zu Lebzeiten immer ziemlich gelb gewesen war, wie alle, denen Rebellion und Verrat im Blut liegen, und was die Farbe der Augen betraf (die in Wahrheit unübersehbar zu faulen begonnen hatten), so erinnerte der Arzt die Kommission noch einmal an den alten Satz, daß die Augen Spiegel der Seele sind, und, so fügte er hinzu, dementsprechend ist es ziemlich sinnlos, Farbe in den Augen eines Menschen zu suchen, der niemals eine

Seele gehabt hat. Sicherlich klangen die Ausführungen des Arztes für die Ohren der Kommission wenig überzeugend, wenn nicht sogar hohl, doch gerade solchen Aussagen war nicht viel entgegenzusetzen. So sah man sich zu einem allmählichen Rückzug gezwungen, und die ganze Geschichte zog lediglich eine Verwarnung mit Entlassungsandrohung für Abdullah nach sich.

Im Kopf des Wesirs von Trapezunt hatte Abdullah ein böses Omen für seine Karriere erblickt, und er war erst beruhigt, als dieser endlich aus dem Kasten entfernt wurde, um dem Haupt des siebenunddreißigjährigen Gouverneurs Nuri Pascha, zu Lebzeiten wegen der hellen Färbung seiner Haare und Haut auch »der blonde Pascha« genannt, Platz zu machen. An diesem Abend nahm Abdullah nach dem Dienst zum ersten Mal im Café gegenüber Platz, um ein Täßchen Mokka zu trinken. Der Wirt, der den Aufseher kannte, empfing ihn mit Ehrerbietung. Er war ein wenig gelb im Gesicht, hatte schmale Augen, und seine Schläfen pulsierten, sooft er mit dem Kännchen in der Hand herankam. Mit dem Kaffee brachte er ein Geplauder mit, das so natürlich floß wie der Kaffeestrahl aus der Schnauze der Kanne. Die Leute sind böse und unbelehrbar, erklärte er, während er Abdullah die Tasse vollgoß. Der stellte später fest, daß der Wirt fast alle seine Gespräche mit den Gästen so begann. Von diesen gaben manche durch eine Geste zu verstehen, daß sie nichts hören wollten, andere ohne Geste, nur durch ihren frostigen Gesichtsausdruck, der die Unterhaltung sofort zum Erliegen brachte. Andere wieder ermunterten den Wirt durch eine Bemerkung zum Weiterreden. Die kupferne Schnauze konnte versiegen, er jedoch nie. Die Leute sind so verdorben, fuhr er fort. Wenn sie den abgeschnittenen Kopf sehen, dann müßten sie doch eigentlich allen Frevel aus ihren Gedanken verbannen, doch kaum drehen sie sich um, haben sie auch schon nichts als ihre Schandtaten mehr im Kopf.

Schon damals war Abdullah eine gewisse Ähnlichkeit des Wirtsgesichts mit dem Kupferkännchen aufgefallen. Irgend etwas in seinen Zügen fand sich an dem Kännchen wieder, die Hautfarbe vielleicht oder der Schwung der Nase. Oder, anders herum, sein Gesicht hatte im Lauf der Jahre etwas von dem kupfernen Kännchen angenommen. Andernfalls, fuhr der Wirt, der sich durch einen Blick Abdullahs ermuntert fühlte, fort, hätten all diese Köpfe im Schandkasten doch eine Lehre bei den Menschen bewirken müssen. Der Kaffeestrom aus der Kännchentülle riß ab, der Wirt aber sprach weiter. Er ließ sich sogar für eine Weile am Tisch nieder, um Abdullah davon zu unterrichten, daß er auch mit seinen beiden Vorgängern im Amt des Schandkastenaufsehers gut befreundet gewesen sei. Abdullah wußte, daß es den Kasten noch nicht allzu viele Jahre gab. Der Kaffeehausbesitzer wiederum erinnerte sich genau an Tag und Stunde der Einweihung. Er hatte sogar den Tag im Gedächtnis behalten, an dem die Inspektoren des kaiserlichen Palastes zum ersten Mal auf dem Platz erschienen, ihn abschritten, Markierungen setzten, worauf sich dann zwei Handwerker einstellten, die schließlich mit Hammer und Meißel die ersten Schläge gegen die Mauer des Kanonentors taten. Nicht einmal die Handwerker wußten damals, zu welchem Zweck das Loch in die jahrhundertealte Mauer geschlagen wurde. Auch als es dann fertig war, blieb das Geheimnis noch ungelüftet, bis sich an jenem denkwürdigen Wintertag (Dezember war's, so wie jetzt auch, setzte der Wirt hinzu) des Morgens plötzlich ein Menschenkopf in dem steinernen Kasten fand. Es war Dezember, wiederholte der Wirt, und es schneite. Das Haupt war grau. Schneeflocken trieben über den Platz, und es schien, als ob Kopf und Himmel eine Liaison miteinander eingegangen wären.

Damals, so erinnerte sich Abdullah, hatte er zum ersten Mal das Wort »Separatismus« gehört. Nun war es richtig in Mode gekommen. Er konnte es sogar aus dem Stakkato ausländischer Touristen heraushören. Der Kasten war eingerichtet worden, als die separatistischen Bestrebungen erneut auflebten. Schon in den alten Chroniken im Staatsarchiv waren reichlich lokale Rebellionen vermeldet, doch in den letzten Jahren hatten diese noch erheblich zugenommen. Das Reich war der mächtigste Staat der Zeit, ein wahrer Überstaat, wie seine Feinde meinten, der sich über drei Kontinente hinweg erstreckte, neunundzwanzig Völker, dreiunddreißig Nationen und vierzig Sprachen umfaßte. In diesem Mischmasch konnte es nicht verwundern, wenn sich ganze Teile des Staates im Zustand der Empörung befanden, so wie nun schon seit fast einem Jahr das Mutterland allen Verdrusses, nämlich Albanien. Sein Pascha Ali Tepelena, der mächtigste aller Wesire des Reiches, hatte nach einem Vierteljahrhundert heimlichen Ungehorsams gegenüber dem Souverän schließlich die Maske fallen lassen und den Krieg vom Zaun gebrochen. Abdullah hatte häufig Unterhaltungen über die Aufstände gelauscht oder auch daran teilgenommen, doch niemals hätte er es für möglich gehalten, daß man ihn eines Tages zum Aufseher über den Stein der Warnung ernennen würde, der auf die seltsamste Weise alles verkörperte, was im Zusammenhang mit dem Separatismus gesagt oder gedacht werden oder Angst und Schrecken verbreiten konnte.

Auf dem Nachbarplatz schlug es elf Uhr. Der Platz war fast voll. In der Menge, deren ständiges Durcheinanderwogen ihn ganz schwindelig machte, entdeckte er den Arzt, der, lebhaft wie immer, näher kam. Es war Zeit für die übliche wöchentliche Visite.

»Guten Morgen, Abdullah«, sagte der Arzt fröhlich.

»Guten Morgen«, antwortete Abdullah und verbeugte sich.

»Wie sieht es aus?« fragte der Arzt und blickte zum Kasten hinauf. »Wann ist die Hochzeit?«

»Nächste Woche«, antwortete Abdullah. Er spürte, wie er rot wurde.

»Oho«, rief der Arzt, »so schnell!« Er rieb sich vergnügt die Hände, dann fuhr er fort: »Schauen wir uns den Bengel hier kurz einmal an?«

»Wie Sie wünschen«, sagte Abdullah und trat vor, um den hölzernen Tritt unter die Mauernische zu schieben. Die Posten mit ihren Speeren beobachteten aus den Augenwinkeln die Menge. Der Arzt stieg rasch die Stufen hinauf, stellte die Tasche in einer Ecke des Kastens ab, warf einen kurzen Blick auf den Kopf und betastete mit flinken Fingern zuerst die Schläfen, dann eine Stelle unter den Augen und schließlich die Kehle. Dabei pfiff er leise vor sich hin. Zum Schluß öffnete er die Tasche, entnahm ihr eine Flasche und einen Wattebausch, feuchtete die Watte mit der Flüssigkeit aus der Flasche an und begann den Kopf überall, wo er ihn berührt hatte, sorgfältig abzutupfen. Dann zog er noch eine andere, etwas kleinere Flasche hervor und träufelte mit einer Pipette ein paar Tropfen in beide Augenwinkel. Als er damit fertig war, packte er die Flaschen und die restliche Watte in die Tasche zurück, wischte einen fehlgegangenen Tropfen oder ein Watteflöckchen von der einen Wange, um dann der anderen Wange einen leichten, fast zärtlichen Klaps zu versetzen, als wolle er bekräftigen, daß alles wunderbar und in voller Ordnung war.

»Wunderbar«, sagte er laut und wedelte beim Herabsteigen fröhlich mit der Hand. »Auf Wiedersehen, Abdullah!«

Abdullah blickte ihm nach, wie er in der Menge verschwand, der offenbar weniger der Anblick des elendesten und unglücklichsten Menschen auf der Welt als die gute Laune des Arztes die Sprache verschlagen hatte.

In Abdullahs Ohren drang wieder monoton das berauschende Summen des Platzes, aus dem wie Schaum von der Oberfläche des Meeres hie und da Wort- und Satzfetzen aufspritzten. Er war der Fels, den sie näßten. Sie flossen ihm in die Augenhöhlen, über die Wangen, das Kinn. Er war durchweicht von den Worten, den Neuigkeiten wie von einem Unwetter ... feiner Schnee ... Wem gehört der Kopf? ... Kopf ... wer ... der Kopf ... opf ... dem Gener ... eneral ... Bugrachan Pascha ... Gen ... besiegt von Ali Pascha ... wieso ... man ihn ... arum ... und ... um ... gelegt ... in den Schand ... and ... asten ... wie? Weil ... den Krieg verlor ... doch dieser Ali ... Pascha ... dieser ... Ali Tepelena ... Was sagst du? Der rebellische Pascha der albanischen Provinz? ... ist denn diese Provinz? Oh, so weit ... hast du ... Zeitung nicht gelesen? ... das ist am Westrand ... and ... dem verfluchtesten Winkel des Reichs ... sag den Namen noch einmal ... Albe ... Alba ... Wie soll man bei dem Lärm etwas verstehen? ... Was ... doch für ein Name!

Diese Provinz muß wirklich weit weg sein, dachte Abdullah. Sein älterer Bruder war bereits im Sommer dienstlich dorthin versetzt worden, und sein erster Brief war noch immer nicht eingetroffen. Immer wenn auf dem Platz der Name Albanien fiel, und wegen des Kopfes geschah dies oft in diesen Tagen, mußte er unwillkürlich an die blutige Pferderippe denken, die er in seiner Kindheit einmal auf dem Markt gesehen hatte. Sehr weit, murmelte er noch einmal vor sich hin. Fern und unheilvoll. Tavdscha Tokmakhan, der legendäre Heros der Janitscharen, zu dessen Angedenken die Säule auf dem Platz aufgestellt worden war, hatte vierhundert Jahre zuvor sein Leben gleichfalls dort eingebüßt. Wahrhaftig, ein verwünschtes Land! Vom Arzt hatte Abdullah erfahren, daß die Eroberung dieses Landes vor ungefähr viereinhalb Jahrhunderten begonnen und volle hundert Jahre gedauert hatte. Viel türkisches Blut war einst bei diesem Feldzug geflossen. Noch mehr Blut später, als das Land im Zaum zu halten war. Und wieviel Blut noch fließen würde, konnte keiner sagen. Das Reich, so dachte Abdullah manchmal, täte wohl besser daran, sich einiger lästiger Teile zu entledigen, wie der menschliche Körper ja fremdes Fleisch ebenfalls abstößt. Doch oft dachte er diese Gedanken nicht, und außerdem suchten seine Augen, sobald sie in sein Gehirn schlitterten, automatisch die Löwenmähnen und anderen kupfernen Symbole, die ihm, obwohl sie reglos blieben, von innen heraus in einem bedrohlichen Feuer zu erglühen schienen.

Das Summen auf dem Platz hüllte ihn sanft von allen Seiten ein. Man unterhielt sich über den verfluchten Westrand des Reiches und die Empörung der Leute dort, der Albaner: Die Peripherie des Reiches ist im Krieg, sagte jemand. Gegen den Aufrührer Ali Pascha kämpft dort jetzt der ruhmreiche Hurschid Pascha. Ob vielleicht der Padischah selbst dorthin geht, so wie damals? Wann damals? Ich weiß nicht, gab der andere zurück. Ein Derwisch in Bessarabien hat mir einmal gesagt, berichtete ein anderer: Nur auf eines verstehen sich diese Albaner, nämlich Aufruhr. Ganz von selbst geht das bei ihnen, wie im Schlaf. Andere unterhielten sich über die steigenden Kurse bei Kupfer und Bronze, von der zu erwartenden Erprobung neuer Waffen in dem jüngsten Krieg und von den Umbesetzungen, die dem Kriegsministerium ins Haus standen. Kommt es dir eigentlich nicht komisch vor? fragte ein Tourist seinen Begleiter. Bald werden die Wechselkurse der Zentralbank, ja sogar die Zahl der Touristenvisa, die von den Botschaften des Reiches ausgegeben werden, direkt vom Verlauf dieses Krieges abhängen.

Abdullah nahm plötzlich wahr, daß sich im gewohnten Summen auf dem Platz ein Riß auftat. Ein paar Augenblicke lang blieb dieser Riß leer, dann ergoß sich Geflüster hinein wie Wasser, halblautes Fragen: »Wer ist denn das?« und das Räderknarren einer Kutsche. Da und dort war zu hören: »Der Amtsherr Halet, Halet kommt«, und Abdullah stellte sich auf die

Zehenspitzen, um besser sehen zu können. Die Kutsche mit dem hohen Staatsbeamten fuhr wenige Schritte entfernt an ihm vorbei.

Abdullah konnte den Blick nicht von dem langen, schmalen Gesicht losreißen, unter dessen dünner Haut blaue Äderchen hervortraten. Die Augen, über denen ein Schleier kompletter Verachtung lag, der aufreizend weit über die Rückenlehne zurückgeneigte Kopf, all dies entfernte ihn von der Menge, die ringsum neugierig zusammenlief.

Abdullah mußte an eine Bemerkung des Arztes denken. Es gibt Leute, hatte dieser gesagt, deren Blut nur langsam gerinnt. In solchen Fällen muß man dem Honig in der Schale mit dem Kopf gewisse Essenzen beigeben, über die in der Vorschrift keine präzisen Aussagen zu finden sind. Stets hatte der Arzt etwas an den Vorschriften auszusetzen. Es wird Zeit, daß man sie nach neuesten ärztlichen Erkenntnissen überarbeitet, pflegte er zu sagen.

Das ist die Sorte Köpfe, mit denen ich mich herumschlagen muß, dachte Abdullah, während er der Kutsche nachsah, die auf der anderen Seite des Platzes verschwand. Er war sich fast sicher, daß das bläulich geäderte Haupt des Staatsdieners Halet einer solchen Spezies zugehörte.

»Der da hat die Klagen über Ali Pascha, den Albaner, zusammengetragen und den Abschlußbericht für den Sultan ausgearbeitet«, sagte eine Stimme neben Abdullahs rechtem Ohr.

Abdullah erinnerte sich genau der Tage, als die Unbotmäßigkeit des albanischen Paschas allgemein bekannt geworden war, an das Echo, das die Nachricht in der Hauptstadt gefunden hatte, den Ferman, der daraufhin erlassen wurde. Darin wurde verfügt, sein Name sei nunmehr von Ali Pascha in Kara Ali, also der »schwarze«, der »unselige Ali« zu ändern. Auch war in jenen Tagen ein Dekret ergangen, das die Niederschlagung der Empörung anordnete. Abdullah dachte an das Gewisper auf den Straßen und in den Cafés, vor allem unter den Künstlern und Gebildeten, an das Funkeln ihrer Augen, ein gieriges Funkeln, das festzustellen war, sobald es irgendwo im Reich zu Unruhen kam.

Halet war noch nicht lange vorbei, als Abdullah bemerkte, daß sich die Menge auf dem Platz geändert hatte. Ein Anzeichen dafür war die monotone Wiederkehr all der Stimmen und Fragen: Wessen Kopf ist das, weshalb, wo liegt denn Albanien, Hurschid Pascha kämpft jetzt dort, Bronzekurse, Touristenvisa ... Der Platz war wie ein Schwimmbad, in dem das Wasser alle halbe Stunde erneuert wird. Seine anonyme Fluktuation machte schläfrig. Dort kämpft jetzt Jurschid Pascha gegen den Rebellen, den unseligen Ali. Die Bronzepreise steigen wieder, Bronze, an der Börse, Bronze, onz, nz, z, s ...

Abdullah sah zum Kasten hinüber. Ganz sicher würde bald Ali Tepelenas, des Wesirs von Albanien, Haupt darin liegen. Um es sich zu holen, war der ruhmreiche Hurschid Pascha ausgezogen. Nun war er der Held des Tages. Alle Zeitungen schrieben über ihn. Er hatte den Kopf des Rebellen zu bringen, sonst war sein eigener fällig. So war es vor zwei Monaten dem unglücklichen Bugrachan ergangen. Als sich Bugrachan Pascha auf den Weg nach Albanien gemacht hatte, war der Kasten leer gewesen. Die ersten Winterfröste hatten eben eingesetzt. Das frostige Maul gähnte hungrig in der Mauer. Schon damals hatte man in der Hauptstadt eigentlich den Kopf jenes seltenen Gastes erwartet, Ali Paschas Kopf, doch an seiner Statt traf das Haupt des Geschlagenen ein, Bugrachans Kopf, abgeschlagen auf Befehl des Herrschers, weil der Krieg verlorengegangen war. Gleichgültig wartete der Kasten nun wieder auf den unseligen Ali oder auch den ruhmreichen Hurschid, den Benjamin des Reiches.

Abdullah betrachtete wahrscheinlich zum tausendsten Mal den Kopf. Aufgrund einer leichten Schräge, die womöglich vom Schwert im Augenblick des Köpfens verursacht oder aber einfach eine Folge der körperlichen Gestaltung des Opfers war, neigte sich das Haupt ein wenig zur Seite. Abdullah erinnerte sich noch genau daran, wie der Wesir Bugrachan in den Krieg gezogen war. Nachträglich kam es ihm so vor, als habe der Wesir auf seinem gewaltigen Pferd schon damals den Kopf ein wenig schief getragen. Der von kriegerischer Marschmusik erdröhnende Platz, die Fahnen auf dem Kanonentor und der Tokmakhan-Säule, all die hohen Würdenträger des Staates, die sich zur Verabschiedung eingefunden hatten, die Koranschüler mit ihren Blumen, die Ansprachen vor dem Abmarsch, all das hatte sich fest in Abdullahs Gedächtnis eingegraben. Doch vor allem wollte ihm der Augenblick unmittelbar vor dem Aufbruch nicht aus dem Sinn gehen, als Bugrachan Pascha, der jubelnden Menge zuwinkend, einen kurzen, verstohlenen Blick zu dem Kasten hinüberwarf. Abdullah glaubte sich zu erinnern, daß des Wesirs Züge gänzlich eingefroren gewesen waren. Als dann zwei Monate später, im Morgengrauen des ersten Mittwochs im Dezember, der Feldkurier Tundsch Hatai in Begleitung des Arztes und zweier Protokollbeamter den Kopf des geschlagenen Bugrachan zum Kasten gebracht hatte, da mußte Abdullah sofort wieder an diesen raschen Blick auf die leere Nische denken.

Die Uhr auf dem Nachbarplatz schlug Mittag. Das Café gegenüber hatte sich gefüllt. Es war bitterkalt. Abdullah glaubte von seinem Platz aus deutlich den Trübsinn eines Teils der Kaffeehausgäste wahrnehmen zu können, die »Verdrossenheit der alten Herolde«, wie der Arzt es nannte. Abdullah wußte, daß die Menge, die in der granitenen Schüssel des Platzes unentwegt brodelte, ganz anders aussah, wenn man dort drüben bei einer Tasse starken, mit ein paar Tropfen Mohnsaft versetzten Kaffees saß. Davon hatte er sich mehrmals überzeugen können. Vor seinen Augen verwandelte sich die Menschenmasse in eine Ansammlung von Köpfen und Leibern, deren nervösem Zucken ohne weiteres anzusehen war, daß sie es kaum erwarten konnten, voneinander loszukommen. Dieser Zwist war so alt wie die Welt. In Augenblicken wie diesem verstand Abdullah, weshalb man all diese Halskrausen, hohen Kragen, Schals und Helmriemen erfunden hatte, die den Leuten Kopf und Leib fest beieinanderhielten. Alles war nur dazu da, eine Trennung zu verhindern. Doch fiel ihm auf, daß die Loslösungsbestrebungen um so hartnäckiger waren, je prächtiger die goldbestickten Halsbänder und Kragen ausschauten (was von der Position ihrer Träger in der staatlichen Hierarchie abhing). Bei diesem Gedanken fuhr sich Abdullah stets unwillkürlich über seinen Hals, den ein einfacher Hemdkragen bedeckte, und mit dieser Geste ging ein Kummer einher, der so oberflächlich und farblos war wie alles in seinem Leben.

KAPITEL 2
Am Rand des Reiches

Die rebellische Südprovinz Albanien lag zum größten Teil unter Schnee. Die Ebenen, über die ein eisiger Wind fegte, waren in Kälte erstarrt. Doch der Schnee vermochte die Gegenden, auf die er herabgesunken war, nicht alle ganz zu bedecken. Infolge von Erdrissen waren überall schwarzfleckig Lücken eingestreut. Beide, Erde und Schnee, waren alt und vertraut mit den Listen des anderen.

Das albanische Land gehörte seit vierhundert Jahren zum Reich der Osmanen. Für andere Gebiete galt dies schon viel länger, seit fast achthundert Jahren. Wieder andere waren noch ganz neu. Nun herrschte überall Winter, in den alten und neuen Teilen des Staates, im ursprünglichen Reichsgebiet oder Dar al-Islam, wie man es auch nannte, ebenso wie im Rest der Länder, die Dar al-Harb hießen, was man zugleich als fremde Erde oder Erde des Krieges übersetzen konnte, in den großen rebellischen Paschaliks, in den Regionen, die nach einer Entnationalisierung in tiefem Schlaf lagen, in den privilegierten Gebieten oder Yer Helal, wie man sie einst genannt hatte, in den Zonen, die verschärftem Terror unterworfen waren, um sie zu erschöpfen, auch als Yer Haram bekannt, im Yer Scher, jenen Gebieten, die sich im Ausnahmezustand befanden, kurz gesagt, in sämtlichen Gouvernements, deren unterschiedliches Befinden und Geschick im jüngst erlassenen Sonderdekret »Die Verfassung des Staates« definiert war.

Schnee, Wolken, Nebel, Regenbogen, Winde, Gewittergüsse und die Kuriere des Reichs waren die einzigen, die sich ungehindert zwischen den verschiedenen Teilen des gewaltigen Staates hin und her bewegen konnten. Mit der Nähe des Winters häuften sie sich.

Am härtesten war der Winter am Rande des Reiches, und ganz besonders in der Heimat der Albaner. Vielleicht erschien das aber auch nur so wegen der Rebellion.

Es war dies die zweite große Erhebung in Albanien im Verlauf der letzten dreihundertfünfzig Jahre. Den ganzen Herbst hielt sich in der Hauptstadt das Gerücht, der erhabene Sultan in eigener Person werde nach der fernen Provinz aufbrechen, so wie damals bei dem ersten, bei Skanderbegs gewaltigem Aufstand. Dafür sprach manches, vieles aber auch dagegen. Dafür sprach, daß ein persönliches Eingreifen des Gebieters eine raschere Unterdrückung des Aufstands ermöglicht hätte. Dagegen sprach jedoch, daß kaiserliche Heerzüge nur schwer aus der Erinnerung zu tilgen sind.

Beim ersten Aufstand waren nacheinander zwei berühmte Sultane gegen Skanderbeg ins Feld gezogen. Nach der Eroberung Albaniens widmeten sich Fachleute des Zentralen Staatsarchivs, auf die alte Kra-Kra-Doktrin gestützt, der langwierigen Erforschung von Methoden zur Auslöschung des Nationalbewußtseins. Darüber verflossen einige hundert Jahre. Vieles verschwand, verlor sich im Nebel oder wurde verdreht, drei sichere Tatsachen ausgenommen: daß Skanderbeg unbesiegt starb, daß Sultan Murad II. gegen Albanien zog und danach auch noch Sultan Mehmed der Eroberer. Diese drei Gipfel ragten unübersehbar über dem Nebel auf. Manche behaupteten zwar, Skanderbegs Aufstand sei bedeutungslos gewesen. Wie ließen sich dann aber die ausgedehnten Feldzüge von zwei Regenten erklären, ohne daß man Gefahr lief, auch diese beiden für bedeutungslos zu erklären? Das waren die Nachteile, die es neben den Vorteilen gab, wenn erhabene Sultane selbst in den Krieg zogen.

Seit Skanderbegs Tod hatte es im Land der Albaner insgesamt etwa dreihundert Aufstände gegeben. Achtundzwanzig davon waren bedeutsam, keiner jedoch mit so großen Erschütterungen verbunden wie der letzte. Diese Empörung vollzog sich allmählich, in Wellen wie ein Erdbeben, einmal offen, dann wieder insgeheim, vom Zaun gebrochen vor langer Zeit vom alten Geschlecht der Bushatlli und wiederaufgenommen von Ali Pascha Tepelena. Das uralte Imperium wurde in seinen Fundamenten erschüttert.

Den ganzen langen Herbst dieses Jahres über waren sich alle, die in der Hauptstadt über die albanische Frage diskutierten, einig, daß dem rebellischen Gouvernement eine harte Bestrafung bevorstand und daß die Epoche der großen Paschaliks in Albanien zu Ende ging. Doch die Kasten der alten Aristokratie und die Leute des Scheik ul-Islam waren damit noch nicht zufrieden. Sie forderten, die Ursachen und die Schuldigen für diese Entwicklung müßten beim Namen genannt werden. Seit vielen Jahren waren sie mit der Bevorzugung Albaniens nicht einverstanden gewesen, hatten Eingaben gemacht, kritische Punkte benannt. Trotzdem, obwohl sich die ganze vermaledeite Angelegenheit vor aller Augen abspielte, taten alle so, als bemerkten sie nichts.

Dabei war wirklich Unglaubliches geschehen. Seit vierzig Jahren waren die bedeutendsten einheimischen Paschas in Albanien, nämlich Kara Mahmud Bushatlli im Norden und Ali Tepelena im Süden, dabei, das Gouvernement der Kontrolle durch die Hohe Pforte zu entziehen. Es hieß, der Pascha des Nordens, Kara Mahmud, breche, wann immer es ihm beliebe, wie ein Tiger aus den Schluchten seiner Grenzprovinz hervor, um ohne Billigung der Zentralgewalt die dem Reich benachbarten Staaten anzugreifen. Mühsam zustande gebrachte Allianzen, Pakte und Verträge wurden zu Makulatur, die ganze Außenpolitik des Staates geriet aus der Balance und durcheinander. Reis Effendi, der Außenminister, trat, sich Backen- und Kinnbart raufend, vor den Sultan und verlangte, entweder den unheilvollen Pascha zur Räson zu bringen oder aber ihn als Minister zu entlassen.

Kara Mahmud Bushatlli, welch bespielhafter Diener des Staates! So äußerte sich der englische Konsul über ihn, der für seine Vorliebe für alles Paradoxe bekannt war. Das ist doch, wenn ich nicht irre, der Pascha, der sechsmal hintereinander ohne die Erlaubnis des Sultans Kriege gegen Nachbarstaaten angezettelt hat, der aus diesem Grund kraft kaiserlichen Dekrets viermal als Verräter gebrandmarkt und zum Tode verurteilt, aber ebensooft auch wieder begnadigt wurde, der schließlich zum siebtenmal, natürlich wieder ohne Erlaubnis, ein fremdes Land überfiel und dort dann den Tod fand. Gütiger Gott, solche Paschas gibt es nur im Gouvernement Albanien! Schauen Sie sich doch nur seinen Namen an: Kara Mahmud. Der Zusatz Kara, das heißt »der Schwarze« oder auch »der Unselige«, blieb nach dem Banndekret an ihm hängen. Offenbar hat er ihm gefallen, und weil er außerdem bei allen Begnadigungen schon wußte, daß man ihn danach sowieso wieder ächten würde, behielt er seinen Beinamen, so wie wir drinnen auch nicht unseren Regenhut abnehmen, wenn wir wissen, daß wir doch bald wieder in das schlechte Wetter hinaus müssen.

Die Zuhörer lachten, obwohl jeder wußte, daß damals fast ausnahmslos alle europäischen Konsuln genauso in Kara Mahmuds Umtriebe verwickelt waren, wie das heute für die Angelegenheit Ali Pascha zutraf.

Ihre mit diplomatischen Insignien geschmückten Kutschen rollten kreuz und quer durch das aufständische Paschalik. Doch zu aller Erstaunen wirkte die ausgedehnte albanische Provinz äußerlich ruhig, sieht man von ein paar belagerten Burgen ab. In der Erwartung, überall Aufruhr und Blut vorzufinden, preßten sie die Nasen an die Fensterscheiben, doch was sie fanden, war nur lähmende Stille. Sie schlugen die Zeitungen auf, um sich anhand der Schlagzeilen davon zu überzeugen, daß es wirklich eine Empörung gab, dann streckten sie wieder die Köpfe aus den Kutschenfenstern, doch ringsum schlug ihnen nur Gleichgültigkeit entgegen. Offenbar fand das bebende Grollen ein Echo nur in der Ferne, in der kaiserlichen Hauptstadt, hier jedoch, wo es seinen Ursprung hatte, war alles in Starre versunken.

Die Zeitungen meldeten auf ihren Titelseiten in alle Teile des Staates, daß Ali Tepelena, Regent Albaniens, Pascha mit sieben Orden, Kabinettsmitglied, durch herrscherliches Dekret nun Kara Ali, also Ali der Unselige, sich belagert in seiner letzten Fluchtburg befand.

Hurschid Pascha, der aufsteigende Stern der militärischen Hierarchie, der Favorit des Gebieters, der sich anschickte, den Aufstand niederzuwerfen, hatte sich auf keine Treffen mit den Journalisten und Konsuln eingelassen. Er gab stets vor, außerordentlich beschäftigt zu sein.

Am 4. Februar durcheilte die Kutsche des französischen Konsuls das von festlichem Trommeln widerhallende Feldlager einer Einheit der Belagerungsarmee. Der Herr Konsul streckte den Kopf aus dem Fenster, um sich zu erkundigen, was es mit dem Getrommle auf sich habe. Hayir Ferman, antworteten Stimmen aus dem Halbdunkel. Wie? Ein kaiserlicher Hayir Ferman soll eingetroffen sein? fragte der Konsul. Was hat das zu bedeuten? Daß Ali Pascha das Leben geschenkt wird, antwortete jemand. Der Krieg ist vorbei.

Wie ist das nur möglich? überlegte der Konsul und beugte sich erneut hinaus, um zu fragen, doch neben der Kutsche war nur noch Zwielicht und zerstampfter Schnee. Wie ist das nur möglich? überlegte er wieder. Alles wartete nur auf Ali Paschas abgeschnittenen Kopf, in der Hauptstadt harrten manche Leuten die ganze Nacht vor dem Schandkasten aus, und von den hunderttausend Minaretten im Staat hatte man fünfmal am Tag den Bannfluch gegen den unseligen Wesir verkündet. Konnte es denn wirklich sein, daß dies alles nun ein so banales Ende fand?

Draußen war es inzwischen völlig dunkel, der Schnee war schwarz, und der Konsul, eingehüllt in seinen Pelz, überlegte, was er seinem König berichten sollte.

Nun wird es aber endlich Zeit, daß sie kommen, dachte Hurschid Pascha wahrscheinlich zum hundertsten Mal. Mit langen Schritten durchmaß er sein Zelt, wobei er ständig mit den Ringen an seinen nervösen Fingern spielte. Jetzt müssen sie doch endlich kommen! Fast hätte er es laut hinausgeschrien. Zum vierten Mal glaubte er Schritte zu hören und hielt lauschend inne. Doch es waren keine Schritte, es war nur das Rascheln seines Mantels, das aufhörte, sobald er stehenblieb.

Von draußen drang kein Schießen, kein Kriegslärm mehr herein. Alles mußte inzwischen vorüber sein, und doch erschienen sie nicht. Einen Augenblick lang stellte er sich vor, wie sie mit alptraumartig schleppenden Schritten näher kamen, und er schüttelte sich. Warum kann ich nur nicht ruhig bleiben, schrie er tonlos. Sie kommen ganz sicher. Vor seinen Augen flogen die Zeilen des kaiserlichen Dekrets vorbei, das Ali Pascha vielleicht noch in der Hand hielt. Dieser Erlaß begnadigte den schlimmsten Unruhestifter des Reiches. Hurschid Pascha stellte sich zum tausendsten Mal des Sultans Unterschrift am Ende des Dekrets vor. Sie glich merkwürdig einem Skorpion mit steil aufgerecktem Giftstachel. Der Erlaß war gefälscht. Kaum hielt ihn Ali Pascha in Händen, schlug man ihm auch schon den Kopf ab.

Aber warum dann ... Er dachte die Frage, die er sich bis zum Wahnsinn oft gestellt hatte, nicht zu Ende. Schon lange hatte sie aufgehört, Frage zu sein. Es war wie das Nagen unsichtbarer Würmer im Holz. Unwillkürlich streckte er den Arm aus, um sich festzuhalten. Die Knie wurden ihm weich. Sie kamen. Schritte waren zu hören. Schritte ohne Rhythmus, die nicht preisgaben, aus welcher Richtung sie sich näherten. Eher von weit oben herab- oder aus abgründiger Tiefe heraufsteigend.

Aus ihrem Klang war nicht zu schließen, was sie brachten: Erquickung oder Gift. Sein Arm schlug auf der Suche nach einem Halt wie ein Storchenflügel durch die Luft. Im gleichen Augenblick traten sie ein. Hurschid Pascha starrte auf eine Stelle knapp einen Meter über dem Boden, die Höhe, in der sich ihre Hände befinden mußten. Er sah kein Gesicht. Er sah nur das weiße Ding in den Händen des einen Mannes. Glitzernd die Silberschale. Auf ihr lag ein Kopf. Nein, kein Kopf, eine Wunderlampe, die mit ihrem Licht die ganze Welt erfüllte. Allah, rief er und schlug die Hände vors Gesicht, wie um die Augen vor dieser unendlichen Lichtfülle zu schützen.

»Pascha«, sprach der Mann, der die Schale trug, in das Schweigen hinein. »Hier ist das Haupt des unseligen Ali. Nimm es.«

Hurschid Pascha streckte die Hände aus, zog sie jedoch sogleich wieder zurück. Er spürte, daß sie die strahlende Schale nie würden halten können. Mühsam wandte er den Blick, und mit der gleichen Mühe wies er auf den kleinen Tisch in der Mitte des Zeltes. Der Mann, der die Schale trug, verbeugte sich gehorsam, trat an den Tisch und stellte das Gefäß vorsichtig darauf ab.

»Nun geht«, sagte Hurschid Pascha mit einer Stimme, so dünn wie ein Faden. Noch ein paar Worte, und sie riß.

Die Männer gingen schweigend hinaus. Hurschid Pascha stand eine Weile lang wie festgewurzelt in der Mitte des Zeltes und wartete darauf, daß das Leben in seine Glieder zurückkehrte. Es war noch draußen. Er wartete. Zuerst kam es in die Beine zurück. Mit unsicheren Kinderschritten gingen sie auf den Tisch zu. Wieder stand er eine Weile wie erstarrt am Tisch, dann beugte er sich langsam über die Silberschale, nahm den abgeschnittenen Kopf vorsichtig in die zitternden Hände und küßte ihn. Seine Schultern bebten im Schluchzen. Eine Zeitlang streichelten die verkrampften Finger dem Kopf mechanisch über das Haar. Wie betäubt starrte er auf die Edelsteine seiner Ringe, die zwischen den weißen Strähnen auftauchten und verschwanden wie zwischen Winterwolken. Wieder bebten seine Schultern.

»Mein Pascha, mein Retter«, flüsterte er, »mein Stern.«

Er beugte sich hinab und küßte ihn wieder. Dann trat er einen Schritt zurück, um ihn besser betrachten zu können. Da ist er nun, dachte er, in der silbernen Schale auf dem Tisch in meinem Zelt. Da war er wirklich, zwei Schritte vor ihm, er, der monatelang für ihn so ungreifbar gewesen war wie das Grollen des Himmels. Sein Traum.

In den schwierigen Wochen des Krieges und der Belagerung hatte er tage- und nächtelang über ihn nachgedacht. Sich von ihm ein Bild zu machen, war ihm schwergefallen; immer wieder entglitt er seiner Vorstellungskraft, so wie alles, das Beziehungen zur Unendlichkeit unterhält, sich dem Verstand entzieht. Doch letztlich war er für ihn nur noch Kopf gewesen. Es hätte ihn kaum mehr gewundert, wenn sich zu den Regierungsbanketten, bei denen der Pascha der Albaner in letzter Zeit nicht mehr erschienen war, nur sein Haupt eingefunden hätte.

Wieder streichelte er ihn.

»Mein Stern«, flüsterte er, »mein Schicksal.«

Seit Hurschid Pascha zum Kommandeur der Truppen ernannt worden war, die den Aufstand niederwerfen sollten, kam es ihm so vor, als sei Ali Paschas Haupt wie ein Himmelsgestirn über dem Horizont seines Lebens aufgegangen. Seine Pflicht war, es auszulöschen oder selbst zu verlöschen. Auf der Welt war kein Platz für beide Köpfe. Einer hatte zu fallen.

All die Wochen, die der Krieg nun schon dauerte, hatte ihn die Furcht gequält, womöglich den eigenen Kopf zu verlieren. Halsschmerzen an einem trüben Morgen galten ihm als ein böses Omen. Bei jedem Blick in den Spiegel fragte er sich unwillkürlich, was der Kopf des anderen, das Gegenstück seines eigenen Kopfes, gerade wohl tun mochte. Auch dieser hatte Zähne und ein Kinn wie sein eigenes, brachte Worte und Befehle hervor, tat alles, was ein Kopf, der eine Armee kommandiert, nur tun kann, und überhaupt hatten beide Köpfe viel gemeinsam, ausgenommen ihr Schicksal. Einer hatte zu fallen. In Augenblicken der Ermüdung und der Schwäche, wenn es ihm so schwer erschien, den legendären Pascha der Albaner zu bezwingen, gab er sich willenlos trägen Träumen hin. Wie gut es doch wäre, wenn die Welt beide, Sieger und Besiegten, lebend duldete! Doch auch in seiner traumseligen Lethargie erschien ihm dies ganz unmöglich. Eher konnte er sich zwei Köpfe, den eigenen und Ali Paschas Kopf, auf seinen eigenen Schultern vorstellen, oder, schlimmer noch, das eigene und des Gegners Haupt an entgegengesetzten Seiten des Körpers, unten und oben. Kurz, jeden Unsinn konnte er sich leichter vorstellen als ihrer beider Existenz auf dieser einen Erde.

Das war nun vorbei. Jetzt lag er vor ihm, eine endgültig erloschene Lampe, an diesem Nachmittag des Monats Februar. Aber warum konnte er keine Freude empfinden? Freude herrschte doch rings um ihn her. Geradezu ertastbar war sie, nur die Hand brauchte er auszustrecken. Doch irgend etwas hielt ihn davon ab, mit ihr in Kontakt zu treten. Was hast du nur? fragte er sich. Sein Stern ist erloschen, deiner steigt auf. Was willst du mehr?

Nichts, gab er sich gleich darauf selbst die Antwort. Und plötzlich meinte er sekundenlang, die Gründe für seine Nicht-Freude zu kennen. Da war eine Art Furcht. Nicht mehr die konkrete Angst der letzten Wochen um den eigenen Kopf, sondern Furcht schlechthin, so stumm wie die Fundamente der Erde. Vor seinen Augen hatte sich ein tiefer Sturz abgespielt. Er hatte den Zerfall von Größe erlebt. Seine Freude krümmte sich wie ein Wurm in großer Finsternis. Es war kalt. Der Wurm erstarrte. Warum muß das nur so sein, fragte er sich.

Die Kälte saß tief in seinen Knochen. Die gleiche Eiseskälte hatte er schon in der vorangegangenen Nacht empfunden, als er drinnen in seinem Zelt dem Dröhnen der Pauken im Lager lauschte. Man feierte das angebliche Eintreffen eines kaiserlichen Hayir Ferman, der Ali Pascha begnadigte. Halb wahnsinnige Derwische mit bläulich angelaufenen Gesichtern sprangen umher und warfen sich auf die Erde, Schaum vor dem Mund, während ringsum einige tausend Soldaten, froh über das Ende des Feldzugs, im Rhythmus der Pauken in die Hände klatschten. Niemand ahnte, daß der Ferman falsch war. Das wirkliche Dekret, ein Katil Ferman, lag eingeschlossen im Panzerschrank. Erst in den letzten Augenblicken vor seinem Tod sollte ihn Ali Pascha zu Gesicht bekommen.

Nun war alles vollbracht. Langsam ging Hurschid Pascha zum Zelteingang. Es dämmerte. Über die vom Winter und vom Krieg verfinsterte Ebene heulte in tausend Sprachen ein ferner Februarwind. Das ganze unendlich weite Reich ist nun zugedeckt vom Februar, dachte er verdrossen. Denn eigentlich hätte er ein wenig März oder vielleicht ein Krümelchen April doch wohl schon verdient gehabt. Ein wenig März für deine auserwählten Söhne, dachte er. Doch der Februar galt für alle.

Hier befand er sich im letzten Winkel des Reichs. Als er vor zwei Monaten hierher gereist war, um nach Bugrachans Hinrichtung das Kommando über die Truppen zu übernehmen, hatte er feststellen können, daß die Minarette der Moscheen, je mehr er sich vom Zentrum entfernte und dem Rand des Imperiums näherte, immer niedriger wurden, ähnlich wie Pflanzen, die ein zunehmend rauheres Klima am Wachstum hindert. Der Anblick dieser vielen tausend Zwerge in der winterlichen Weite hatte ihn ganz melancholisch gemacht. Noch ein Stück weiter, und sie würden ganz verschwinden, dort, wo das dürre europäische Land unter dem Kreuz begann. Er selbst hatte die Grenzen des Reiches nie verlassen, und es trieb ihn auch nichts dazu. Wenn nicht das Zeichen des Islam über dem Menschen war, mußte sich dessen Verstand unweigerlich verwirren.

Komm zu dir, sagte er sich plötzlich und schüttelte seine Schultern. Was soll das alles? Und gleich danach dachte er: Warum unternehme ich nichts? Heftig, als wolle er einen Schlaf abschütteln, der ihn umschlang wie eine betagte Rebe, hob er den Kopf und klatschte in die Hände. Zwei seiner Adjutanten, die unbemerkt in der Nähe gewartet hatten, kamen auf ihn zugestürzt. Sein Arm vollführte die Geste, die bei ihm üblicherweise einen wichtigen Befehl ankündigte, und mit einer Stimme, die direkt aus den Schläfen zu kommen schien, begann er zu diktieren.

Zehn Minuten später füllte sich Hurschid Paschas Zelt mit Stimmen und Geräuschen. Ein stetes Kommen und Gehen von Paschas, Bataillonskommandeuren, Geistlichen, Adjutanten und allerlei Verbindungsoffizieren, die Befehle entgegennahmen, Lob oder auch Tadel, den sie bei ihren eigenen Einheiten in den verschiedenen Teilen des großen Militärlagers sogleich doppelt wieder abließen. Bald wußte die ganze Belagerungsarmee vom Ende des Krieges. Berittene Kuriere kamen an die Zelte geprescht und schrien: »Frohe Botschaft! Ali Paschas Kopf ist ab! Der Krieg ist vorbei!«

Das Lager brodelte. Der Wind, der den ganzen Tag über nicht zur Ruhe gekommen war, verschmolz menschliche Stimmen,

Hufeklappern und das Klingen der Kessel, in denen Halwa für die Truppe zubereitet werden sollte, zu einem gedämpften, meeresgleichen Rauschen.

Im Eingang von Hurschid Paschas Zelt erschien in dienstlicher Uniform der kaiserliche Feldkurier Tundsch Hatai. Ihre Blicke ruhten einen Moment lang ineinander. Des Paschas Augen sagten: Da bist du also endlich! Der andere stand da, fahl das Gesicht, den Bart wie stets am Vorabend wichtiger Aufträge frisch mit Henna gefärbt. Das Henna betonte noch die gelbliche Tönung der Haut.

»Bist du bereit?« fragte der Pascha.

»Ich bin bereit, Pascha«, antwortete Tundsch Hatai.

Hinter ihm standen mit aufgekrempelten Ärmeln seine beiden Gehilfen. Sie trugen sackartige Behältnisse und seltsame Eimer, die wahrscheinlich mit Eisstückchen, Salz und Honig gefüllt waren, alles Dinge, die man benötigte, um den Kopf für den langen Transport in die Hauptstadt zu verpacken und zu konservieren.

»Warte draußen auf meinen Befehl«, sagte Hurschid Pascha.

Der andere verneigte sich, und als er das Zelt verließ, trafen sich ihre Blicke erneut. Des Paschas Augen funkelten triumphierend. Während der ganzen letzten Woche hatte Hurschid Pascha beim Anblick des Kuriers jedesmal ein flaues Gefühl im Magen befallen. Tundsch Hatai stelzte mit lehmfarbenem Gesicht, das in einem verblichenen Kinnbart auslief, steif im Lager umher. Doch jedermann wußte, daß dies nur seine zeitweilige Erscheinung war. Kaum verlangte nämlich das Zentrum einen Kopf, löste sich Tundsch Hatais Erstarrung auf der Stelle; er färbte seinen Bart mit Henna, warf sich aufs Pferd und jagte Tag und Nacht durch Winter und Finsternis, im Sack den abgeschlagenen Kopf, der so rasch wie möglich in der Hauptstadt zu sein hatte. Die Vorstellung, dies könne auch einmal sein eigener kalter Kopf sein, ließ Hurschid Pascha tief in seinem Innern erzittern. Schon jetzt spürte er, wie Tundsch Hatais Gehilfen ihn sorgfältig mit Schnee bestreuten. In den letzten Wochen war der Pascha mehr als nervös gewesen. Als ihm ein paar Tage zuvor von einem Leibwächter das Frühstück gebracht worden war, hatte er diesem die Schale mit dem Honig ins Gesicht geworfen und gebrüllt: »Hund, wer hat dir gesagt, daß ich Honig möchte?

Ich kann keinen Honig mehr sehen.« In Wahrheit konnte er in letzter Zeit nicht nur keinen Honig, sondern auch kein Salz und keine Eisstücke und vor allem keinen Tundsch Hatai mehr sehen, und gewiß hätte er letzteren beseitigen lassen, wäre der Feldkurier nicht einer jener Beamten gewesen, die, obschon ohne hervorstechende Position in der Staatshierarchie, unantastbar und bleibend waren wie die Säulen vor den Regierungsgebäuden. »Die schrecklichen mittleren Funktionäre«, hatte sie sein Freund, der Minister Gizer, einmal bei einem Regierungsbankett genannt.

Manchmal hatte der Pascha den Eindruck, daß der Kurier sein Unbehagen durchschaute. Doch das verdroß ihn nur noch mehr. Ab und zu glaubte er in Tundsch Hatais Augen, gleich dem Spiel des Lichts in der Tiefe eines Brunnens, verhaltenen Spott zu erkennen. Diese Augen schienen sagen zu wollen: Ich werde deinen Kopf vielleicht einmal unter dem Arm halten, du den meinen nie! Die Gewißheit, daß er damit recht hatte, machte den Pascha ganz krank. Immer häufiger mußte er daran denken, wie vor vielen Jahren, in seiner Kindheit, einmal des Nachbars Katze unter dem Aufruhr und Gezeter der Frauen einen Fischkopf aus ihrer Küche gestohlen hatte. Hurschid Pascha hegte den Verdacht, Tundsch Hatai lauere ebenfalls nur auf den Augenblick, da er inmitten des lärmenden Kriegsgemetzels einen Kopf an sich bringen konnte, seinen oder Ali Paschas, um damit nach der Hauptstadt zu enteilen.

Doch damit hatte es nun ein Ende. Die Schere des Schicksals hatte ihre Frucht gewählt, und diese lag jetzt auf dem Tisch, saurer weißer Kohl aus dem Garten der Hölle. Die Freude, die bis dahin nur tröpfchenweise gesickert war, begann nun Hurschid Paschas ganzes Sein zu durchströmen. Die Erstarrung löste sich vollends. Ich habe ihn besiegt, dachte er. Ich bin noch auf dieser Erde.

Ringsum waren nun wieder die Stimmen seiner Adjutanten zu hören. Man diskutierte über den günstigsten Zeitpunkt der Abreise des Kopfes in die Hauptstadt. Einige meinten, Tundsch Hatai müsse sich unverzüglich auf den Weg machen, schließlich sei die Reise sehr lang. Die andern wiegten zweifelnd die Köpfe. Besser sei es, erst spät in der Nacht aufzubrechen, wenn alle Welt fest schlafe, um unliebsame Zwischenfälle zu vermeiden. Vor zwei Jahren war die Equipage der Kuriere, die den Kopf des Admirals Kara Köledschi, Pascha der Meere, beförderten, überfallen worden. Und dies hier war immerhin der Kopf des berühmtesten Wesirs im Reich, was einen Überfall nicht ganz unwahrscheinlich erscheinen ließ. In Wahrheit verspürte Hurschid Pascha sogar den insgeheimen Wunsch, Tundsch Hatai möge unterwegs des Hauptes verlustig gehen. Das war die einzige Chance, daß auch der Kurier seinen Kopf einbüßte. Doch Hurschid Pascha wußte, daß dieser Fall nie eintreten würde. Er sah noch vor sich, wie die Frauen in der Küche mit Kohlezangen und Kochlöffeln auf die diebische Nachbarskatze einschlugen, ohne daß diese den Fischkopf losließ. Man hätte Tundsch Hatai die Arme abschneiden können, mit den Zähnen würde er den Kopf zum Schandkasten gebracht haben.

Hurschid Pascha hörte sich eine Zeitlang Argumente und Gegenargumente an. Er wußte, wenn der Kopf verlorenging, würde die Regierungskommission nicht mehr locker lassen.

»Der Kopf wird in der Nacht auf den Weg gebracht«, sagte er ruhig, »wenn alle Welt schläft.«

Überall sprühte nun Freude auf. Der Sturm war vorüber. Zahllos kreuzten sich die Regenbogen des Ruhmes über ihm. Ich bin noch auf dieser Erde, hätte er fast hinausgeschrien, und lachte ohne Sinn.

Ringsum herrschte der Lärm des Lebens. Tundsch Hatai war wieder ins Zelt gerufen worden, um über den Zeitpunkt der Abreise informiert zu werden. Den Gehilfen des Kuriers wurde der Kopf ausgehändigt, damit sie ihn verpackten. Der Sekretär des Paschas verfaßte ein Begleitschreiben, das zusammen mit dem Kopf der zuständigen Behörde übergeben werden sollte. Dann besprach man Tundsch Hatais Reiseroute. Jemand vermerkte in einer Karte die Stellen, an denen frischer Schnee zu finden war. Das Wort fiel: Honig aus Moreal. Einer meinte, bei dieser Kälte werde es ganz unnötig sein, den Schnee zu wechseln. Dann, plötzlich, fragte einer der Adjutanten: »Und der Leib?«

Alle Köpfe fuhren herum. Dann war die erste Verblüffung vorbei, und die Frage fand den Weg zum Bewußtsein: Ja wirklich, was machen wir mit dem Leib? Hurschid Pascha machte leise »hm«. Bisher war Ali Pascha für ihn nur Kopf gewesen. Der

Körper, der Stamm, von dem dieser Kopf rund achtzig Jahre lang getragen worden war, hatte für alle nicht mehr existiert.

»Der Körper«, sagte Hurschid Pascha und legte zwei Finger an das Kinn. Die Geste hatte etwas Kindliches. »Hm, der Körper«, wiederholte er und lachte ein wenig verlegen: Auf was diese Natur nicht alles kommt! Dann faßte er sich wieder. »Natürlich muß mit dem Körper auch etwas geschehen«, sagte er. »Was meint ihr?«

Vorschläge wurden vorgebracht. So verschieden sie waren, eines hatten sie gemeinsam: der Körper mußte bestattet werden. Im Gegensatz zu den Worten über den Kopf, die man mit Sorgfalt gewählt hatte, waren die Äußerungen über den Leib beiläufig, ohne Stil, in gewissem Sinn sogar verächtlich, als sei von einem lästigen Diener die Rede. Rasch wurde beschlossen, den Körper zu früher Morgenstunde in einer schlichten Zeremonie am Rande der Stadt beizusetzen (das Protokoll des Hofes hatte die Ehrungen, die einem Wesir, selbst einem Verräter, nach dem Tod zustanden, in allen Einzelheiten festgelegt).

»Und nun laßt mich in Frieden«, sagte Hurschid Pascha. »Ich möchte mich ausruhen.«

Vergebens bedrängten ihn die Kriegsberichterstatter, den Zeitungen in der Hauptstadt einige Fragen zu beantworten.

»Morgen«, sagte er und kniff die Augen zusammen. Ihm schien, als sei das Lachen, das in der letzten halben Stunde durch seine Pupillen geflossen war, ermüdender gewesen als all die schlaflosen Nächte.

Sie gingen hinaus, doch anstatt sich auf das Kanapee zu legen, begann er im Zelt auf und ab zu gehen. Was ist das doch für ein Tag, dachte er aufs neue. Es war Dienstag. Draußen pfiff der Februarwind. Er sah auf den Stapel der Zeitungen hinüber, deren Schlagzeilen alle seinen Namen enthielten, und sekundenlang stellte er sich, er wußte nicht, warum, den Dienstag mit einem langen Bart vor, den der Wind blähte und zerzauste. Ach Allah, was bescherst du uns doch für Tage! dachte er wieder.

Vor ein paar Monaten, am Vorabend seiner Abreise (der Wind hatte ebenso geheult wie heute), war er in das Staatsarchiv mit seinen hohen, kalten Sälen gegangen, um die Dokumentation über Ali Pascha zu studieren. Stundenlang hatte er sich mit dem Briefwechsel zwischen dem Sultan und dem Wesir von Albanien beschäftigt. Die Briefe, das war offensichtlich, wurden immer seltener. Die letzten schienen sich überhaupt nur unter dem gräßlichen Tosen des Windes lesen zu lassen, der die hohen Fenster des Staatsarchivs immer wieder zum Beben brachte. Ein letztes Mal wende ich mich an Dich, schrieb der Sultan. So Du mir auch dieses Mal den schuldigen Gehorsam verweigerst, so wisse, daß ich Dich verbrennen werde. Zu Asche, Asche, Asche sollst Du werden. Und wirklich war dies der letzte Brief. Eine Antwort von Ali gab es nicht. Mit unglaublicher Geschwindigkeit hatten die Kuriere den weiten Raum zwischen den beiden Kontinenten durchquert, nichts als absolute Leere in den Taschen. Der Winter nahte. Der Briefwechsel war abgebrochen. Nun, nach den Briefen, war mit den Raben und dem Gewölk des Krieges zu rechnen.

Die Armee hatte sich zur Ruhe begeben. Da lagen aufgereiht die Tabore der Infanterie, verwundete Soldaten und Offiziere, Bataillone aus Anatolien, Sturmtruppen, alte asthmatische Paschas, auf die nach diesem Feldzug der Ruhestand wartete, und junge Paschas, für die diese Kampagne die erste Stufe auf der Karriereleiter bedeutete; da lagen nebeneinander Kanoniere, die Scheiks der Todeskommandos, Derwische, Spione der Vierten Direktion, Wundstarrkrampfinfizierte, Hilfsverwünscher ... Die starke Hälfte schlummerte. Die anderen konnten nicht einschlafen. Ihre Köpfe über den steifen Krägen glichen halberloschenen Feuerstellen, aus denen ab und zu noch ein rötliches Flämmchen aufflackert. Keiner war froh. Im Gegenteil, Angst drückte alle. Sie hatten an einem gewaltigen Vernichtungswerk mitgewirkt. Ihre Hände hatten an die Fundamente des Staates gerührt, und Schrecken hatte ihre Seelen befallen wie immer beim Bruch eines Tabus. Der Schmutz von den Fundamenten des Staates war entsetzlicher als alles vergossene Blut. Er ähnelte kataklystischer Furcht. Schwer lagen die Halwa-Rationen, die man zur Feier des Sieges verteilt hatte, in ihren Mägen. Manche taumelten wie Schlafwandler aus den Zelten, grün und gelb von den Krämpfen, und erbrachen das Halwa. Der Sturm heulte noch immer durch die Weite. Jenseits ihrer Grenzen schien ebenfalls nur Sturm zu existieren, und noch weiter weg wieder das gleiche.

Doch auch jene, die schliefen, hatten keine Ruhe. Manche sprachen im Schlaf. Die anderen wälzten sich qualvoll, keuchten und röchelten in der würgenden Fessel des nächtlichen Nichts. Irgendwo abseits hörte man das Räderknarren einer Kutsche, und jemand flüsterte: »Ali Paschas Kopf ist unterwegs.« In einem der Infanteriezelte stöhnte ein Pioniersoldat im Schlaf: »Klebt ihn wieder an, den Kopf, um Himmels willen, macht ihn wieder fest, damit diese Geschichte endlich ein Ende hat.« Daneben flüsterte einer seinem Nachbarn zu: »In einem verlassenen Dorf in Trapezunt soll es einen alten Wundarzt geben, der abgeschlagene Köpfe wieder festmachen kann. Seine Adresse ist in einem Brief, der in meinem Soldbuch steckt.« Der andere hörte schweigend zu. Dann stieß er fast entsetzt hervor: »Nein, o nein! Nein«, wiederholte er gleich darauf. »Das fehlte uns noch, daß sie uns zurückholen, die Köpfe recht und schlecht wieder aufgesetzt, schief vor lauter Hast, und ... und ...« »Was und, sag doch, was?« fragte der erste, doch sein Kamerad war eingeschlafen. Den Kopf schief wieder aufgesetzt, dachte er dann. Aber warum schief? Warum nur schief, o Allah?

An Hurschid Paschas Ohr drang fernes Räderknarren. Nun ist er unterwegs, dachte er. Er zog die wollene Decke über die Schultern und schloß zum zehnten Mal die Augen. Der Schlaf wollte sich nicht einstellen. Auf seinen Schläfen lag ein ständiger Druck. Das Pfeifen des Windes, der dicht über den Boden hinwegfegte, schien sich in seinen Schädel bohren zu wollen. Sein Kopf ist nun unterwegs nach Asien, doch sein Leib bleibt in Europa, dachte er. Vor seinem inneren Auge entstand ein unwirkliches, zähflüssiges Wesen, das sich zwischen den beiden Kontinenten dehnte und dabei länger und länger, unentwegt dünner wurde, sich verflüchtigte und von Augenblick zu Augenblick mehr in ein Himmelselement verwandelte, etwas zwischen einer aschefarbenen Wolke und dem Schwanz eines Kometen.

Die Kutsche fährt nach Asien, dachte er schläfrig. Er dehnt sich, verändert unablässig seine Form, breitet sich über mich. Hurschid Pascha stützte sich auf die Ellbogen. Ausgestreckt fühlte er sich schwach. Die Erkenntnis, daß sein Ruhm auf den Ruinen des andern gegründet war, durchdrang ihn einmal klar, dann wieder verschwommen wie flackernde Glut. Lange war Ali Pascha über ihm gewesen wie ein Himmelsgrollen. Nun, unter der Erde, würde er sein wie eine Erdspalte, abgrundtief gähnend. Genug jetzt, dachte er. Er ist fort. Ich bin da. Das ist ganz einfach. Und wirklich, einen Augenblick lang kam es ihm ganz einfach vor. Ich hätte keine Bücher lesen sollen, dachte er. Mein Blut ist davon dünn geworden.

In Wirklichkeit hatte er nur ganz wenige Bücher gelesen. Dennoch, hatte nicht einmal sein Freund, der Pascha von Tripolis, zu ihm gesagt: Lies bloß keine Bücher. Bücher sind wie Frauen, nur haben sie kein Geschlecht.

Das ist alles ganz einfach, dachte er wieder, und ein paar Augenblicke lang war sein Gehirn völlig leer. Danach war sein erster Gedanke, daß Ali Pascha zwei Gräber haben würde. Zwei Gräber, wiederholte er, und plötzlich schien ihm, als schreie sein ganzes Dasein nur nach dem einen: im Grab zu liegen. Es war ein Verlangen nach Erholung, fast ein begieriges Stöhnen. Er verkroch sich wieder unter seiner Wolldecke und döste ein. Ausgestreckt ruhte er im Herzen der Erde, ganz, unversehrt. Irgendwo abseits waren ... gedämpfte Stimmen zu vernehmen ... Plateaus, leise wabbelnd wie Pudding ... und sie zankten sich wohl ... tuschelnd ... gib mir den Kopf ... da nimm den Leib ... nein, nein ... Europa und Asien, um etwas streitend ...

In der Nacht wachte er mehrmals auf. Einmal ganz ohne zu denken. Ein anderes Mal flüsterte er: Allah, o Allah, warum ist das alles nicht viel einfacher? Gegen Mitternacht wachte er wieder auf. Wo bin ich? dachte er, dann fiel ihm wieder ein, was geschehen war. Ich habe gewonnen, murmelte er schläfrig und wickelte sich fester in die Decke. Mitternacht, dachte er gleich darauf. Tundsch Hatai, die schwarze Katze, jagte nun durch Chaos und Finsternis, den Fischkopf zwischen den Zähnen. Nur vorwärts, du rätselhafter Fisch, murmelte Hurschid Pascha und schlief sogleich wieder ein.

KAPITEL 3
Zwischen Rand und Zentrum des Reiches

Inzwischen jagte die Kutsche des kaiserlichen Kuriers Tundsch Hatai durch das Innere der Nacht. Ringsum gab es nur Finsternis und das Nichts. Plateaus, Hügel und der Himmel waren gestorben und hatten einem formlosen Nichts Platz gemacht. Inmitten der Finsternis blinkte da und dort ein schwaches Licht, ein verlorener Reflex über dem Chaos der Welt. Auf diesem einsamen Lichtlein fuhr wie auf einem Seidenfaden, der jeden Augenblick reißen konnte, die Kutsche. Von drinnen nahmen Tundsch Hatais Augen verschwommen die Rücken der beiden Tataren wahr, die vorne auf dem Bock saßen. Der dritte stand hinten, eng an das Verdeck des Coupés gepreßt, um sich so ein wenig vor dem Fahrtwind zu schützen. Das rhythmische Quietschen der Räder befand sich im Einklang mit dem nächtlichen Nichts. Tundsch Hatai spürte, wie das Nichts und die Finsternis sein Ich allmählich wie ein heißes Bad von allen Fesseln dieser Welt befreiten, ihren ewigen Kränkungen, Rechenschaftslegungen, Administrationen. Er spürte, wie die vertraute Trunkenheit von ihm Besitz ergriff, jene Ekstase, die er bei nahezu allen Aufträgen dieser Art empfand. Inmitten des allgegenwärtigen Todes fühlte er sich frei. Die Trunkenheit kam in Wellen, schlug von innen gegen seine Brust, füllte die geweiteten Lungen mit Blasen, blähte seine Adern. Die Kutsche raste mit höchster Geschwindigkeit dahin. Draußen vor ihren Fenstern bleckte von allen Seiten die Nacht. Tundsch Hatai schrie auf. Doch weder die beiden Gardisten vorne noch der eine hinten rührten sich. Der Schrei war in ihm. Tundsch Hatai spürte, wie seine letzten Verbindungen zur realen Welt mehr und mehr abrissen. Die Ekstase steigerte sich. Er spürte nun, wie ihn ein unheilvoller Strudel ganz und gar verschlang. Vor einer Woche hatte er dasselbe empfunden, als er diese Straße in entgegengesetzter Richtung bereist hatte, auf dem Weg von der Hauptstadt in die Randgebiete, zwei kaiserliche Fermane an der Brust geborgen, einen rechts, den anderen links. Beide Erlasse trugen das herrscherliche Siegel, waren am Ende von der Hand des Sultans gezeichnet, doch einer war falsch. Der richtige war das Todesurteil oder Katil Ferman, wie es in der altertümlichen Amtssprache üblicherweise hieß. Den rebellischen Randgebieten des Reiches entgegeneilend, hatte Tundsch Hatai gespürt, daß sich der versiegelte Brief an seiner Brust bald in einen Kopf verwandeln würde. Die Verwandlung hatte sich im Nu vollzogen. Aus dem Brief war Tod entstanden, und den beförderte er nun. Tundsch Hatai schrie zum zweitenmal. Doch wieder hörten die Wachen nichts. Beim dritten Schrei näherte sich die Ekstase ihrem Höhepunkt. Nun wogte er allein über dem Nichts, als sei er mit einem Katapult hineingeschleudert worden in ein unbekanntes Universum voll wuchernder Finsternis und nächtlicher Stimmen, wie sie zuvor noch kein menschliches Auge oder Ohr wahrgenommen hatte. Er war nun weit fort, tief drinnen im Chaos, sein Herr und Sklave zugleich, Brocken von ihm verschlingend und blindlings davon verschlungen werdend, spürend, wie er sich blähte und in Wallung kam und doch zugleich schmolz und schrumpfte in der unbeständigen Welt des Nichts. Er stieß den vierten Schrei aus und beugte sich im gleichen Moment in heftiger Gebärde tief über den abgeschlagenen Kopf, der neben ihm war. Seine Wange berührte den kalten Bart des Hauptes. Er näherte seine Lippen dem Ohr und flüsterte: »Nun sind wir unterwegs. Hörst du die Räder auf dem Schotter? Wir fahren, wir fahren.« Lange flüsterte er in das eiskalte Ohr des Kopfes. Er redete zusammenhanglos (immer wieder unterbrochen von Gekicher: ha, ha, ha und hu, hu, hu), doch an was er sich danach erinnerte, war etwa folgendes: Du also bist, nein, warst der große Ali Pascha, und als du es noch warst, hattest du keine Ahnung, daß auf dieser Welt ein Tundsch Hatai existiert. Du wärst geplatzt vor Lachen (ha, ha, ha, hu, hu, hu), wenn dir jemand gesagt hätte, daß du einmal mit dem Krieger Tundsch Hatai zu tun hättest. Ha, ha, ha, hättest du gemacht, hu, hu, hu, den Bauch hättest du dir gehalten vor Lachen, vielleicht wärst du daran fast erstickt, wären Diener mit Wassergläsern angerannt gekommen, den Kammerdiener, den Arzt, den Leibarzt hätte man gerufen. (Ha, ha, ha, ha, hu, hu, hu, hu, hu, hu, u hu, u hu . . .) Aber jetzt ist es heute nacht, und dein Kopf ist unter meinem Arm. Nun bin ich es, der ha, ha, ha, hu, hu, hu macht. Ich und der Februarwind (ha ha, ha, ha, wu, wu, ha wu . . .). Vor ein paar Jahren, in einer Winternacht, ein lästiger Auftrag, da bin ich auf der Landstraße an deiner Hauptstadt vorbeigefahren. Es war kalt, und ich hatte schlechte Laune. Aus meiner Kutsche habe ich auf die Lichter deines Palastes hinübergeschaut. Weit weg waren sie, wie Sterne. Lange konnte ich nicht wegsehen. Du bist hoch gestiegen, Pascha, sagte ich mir und habe den Kurierpelz fester um mich gezogen. Da überlief es mich am ganzen Körper. Alles in mir hat geschrien: Dich werde ich auch noch bekommen! Und siehst du, jetzt habe ich dich (ha, ha, ha, hu, hu, hu). Jahrelang habe ich darauf gewartet, wie man wartet, bis das Obst reif ist. Andere fielen, vorsichtig trug ich sie hier unter meinem Arm. Du dagegen wurdest immer größer. Aber ich wußte: auch deine Stunde wird schlagen. Eure Stunde (ha, ha, ha, u hu, u hu). Stolz und unnahbar geht ihr hohen Würdenträger an uns, den mittleren Beamten, vorbei, mit diesen verächtlich zugekniffenen Augen, ohne uns auch nur eines Blickes zu würdigen. Bei den Regierungsbanketten thront ihr mit euren glitzernden Gewändern und Orden an den großen Tafeln, die Hälse auf eure unnachahmliche Art gestreckt. Wir dagegen, die mittleren Funktionäre, denen kein Aufstieg droht, wir sitzen an den hinteren Tischen bei den Leibwächtern und dem Dienstpersonal. Und wir beobachten euch, beobachten euch aus der Ferne. Wir beobachten euch (ha, ha, ha, hu, hu, hu). Und warten auf euch, warten auf euren Sturz. Dann nehmen wir euch unter den Arm und bringen euch weg, weit weg. Schneller, Kutsche (ha, ha, ha . . .).

Noch lange unterhielt sich Tundsch Hatai flüsternd mit dem Kopf. Doch wie im Traum der Schwung des Fliegens allmählich nachläßt, so verflüchtigte sich jetzt seine Ekstase. Ihm war kalt. Er kroch tiefer in den pelzgefütterten Ledermantel und legte den Kopf zurück auf die Sitzlehne, erschöpft wie nach einem epileptischen Anfall. Seine Schläfen pochten. In seinem Mund war ein bitterer Geschmack. So geschah es immer, wenn die erste ekstatische Wut verflogen war. Trotzdem konnte er nicht schlafen. Die Anspannung hatte den Mechanismus seines Gehirns so aus dem Gleichlauf gebracht, daß er sich der Ruhe nicht mehr unterwerfen wollte. In diese Leere sickerte die Erinnerung an seine erste Reise mit einem Kopf hinein. Ähnlich mußte es sein, wenn jemand an seinen ersten Rausch dachte. Es war im Sommer gewesen. Drückende Schwüle. Nirgends Schnee. Immer wieder hatte er anzuhalten, um den Kopf in kalten Quellen zu kühlen. Noch fehlte ihm die Erfahrung, arbeitete er doch erst seit einem Jahr als Kurier der Dritten Hofdirektion und hatte bis dahin nur alle möglichen Dekrete und Befehle, niemals jedoch einen Kopf befördert. Und nun herrschte auch noch Hochsommer. Von einer Minute auf die andere konnte der Kopf verderben. Im Gehen öffnete er den Behälter, um ängstlich nachzusehen. O Allah, seufzte er, was erlegst du uns doch auf, daß wir mit unseren Köpfen in der Hand umherreisen müssen. Ein großer Mond tauchte die Welt in seinen Glanz. Immer wieder schlug Tundsch Hatai die »Vorschriften zur Bewahrung der Köpfe Verurteilter« auf und las im Mondlicht das Kapitel »Über das Einsalzen«. Den Kopf hatte er neben sich, einen schönen Kopf mit merkwürdig ruhigen Augen. Die Salzkristalle im Haar, auf den Brauen und den Wangenknochen glitzerten im Mondlicht. Aufblickend von den »Vorschriften«, war er von dem Bild verzaubert. Und zum ersten Mal, er wußte nicht, warum, beugte er sich zu dem Ohr hinab und flüsterte: »Meine Braut.« Dann flossen die Worte wie Schweiß, heiß und kalt, und in diesem Wolkenbruch war es schwierig, Wut von Liebe zu sondern. So hatte er zum ersten Mal von diesem Rausch gekostet. Bei späteren Aufträgen stellte er sich wieder ein, bis er sich dann in etwas Vertrautes, durch nichts anderes zu Ersetzendes verwandelte.

Morgen, dachte Tundsch Hatai, und sein Verstand begann der Kutsche vorauszueilen, die Straße entlang, die sie tags darauf bereisen würden, viel schneller als die Pferde. Wie der Schatten einer Wolke huschte er über ein weites, ödes Land mit verhärmten Dörfern, die stets auf etwas zu warten schienen. Die Räder der Kutsche quietschten jämmerlich, und Tundsch Hatai mußte an die Nacht denken, in der er mit dem Kopf des Gouverneurs von Tripolis unterwegs gewesen war. Eine stürmische, neblige Winternacht. Beim Aufprall auf einen Wegstein waren alle Fensterscheiben der Kutsche zerbrochen. Regen und Wind durchnäßten den kältestarren Tundsch Hatai bis auf die Haut. Er versuchte, den Kopf zu schützen, doch es war unmöglich. Im Schein der Blitze wirkte der abgeschnittene Kopf mit seinen nassen und zerzausten Haaren furchterregend. Ganz gegen seine Gewohnheit und die Anweisungen (kaiserlichen Kurieren, die Köpfe beförderten, war es, Notfälle ausgenommen, verboten, unterwegs haltzumachen) hatte sich Tundsch Hatai genötigt gesehen, in der ersten besten Herberge einzukehren. Es war eine der vielen hundert bescheidenen Absteigen an der großen Straße, sehr alt, den anderen ähnlich, doch mit einem ziemlich seltsamen Namen: »Gasthaus zum doppelten Robert«. Bei seinen unzähligen Dienstreisen war er oft in solchen Herbergen untergekommen. Fast alle hatten einen großen Schankraum mit einem Kamin, um den sich die Gäste vor allem im Winter nach dem Abendessen zu versammeln pflegten. Die meisten waren Staatsbeamte unterschiedlichen Ranges, die dienstlich die endlos sich dehnenden Bezirke des Reiches bereisten. Die Würdenträger aus der Hauptstadt, die sich zur Inspektion hinaus in die Provinz begaben, waren leicht von den lokalen Amtsinhabern zu unterscheiden, die man ins Zentrum gerufen hatte oder die in Geschäften dorthin unterwegs waren. Unter den Gästen am winterlichen Feuer, die einander fremd waren, herrschte zu Anfang stets eine gewisse Befangenheit. Doch wenn beide Parteien, Hauptstädter und Provinzler, erst miteinander warm wurden, kam es zu endlosen Gesprächen bis tief in die Nacht hinein: die einen waren zufrieden, daß sie mit ihren Weisheiten aus dem Zentrum jemand verblüffen konnten, die anderen glücklich, daß man sie als Teilnehmer an der Unterhaltung duldete. Sämtlicher Klatsch wurde durchgekaut, alle Amtsenthebungen und Neubestallungen in hohe Staatsfunktionen, was ein bevorzugtes Thema aller Beamten war, bis hin zu Details aus dem Intimbereich von Damen und berühmten Künstlern. Tundsch Hatai hielt sich gewöhnlich aus solchen Unterhaltungen heraus. Obwohl er nie ein Künstlerhaupt in seinem Behälter befördert hatte, war ihm der Ruhm des Künstlers auf dieser Welt so wenig beständig wie die Rangfolgen in der staatlichen Hierarchie.

In der betreffenden Sturmnacht kam er unter den erschrockenen Blicken des Wirts, der des Unbekannten äußerer Erscheinung nicht gerade leicht entnehmen konnte, mit wem er es zu tun hatte, durchnäßt und zerzaust in die Herberge gestürzt. Geradewegs begab er sich in den Schankraum, wo sieben oder acht Gäste am Kamin saßen und sich unterhielten. Fast alle empfingen den Neuankömmling, wie man jeden willkommen heißt, der einem Unwetter entronnen ist. Doch Tundsch Hatais Miene war so schroff, daß allen die Lust, Fragen zu stellen, ohne

Bedauern verging. Ohne jemand anzusehen, gar ohne zu grüßen, verschaffte er sich rücksichtslos, mit fast brutalen Schulterstößen Platz zwischen zwei Gästen am Kamin. Alle Blicke schlugen von Erstaunen in Mißbilligung um, doch, nicht genug, griff der Fremde inmitten des Schweigens, das die Mißstimmung noch fühlbarer machte, in den ledernen Behälter und zog an den Haaren den abgeschnittenen Kopf hervor: Vor den entsetzten Augen der anderen legte er das nasse Haupt neben das Feuer, ohne rechten Grund, vielleicht um es zu trocknen.

Tundsch Hatai interessierte sich nicht dafür, wer die Gäste am Feuer waren, mit denen er so anmaßend umsprang. Später erfuhr er dann, daß alle, außer einem Landwirt, der in die Hauptstadt reiste, um sich sein Magengeschwür operieren zu lassen, und zwei Opiumhändlern auf dem Weg in die Provinz Nummer sechs, Staatsbeamte auf Dienstreise waren. Zwei hohe Geistliche befanden sich darunter, welche die Klöster im europäischen Teil des Imperiums zu inspizieren hatten, ein diplomatischer Kurier sowie ein wichtiger Funktionär, von dem einige wissen wollten, daß er Stellvertretender Bankdirektor war, andere, daß er Beamter im Vierten Direktorium des Innenministeriums sei. Alle saßen nun, nachdem sie aus übermäßig aufgerissenen Augen ein paar Blicke gewechselt hatten, eine Zeitlang wie erstarrt da, nicht wissend, wem es nach der Wichtigkeitsskala zukam, sich als erster voll Zorn auf den Unbekannten zu stürzen. Schließlich artikulierten die beiden Geistlichen und der Vizebankdirektor respektive Funktionär des Vierten Direktoriums mit heiserer Stimme und wie aus einem Munde die ersten Worte des Protestes, in welche daraufhin alle anderen einstimmten, inbegriffen den Wirt, der mit einem großen Prügel in der Hand näherkam. Tundsch Hatai musterte sie zunächst verächtlich, dann voll Haß, doch als er feststellen mußte, daß ihr Reden rasch zu Geschrei wurde, und ganz besonders, als er aus den Augenwinkeln des mit halberhobenem Prügel nahenden Wirtes gewahr wurde, straffte er den Rücken, und mit einer heftigen Gebärde zog seine Hand aus der Brust die Order mit dem kaiserlichen Siegel, wo schwarz auf weiß notiert war, daß ihm, Tundsch Sar Akscham Hatai, Spezialkurier der Dritten Direktion des Hofes, die Aufgabe übertragen war, den durch einen Ferman des Gebieters vom 1. Dezember geforderten Kopf des Gouverneurs von Tripolis in die Hauptstadt zu überführen. Dieser Brief, vor ihren Gesichtern geschwenkt (man hätte wohl eher an ein beruhigendes Kräutlein von wundersamer Wirksamkeit denn an einen Brief denken mögen), brachte allmählich das Geschrei zum Verstummen und verwandelte zauberkräftig den Prügel des Wirts in ein friedliches Holz. In Wirklichkeit hatte Tundsch Hatai keinerlei Bedürfnis, seinen Triumph zu genießen. Müde steckte er die Anordnung wieder an die Brust (inmitten des Schweigens war das Knistern des festen Papiers deutlich zu vernehmen) und streichelte, ohne die anderen noch eines Blickes zu würdigen, mit der Hand über das noch eiskalte Haar des Hauptes. Noch zwei oder dreimal tat er dies mit einer zarten, fast liebevollen Gebärde, ohne das Auge von ihm zu wenden, als wolle er sagen: Sie mögen dich nicht. Was hast du denn nur getan, daß sie dich nicht mögen?

Im Gastraum herrschte tiefes Schweigen. Lebendig waren nur die Flammen und die Holzkohle. Die Haare auf dem Kopf hatten mittlerweile in der Hitze zu dampfen begonnen wie ein Nebel, der direkt aus dem Königreich des Todes aufsteigt. Dieser Brodem ließ in aller Augen sogleich eine merkwürdige Apathie treten, Stummheit zugleich wie ein unnormales Glitzern, als ob die Dämpfe schweflig alle in einen Zustand religiöser Trance versetzten. Das ging lange so, fast bis Mitternacht. Angesichts dieser verzückten Augen mußte er an die Menschenschlange vor dem Eingang des Hoftheaters denken. Eine Weile lang wanderte dieses Bild in seinem Kopf herum, doch war ihm in jenem Moment noch nicht klar, daß es sich hier keineswegs um eine zufällige Gedankenverbindung handelte. In seinem Gehirn regte sich, wenngleich noch verschwommen, die Erkenntnis, ein abgeschlagener Kopf sei womöglich geeignet, den Betrachter so stark zu fesseln wie ein Kunstwerk. Unscharf und schemenhaft zogen die Schlangen der Leute durch seinen Kopf, die an Premierenabenden um die teuren Eintrittskarten anstanden. Und so wurde am Kamin einer Straßenschenke mit albernem Namen in seinem Hirn die Idee geboren, daß ... irgendwann ... unterwegs ... in gottverlassenen Dörfern ... wo man noch nie von einem Theater gehört hatte ... doch er, den abgeschnittenen Kopf in der Hand ... (anstehen um Eintrittskarten, anstehen um Eintrittskarten, anstehen um Eintrittskarten). Gegen Mitternacht, vielleicht auch später, fuhr er plötzlich auf, griff aus dem Behälter eine Handvoll weißes Salz, streute es über das abgeschnittene Haupt (man hätte an die Maske eines Schauspielers vor der Premiere denken können), sagte zur allgemeinen Verblüffung »Gute Nacht!«, packte den Kopf in seinen Behälter und ging auf sein Zimmer. Als er die hölzerne Treppe hinaufstieg, flüsterte er noch einmal vor sich hin: »Morgen, morgen.«

Seit dieser Nacht war eine lange Zeit vergangen. Immer wieder kehrte Tundsch Hatais Erinnerung zu diesem Gasthaus zurück, verzerrte die Treppen, Fenster, das Wirtshausschild mit der Aufschrift »Zum doppelten Robert«; halb verblaßt waren die Gesichter der Gäste, nur eines blieb unberührt: die schreckensstarren Augen hinter dem Dampf, der aus den toten Haaren aufstieg.

Morgen, dachte er wieder. Der Kopf des Wesirs dieses Landes, über den der Februarwind hinwegpfiff, Ali Paschas Kopf, lag neben ihm, und weit in der Ferne vor ihm gab es Dörfer ohne Theater, aber mit sehbegierigen Augen. Morgen bekommt ihr etwas zu sehen, dachte er schon zum dritten Mal und mühte sich ab, wenigstens einen Winkel seines Gehirns zum Dösen zu bringen. Doch die rebellischen Hirnwindungen gehorchten ihm nicht. Kaum hatte er den einen Teil unterworfen, begehrte der andere auf. Das dauerte bis kurz vor Sonnenaufgang, als gleich nach dem Pferdewechsel an einer Poststation ein neuer Ekstaseschub einsetzte.

In der Morgendämmerung jagte die Kutsche mit ihrem immergleichen rhythmischen Quietschen über die endlose Landstraße. Die chaotische Finsternis der Nacht hatte nun an Dichte verloren, und immer mehr kam sie Tundsch Hatai wie eine krätzige Mähre vor. Man spürte das Herannahen des Tages. Wie jedes neue Königtum wollte er alles verändern; Schattenberge riß er nieder, um neue aufzurichten; er verrückte die Dimensionen der Dinge, meuchelte ganze Landschaften, erneuerte überall seine Zeichen und Symbole, die während der nächtlichen Okkupation entfernt worden waren. Nur der Wind, dem es gleich war, ob er dem Tag diente oder der Nacht, ließ sich in seiner nach allen Himmelsrichtungen heulenden Unabhängigkeit von ihnen nicht beeindrucken. Tundsch Hatai gewann den

Eindruck, daß er desto schwerer und kleiner wurde, je näher der Tag rückte. Seine Glieder, die sich im Zustand nächtlicher Trunkenheit über Kilometer hinweg erstreckten, wurden schnell kürzer; sein Geist ermüdete, die Augen wurden ihm matt. Ehe er ganz erschlaffte, unternahm er eine letzte Anstrengung, sein Gesicht der Scheibe zu nähern, um festzustellen, wo er sich befand. Vor sich hatte er einen winterlich angeschwollenen Fluß, die Schlimmen Wasser, so schien es ihm. Ja, sie waren es, mit der berühmten dreibögigen Brücke, die sich darüber wölbte. Das bedeutete, daß er das albanische Gebiet bald hinter sich lassen würde.

Als die Kutschenräder auf das bucklige Pflaster der Brücke schlugen, erbebte Tundsch Hatai, und dies war mehr als dem Schütteln der Kutsche der plötzlichen Einsicht zuzuschreiben, daß er gerade über diese verwünschte Brücke fuhr: Sie war uralt, fast fünfhundert Jahre, und es gab eine Sage, bei der es einem so kalt über den Rücken lief wie bei allen Balkansagen: In einem der Bögen, hieß es, sei ein Mensch eingemauert.

Tundsch Hatai starrte auf die aufgewühlten Wasser. Bei wiederholten Reisen auf dieser Straße war ihm die Legende stückweise zu Ohren gekommen. Der Geist des Wassers hatte lange nicht zugelassen, daß eine Brücke über den Fluß gebaut wurde (alles, was die Maurer tagsüber aufbauten, stürzte nachts wieder in sich zusammen). Bis die Erbauer endlich begriffen, daß das Wasser ein Opfer forderte.

Was für eine gräßliche Legende, dachte Tundsch Hatai. Wie konnte das Zentralarchiv das Überleben solcher Legenden nur dulden? Diese Sage gehörte zu den wenigen Dingen in seinem Leben, die ihn erschreckt hatten. Durch sie war er sogar zu einem anonymen Brief an den Scheik ul-Islam veranlaßt worden, in dem er das Zentralarchiv bezichtigte, seine Pflichten zu vernachlässigen. Trotzdem existierte die Legende noch immer.

Die Fahrt über die Brücke kam Tundsch Hatai furchtbar lang vor. Ein Bogen nach dem anderen erschien in seinem Blickfeld. Über die Jahrhunderte hinweg hatten sich die Steine der Brücke dunkel verfärbt, während das Moos unten grünlich leuchtete. Man sah sofort, wie alt die Brücke inzwischen schon war. Von dem Eingemauerten indessen war schon lange nichts mehr zu erkennen. Der Wind hatte sein Gesicht fast ganz verwittern lassen, Kopf und Hals waren nicht mehr genau auseinanderzuhalten, und hätte es die Sage nicht gegeben, so wäre auf dieser versteinerten Platte überhaupt nur noch schwer ein Hauch menschlicher Umrisse zu entdecken gewesen.

Stöhnend versuchte Tundsch Hatai, den Blick vom letzten Bogen loszureißen. Dort, wo die Brücke auslief, fand sich zur Rechten eine Türbe, die so alt war wie die Brücke selbst. Sie erinnerte an den ersten blutigen Zusammenstoß zwischen osmanischen und albanischen Truppen genau hier, auf dem Übergang über die Schlimmen Wasser. Inschriften am Eingang der Türbe gaben einen knappen Bericht: vom Tag des Zwischenfalls, seinen Folgen, von dem getöteten türkischen Soldaten, einem gewissen Ibrahim, auf dessen Blut ganze Ströme später auf dieser Erde vergossenen osmanischen Bluts folgten.

Noch einmal stöhnte Tundsch Hatai, als er feststellte, daß die Kutschenräder über die Brücke hinaus waren. Benommen ließ er sich in die gepolsterten Sitze zurücksinken, und erst, als es richtig hell wurde, beugte er sich wieder zum Fenster, um zu schauen, wo sie sich nun befanden. Albanien müßten wir nun eigentlich hinter uns haben, dachte er. Zerstreut schaute er hinaus auf die reifbedeckte Landschaft. Es läßt sich wohl kaum etwas Banaleres finden als sie, überlegte er. Wenn wenigstens Schnee darüber läge, dachte er, und wenn dieser Schnee so schwarz wäre wie ein Frauenschleier. Denn letzten Endes war die Erde ja nichts anderes als ein gebärendes Weib. Eine alte Hure, hätte er fast laut ausgerufen. Kein Zufall, daß hohe Funktionäre ihr oft so begierig nachstellten wie einer Frau.

Alte Hure, sagte Tundsch Hatai wieder, den Blick immer noch auf den Rauhreif gerichtet, der weiß und pudrig die noch schläfrige Oberfläche der Ebene bedeckte. Er war völlig zerschlagen. Durch sein Gehirn kroch träge wie eine Schnecke die Einsicht, daß die neuerliche Ekstase zu früher Morgenstunde ihn ganz erschöpft hatte. Sie war so überflüssig, dachte er. Sein Verstand, das spürte er nun, hatte nicht nur keine Kraft mehr, den Pferden Dutzende von Kilometern vorauszueilen, sondern akzeptierte, im Schädel eingekerkert, noch nicht einmal mehr die einfachsten Bewegungen. Apathie hatte von Tundsch Hatai Besitz ergriffen. Eine schreckliche Apathie. In solchen Momenten konnte seine Miene jedem mehr Schrecken einflößen als ein Zustand höchster seelischer Erregung, zum Beispiel beim Anblick einer Hinrichtung oder beim Flirt mit abgeschlagenen Köpfen. Er betrachtete die Winterlandschaft, oder, besser gesagt, die Landschaft drängte sich starr in sein Blickfeld, eine schlicht physikalische Art der Weltsicht, gar jenseits aller Regeln der Perspektive, ähnlich der Sehweise von Kreaturen, die keine räumliche Tiefe kennen. Lehmige Kleinstädte, Dörfer, die aus der Ferne wie einbalsamiert wirkten, Kirchen, hohe Minarette, ein lehmgelbes Landgut, eine Kolonie von Leprösen, Wäldchen, Brükken, eine wegen der Pest geschlossene Stadt, kahle Pappeln, Schenken an der Straße, alles wabbelte wie in einer gewaltigen Sülze. Diese ganze Welt war für ihn eine gigantische Mumie. An einer Weggabelung begegnete er einem Hochzeitsgeleit; die verschleierte Braut saß auf einem Pferd. Das Bild ihres vom Sitzen auf dem Pferderücken verformten Bauches drängte sich ihm auf, und er lachte. Oder glaubte eher zu lachen ... Tatsächlich war keine Regung im Relief seines Gesichts. Das Lachen, ein kleiner Käfer im Mittelpunkt der Erde, mußte viele, viele tausend Kilometer emporsteigen, ehe es an die Oberfläche gelangte.

Beim Pferdewechsel an der dritten Relaisstation wurde Tundsch Hatai ein wenig aus seiner Apathie gerissen, denn es ging darum, Schnee für seinen Kopf zu kaufen. Die Hoffnung, unterwegs, an den Aufstiegen zu den Hochebenen, Schnee zu finden, hatte getrogen, denn ärgerlicherweise war die Schneegrenze stets ein paar hundert Meter über ihnen gewesen. Er stritt mit dem Bauern eine Weile lang über den Schneepreis, bezichtigte ihn, ein Blutsauger zu sein, einen Mann für eine Handvoll Schnee nackt ausziehen zu wollen, während der Landmann erklärte, angesichts der bald bevorstehenden Wärme werde er, Tundsch Hatai, noch um ein bißchen Schnee betteln, doch er, der Bauer, werde dann an all dies hier noch denken und für eine Handvoll Schnee eine Handvoll Silber verlangen. Ha, ha, meinte Tundsch Hatai, laß den Sommer ruhig kommen ... So fern schien ihm dieser, daß er nicht glauben mochte, er werde sich überhaupt je einstellen.

Er schüttete Schnee über den Kopf, der nun einem Schneemann glich, wie ihn Kinder an winterlichen Festtagen bauten. Sorgsam achtete er darauf, daß die empfindlichsten Stellen des

Gesichts, vor allem Augen und Augenhöhlen, gut zugedeckt waren.

Die Kutsche setzte sich aufs neue in Bewegung, begleitet von einem höhnischen Blick des Schneeverkäufers, der wohl ausdrücken mochte: »Im Sommer sprechen wir uns wieder, Herr Kurier.« Durch das Rückfenster des Wagens beobachtete Tundsch Hatai, wie er den restlichen Schnee auf den Boden warf und darauf herumstampfte, als fürchte er, jemand könne ihn noch gebrauchen.

Über der düsteren Ebene war, so weiträumig wie diese, ein Himmel mit einer roten Sonne knapp über dem Horizont, die, weil ringsum die Strahlen fehlten, wie kahlgeschoren aussah.

Albanien lag schon weit hinter ihm, und er näherte sich nun den entnationalisierten Provinzen zwei, sechs und sieben, die gemeinsam die ausgedehnte »Kra-Kra-Zone« bildeten, welche auf den Karten des Reiches üblicherweise in einem hellen Rosa verzeichnet war.

Ganz benommen lehnte Tundsch Hatai den Kopf an das Kutschenfenster und spürte an den Schläfen das Beben der Scheiben. So hatte er die endlosen Ebenen der »Kra-Kra-Zone« in Erinnerung, mit dieser kalten Sonne, die wie ein Siegel rot allen Tagen aufgeprägt war, um so zu bekräftigen, daß hier selbst die Tage vom Padischah, dem Herrscher, dekretiert waren.

Die Landstraße zog sich endlos hin, und nirgends war ein Wegweiser oder ein Schild zu finden. Selbst die Kilometersteine trugen keine Nummern. Wahrscheinlich hatten auch sie einmal wie all die anderen Marksteine an staatlichen Landstraßen Zahlen getragen, doch waren diese nach der Entnationalisierung der Länder, als mit den Alphabeten auch die Ziffern abgeschafft wurden, wohl entfernt worden.

Sooft ihn sein Weg durch die Provinzen zwei, sechs und sieben führte, mühte sich Tundsch Hatai mit aller Gewalt, die Zeit schlafend zu überstehen, doch merkwürdigerweise gelang ihm das gerade hier, in der schläfrigsten Gegend des ganzen Reiches, am wenigsten. Die ganze Zeit starrte er hinaus auf das ermüdende Einerlei der Straße, teilnahmslos auf den nächsten Kilometerstein wartend. Dieser leuchtete zuerst als winziger Punkt in der Ferne auf, um rasch größer zu werden, bis er schließlich, vom Regen und von der Sonne gebleicht, ohne Zahlen und alles andere an der Kutsche vorüberzog. Unwillkürlich seufzte Tundsch Hatai, dann begann er auf den nächsten Stein zu warten.

Die erste Abordnung eines Weilers riß ihn aus seiner Lethargie. Vier Männer standen, ganz krumm vor Kälte, mitten auf der Straße, aschgrau das Gewand, eine Art Filzsack ohne Ärmel und Taschen, so wie ihn alle Bewohner der entnationalisierten Gebiete zu tragen gezwungen wurden. Wahrscheinlich warteten sie schon den ganzen Morgen auf den Kurier, obwohl sie den Tataren erzählten, sie hätten von ihrem Dorf aus, das kaum sichtbar an einem Berghang gelegen war, die in der Ferne sich nähernde Kutsche bemerkt und seien dann auf Saumpfaden rasch herabgestiegen.

Als Tundsch Hatai die Kutschentür mit dem herrscherlichen Wappen öffnete, verneigten sich die vier voll Ehrerbietung.

»Ein Kopf!« sagte Tundsch Hatai geringschätzig, ohne die Abgesandten auch nur eines Blickes zu würdigen. Er sah zur Seite, irgendwohin, wo es überhaupt nichts gab. Wieder verbeugte sich das Quartett. Tundsch Hatai machte keine Anstalten, aus dem Wagen auszusteigen. Er wußte, daß die Worte »Ein Kopf!« auf die Abordnung eine magische Wirkung ausübten. Gab es einmal keinen Kopf, lächelte Tundsch Hatai den Unterhändlern zu, gleichsam als Entschuldigung dafür, daß sie so lange umsonst hatten warten müssen. Dann erkundigte er sich nach dem allgemeinen Befinden, nach der Ernte und versprach, beim nächsten Mal ganz gewiß nicht ohne Kopf zu erscheinen. Er zog sogar die dienstliche Order aus der Brusttasche und zeigte sie herum. Schweigend betrachteten sie die gelben Siegel, in denen der Tod wohnte, und beteuerten, wieder warten zu wollen. Nun aber, da er einen Kopf dabeihatte, verhielt sich Tundsch Hatai völlig anders. Vergeblich warteten sie eine Weile darauf, daß er sich bei ihnen nach den Herden, nach ihrem Wohlbefinden erkundigte, doch ihm war klar, daß jedes Gespräch dieser Art sinkende Preise für die Vorstellung bedeutet hätte. Mit abgewendetem Blick blieb er in der Kutsche sitzen. Schließlich verkündete er mit einem metallischen Klang in der skandierenden Stimme: »Das Haupt des Gouverneurs von Albanien, Pascha Ersten Ranges, Mitglied des Kabinetts, Ali Tepelena.« Sie erstarrten. Die Filzgewänder verbargen das Beben ihrer Schultern kaum. Sie sahen einander an, dann suchten sie den Blick des Kuriers. Doch sie fanden ihn nicht.

»He«, stieß Tundsch Hatai schließlich hervor. »Was wollt ihr geben?«

Zwei oder drei von ihnen öffneten den Mund, um etwas zu sagen, doch nur einer brachte ein paar mühsame Worte heraus, die wie schwächliche Neugeborene in dieser grimmigen Kälte sogleich zu erfrieren drohten.

»Wir, Herr Kurier ... dieses Jahr ... das Jahr ... ein Schlag nach dem andern ... Herr Kurier ... ein Unglücksjahr ... weil ... so daß ... deshalb ...«

»Wieviel wollt ihr geben?« rief Tundsch Hatai zum zweiten Mal.

Sie verbargen nun ihr Zittern nicht mehr. Schließlich streckte einer mit einer verzweifelten Geste die geöffneten Handflächen hin, auf denen ein paar kleine Steine lagen. Tundsch Hatai starrte darauf. Da sie keine Zahlen kannten, vermochten sie nur auf diese Weise einen Preis zu nennen.

»Sieben Lira, wie?« meinte Tundsch Hatai, verwirrt die Brauen hochziehend. »Für euch vier?« Und gleich darauf, zornig schreiend: »Was? Für das ganze Dorf?« Sein hennafarbener Bart blähte sich glühend im Wind. »Sieben Lira, um das Haupt von Ali Pascha, dem Rivalen des großen Sultans, zu sehen? Ihr müßt verrückt sein!« Er wollte die Tür zuschlagen, doch als die vier Unterhändler merkten, daß das Geschäft zu scheitern drohte, ließen sie jede Vorsicht fahren und begannen allesamt durcheinanderzureden. Sie sprachen, einander ins Wort fallend, so lebhaft, wie es ihre erlahmte, stammelnde Sprache nur gestattete. Der Herr Kurier, meinten sie, solle doch versuchen, auch sie ein bißchen zu verstehen, weil doch der Winter für sie wirklich eine schlimme Jahreszeit gewesen sei, und zweimal hintereinander habe eine Seuche das Vieh befallen, ein Blitz habe den Gemeindewald in Brand gesetzt, der Wolf zwei Hirten gefressen; ferner führten sie den Schmied Buckel an, der drei Tage nach seinem Tod als Vampir wiederauferstanden sei, und, damit nicht genug (sie dämpften ihre Stimmen), es hieß nun auch noch, einer habe des Priesters mittlere Tochter geschwängert, und außerdem sei der alten Juno etwas Entsetzliches widerfahren, etwas, das im

Dorf oder auch der ganzen Gegend noch nie vorgekommen war: sie hatte mit der Post einen Brief erhalten. Der Brief kam unbedingt vom Teufel selbst, und deshalb hatte sich das ganze Dorf um den Hodscha versammelt, um das Schreiben zu bespeien, dann zu verbrennen und die Asche in alle Winde zu verstreuen. Immer länger redeten sie, und immer mehr belangloses Zeug, und je länger und zusammenhangloser sie daherplapperten, desto überzeugter war Tundsch Hatai, daß sie nun endgültig seinem Theater verfallen waren. Zwar erinnerte er sich nicht mehr genau daran, welchen Kopf er ihnen beim letztenmal gezeigt hatte, doch mußte er sehr interessant gewesen sein, wenn sie die Wiederholung der Vorstellung derart ungeduldig herbeisehnten. Keiner der hauptstädtischen Besucher an der Kasse des Hoftheaters hätte wohl so darum gebettelt, einen bestimmten Schauspieler sehen zu dürfen, selbst dann nicht, wenn es sich um den berühmten Taur Dschanajdini handelte.

Inzwischen waren sie mit ihrem Gebot höher gegangen, doch Tundsch Hatai hatte sich bereits entschieden. Immer noch ohne sie eines Blickes zu würdigen, schlug er die Kutschentür vor ihrer Nase zu und bedeutete, mit dem Finger an die Scheibe klopfend, den Tataren, sie sollten losfahren. Ein Häufchen Elend blieb hinter der Kutsche zurück. Zwei rannten ein paar Schritte hinter dem Wagen her, einen neuen, höheren Preis rufend, doch Tundsch Hatai drehte sich noch nicht einmal um. Er wußte genau, daß sie nächstes Mal ohne ein Wort der Widerrede den doppelten Preis für einen zehnmal weniger wichtigen Kopf bezahlen würden.

Die nächste Abordnung tauchte zwanzig Kilometer weiter auf. Tundsch Hatai döste gerade, als einer der Tataren an der Fensterscheibe klopfte.

»Unterhändler!« rief dieser.

Durch den Atemhauch auf der Scheibe konnte Tundsch Hatai die kleine Gruppe von Leuten erkennen, die einen Blick in die Kutsche zu erhaschen versuchten. Als er die Tür öffnete und mit lauter Stimme verkündete: »Ein Kopf!«, bebten ihre Schultern. Den Preis hatten sie rasch ausgehandelt (Tundsch Hatais Zeit war Gold), und gleich darauf fuhr man auf einem Nebensträßchen dem Dorfe zu. Nach einiger Fahrt war Tundsch Hatai gezwungen, die Kutsche samt einem der Tataren zurückzulassen, denn die Straße war steil und voller Löcher. Wie all die anderen Dörfer an der großen Straße glich auch dieses von weitem einem Stück Leder, das man am Abhang zum Trocknen ausgelegt hat. Die kleinen Steinhäuser standen so dicht beieinander, daß die Mauern und Dächer von dieser dummen Nähe wie verbogen wirkten. Achtlos durch die Pfützen tappend, berichteten die Abgesandten, sie hätten den ganzen Vormittag nach einer Kutsche auf der Landstraße Ausschau gehalten, und gerade, als man schließlich alle Hoffnung habe fahren lassen wollen, sei eine in der Ferne aufgetaucht, und sogleich sei man losgerannt, um den Wagen abzupassen. Gleichgültig betrachtete Tundsch Hatai das Minarett der Moschee und den Glockenturm der Kirche, die zwischen Dächern hochragten, von denen schwacher Rauch aufstieg. Die Abordnung beteuerte mehrmals, das Volk sei nun gewiß schon in der Vorhalle der Moschee versammelt, so daß der Herr Kurier keine Zeit mit Warten vergeuden müsse.

Als sie das Dorf erreichten, waren die Straßen wie ausgestorben. Die Bevölkerung hatte sich tatsächlich in der Vorhalle der Moschee versammelt. Diese war weiträumig, außerordentlich kalt, und die Leute standen ohne auch nur ein Wispern reglos da, in erwartungsvoller Starre. Tundsch Hatai nahm, als sie die Stufen zur Moschee hinaufstiegen, den ledernen Behälter aus der Hand eines der Tataren und betrat als erster die Vorhalle. Die anderen folgten. Inmitten der erstarrten Menge war eine leere Holzbank. Sie nahmen Platz. Tundsch Hatai betrachtete einige Sekunden lang die versteinerten Köpfe der Männer, Frauen, Greise und Kinder, und ihm fiel ein, daß für den Transport dieser Köpfe, die so gefroren aussahen, Schnee und Salz ebensowenig notwendig wären wie die »Vorschriften zur Bewahrung von Köpfen«, die jeder Kurier seiner Sorte stets zusammen mit dem Paß in der Tasche trug.

Er stellte den Behälter auf die Holzbank und verkündete mit klingender Stimme: »Der Gouverneur Albaniens, Pascha Ersten Ranges, Mitglied des Kabinetts, Ali Tepelena, Kara Ali.«

Kaum hatte er das letzte Wort ausgesprochen, griff er in den Behälter und zog mit einer raschen Bewegung an den Haaren das Haupt hervor. Dieses glich weniger einem Kopf als einem Schneeball mit ein paar Strähnen grauen Haares da und dort. Tundsch Hatai begann den Schnee zu entfernen. Zuerst machte er das rechte Auge frei, dann die Nase, die Wangen, das andere Auge, die Kehle und schließlich das ganze Gesicht. Es war trübe fahl.

Hatte bisher schon vollständiges Schweigen geherrscht, so wurde es nun noch tiefer. Inmitten des Schweigens schien eine Tür aufgestoßen worden zu sein gleich einer Luke tief im Keller, die in einen noch tieferen Keller hinabführt. Der Kopf nahm Kontakt zur Menge auf. Seine glasigen Augen verkoppelten sich mit den Augen der Leute. In der Luft herrschte die Transparenz des Todes. Man spürte sie mit dem Sinken der Temperatur jede Minute mehr, näherte sich ihren Grenzen, berührte sie fast. Nur ein Schritt und ein paar Momente noch, und alle, die Menge und der Tod, würden zu einer durchsichtig wächsernen Einheit verschmelzen.

So war es immer gewesen, bei sämtlichen Seancen und Vorstellungen. Tundsch Hatai wußte, daß für die abgelegenen Weiler in ihrer Isolation ein Anblick wie dieser zugleich Buch, Theater, Kunst, Philosophie, vielleicht auch Liebe bedeutete. (Ihm ging der Aufschrei »Oh, wie jung!« eines Mädchens nicht aus dem Sinn, als er den Schnee vom Kopf des »blonden Paschas« wischte; es war die einzige menschliche Stimme, die sich je während einer Vorführung hatte vernehmen lassen.)

Tundsch Hatai betrachtete die verblaßten Wandbilder in der Vorhalle der Moschee (es hieß, um ihre Bewahrung kümmerten sich genauso wie um die Bewahrung der Köpfe spezielle Leute), und der Eindruck drängte sich ihm auf, daß auch der Mensch in gewissem Sinn nichts anderes war als eine Skizze, eine Zeichnung auf der Oberfläche der Welt, alternd und verblassend mit dem Lauf der Jahre. Er hatte längst wahrgenommen, daß sein Verstand, der während der Vorführungen immer wieder den am Ende der Reise zu erwartenden Gewinn überschlug, um sich die Zeit zu vertreiben, dennoch dem Fluidum des Todes nicht zu entrinnen vermochte. Immer allgemeinere und weniger reale Dinge zogen durch sein Gehirn, und er war sich sicher, daß gerade die Notwendigkeit einer weniger realen Sicht der Welt und der alltäglichen Sorgen diese verlorenen Menschen dazu trieb, Geld für seine Vorführungen zu geben. Nach solchen Darbietungen, da war er sich sicher, betrachteten sie ihre Geschäfte nüchterner und lösten vielleicht sogar Probleme mit Leichtigkeit, die ihnen zuvor unlösbar erschienen waren.

Schließlich fand Tundsch Hatai, daß die zur Betrachtung des Hauptes nötige Zeit verstrichen sei. Er griff nach dem verharschten Schnee, der den Kopf wie ein ramponierter Kragen aus weißem Pelz umgab, und diese Bewegung vernichtete im Nu die luzide Konstruktion aus Leben und Tod. Fragil wie nichts anderes auf der Welt, brach sie sogleich in sich zusammen, und Tundsch Hatais Hände hatten es nun eilig, den Tod wieder vom Leben zu sondern. Er bedeckte das Haupt mit Schnee. Zuerst verschwand das eine Auge, dann die Wangen, dann das andere Auge, und allmählich verwandelte sich der Kopf wieder in einen starren Eisklotz. Nun ergriff ihn Tundsch Hatai mit beiden Händen und steckte ihn zurück in den ledernen Behälter, worauf die Menge, welche die Vorhalle der Moschee füllte, vom Haken, der sie mit dem Königreich des Nichts verbunden gehalten hatte, befreit, sogleich in Bewegung geriet. Auf den Stufen vor der Moschee nahm Tundsch Hatai sein Geld entgegen und ging dann mit den beiden Tataren rasch den Abhang hinunter. Bei der Kutsche gab er jedem seiner drei Begleiter eine halbe Lira. Behende nahmen sie ihre Plätze ein, und die Kutsche fuhr an. Tundsch Hatai sah hinaus auf die Kilometersteine, die auf beiden Seiten die Straße säumten, teils aufrecht, teils schief, in die Erde eingesunken oder von einem Wagenrad umgestoßen. Die Landstraße war schnurgerade und verlassen.

Auf eine dritte Abordnung, mit der er sich nicht über den Preis einig werden konnte, stießen sie zwei Stunden später, und am frühen Abend gleich nacheinander auf die vierte und fünfte. Nach dem Ende des dritten Spektakels betrachtete Tundsch Hatai nachdenklich den Himmel. Es dämmerte schon, und eine weitere Vorführung stand nicht zu erwarten. Das war keine Frage des Lichts, denn bei Nacht, im Schein einer Fackel, mochte die Darbietung eher noch doppelt so schön geraten, doch es wurde einfach zu spät. Wohl versuchten sie, die Zeit, die sie mit ihren Vorstellungen verloren, durch raschere Fahrt wieder einzuholen, aber auch der Geschwindigkeit waren Grenzen gesetzt. Auch konnte eine nicht zu begründende Verspätung in der

Hauptstadt die Eröffnung einer geheimen Untersuchung gegen die Mannschaft zur Folge haben.

Während die Tataren die Pferde mit scharfen Pfiffen anzutreiben suchten, beugte sich Tundsch Hatai vor und blickte ein letztes Mal durch das Fenster zu dem Dorf hinaus, das in der Ferne schon kaum mehr zu erkennen war. Geschrumpft, verschreckt war es auf der Flanke des Berges zurückgeblieben, vor sich eine lange Nacht voller Alpträume.

Die Dämmerung wurde immer dichter. Grau waren nun die Kilometersteine, und wahrscheinlich würden sie bald die Laternen anzünden müssen. In der Nacht zuvor waren sie ohne Beleuchtung gefahren, denn der Himmel, obwohl mond- und sternenlos, hatte in einem diffusen Licht feucht geschimmert. Heute dagegen war seine Kuppel streng und abweisend.

Es war schon lange Nacht, als sie auf die letzten Unterhändler trafen. Sie traten aus dem Dunkel neben der Straße. Einer von ihnen trug eine Fackel, die er, um besser sehen zu können, bald hoch über den Kopf hielt, bald senkte. Durch die Scheibe beobachtete Tundsch Hatai eine Zeitlang, wie die kränklich blaßgelben Lichtkleckse der Fackel vom Straßengraben zu den Wagenrädern, dann auf die Rücken der Tataren hüpften und schließlich wieder zurück. Darunter mischten sich, nicht weniger verschüchtert und verschreckt, ein paar vereinzelte Stimmen und bisweilen ein Ruf: »Gibt es einen Kopf?« Die Kutsche fuhr hindurch, ohne anzuhalten, sachte wie durch eine Nachtmahr.

Des weiteren trafen sie nichts. Landstraße, Himmel und Erde dehnten sich endlos in der Gleichgültigkeit, die ihnen ihre Dimensionen verlieh. Die Nacht, so überlegte Tundsch Hatai, versuchte nun, sich über das ganze Reich zu legen. Doch sie schaffte es nicht. Das Reich war größer als die Nacht. Wenn auf der einen Seite der Abend dämmerte, erzählte man sich, so graute auf der anderen Seite der Morgen. Das Federbett der Nacht reichte nicht aus, den Leib des Staates von West nach Ost ganz zuzudecken. Der Kopf oder die Füße mußten draußen bleiben. Der Kopf oder die Füße, dachte er und berührte unwillkürlich den ledernen Behälter. Wenn Albaniens Gebiete der Kopf des Reiches sind, so wären die Füße wohl bei der Grenze Hindustans, oder umgekehrt. Nein, sagte er sich. Mit allem kann man das Reich vergleichen, doch niemals mit einem Menschen. Wie bei allen Staaten saß der Kopf in der Mitte. Träge versuchte er sich ein Wesen vorzustellen, das seinen Kopf in der Mitte hatte, doch es gelang ihm nicht. Bestien wie der Löwe oder selbst ein Drache, deren Abbild in vielen kaiserlichen Symbolen und Siegeln zu finden war, trugen den Kopf gleichfalls am Anfang beziehungsweise Ende des Leibes. O doch, hätte er fast ausgerufen. Es gibt doch eine Kreatur, deren Kopf im Zentrum des Körpers sitze. Das ist der Krake. Er ließ vor seinem inneren Auge all die Portale von Regierungsgebäuden vorüberziehen, die zu durchschreiten er je Gelegenheit gehabt hatte, doch er konnte sich an keines entsinnen, über dem ein Wappen mit einem Kraken eingeschlagen oder aufgemalt gewesen wäre. In der Furcht, im Geiste Ketzerei begangen zu haben, verjagte er den Gedanken aus seinem Kopf, und dieser sank, wie von einer letzten Last befreit, auf seine Schulter.

 Für ganz kurze Zeit schlummerte er ein. Dann fuhr grundlos, wie von einer unsichtbaren Faust unter das Kinn geschlagen, sein Kopf empor. Er lehnte die Stirn gegen die Scheibe und starrte in die Finsternis hinaus. Und spürte sie kommen. Wie stets, wenn eine Ekstase nahte, ging sein Atem schneller. Dann begann wie üblich sein ganzes Ich voranzustürmen, versuchte zuerst die Kutsche, die Pferde, die Tataren, dann die eigenen Glieder, die Hülle der Haut, die Augen, die Ohren, das eigene Gewicht hinter sich zu lassen. Sie alle trieben im Chaos versunken hinter ihm her, unfähig scheinend, ihren Herrn je einzuholen. Er sank nach rechts, und seine Schläfen berührten den eisigen Schopf des Hauptes. Die Berührung durchzuckte ihn, und am Rande der Willenlosigkeit stieß er das erste »Hu, hu, hu, ha, ha, ha« hervor. In dem, was danach begann, wiederholte sich die vorangegangene Nacht. Sein Hirn ähnelte nun einem schwach phosphoreszierenden, mit Gewalt an Kuppeln, Moscheen, Frauenbäuchen, Fischaugen und Straßenschenken zerquetschten Wesen. Es krümmte sich und zuckte, als lebte es.

 Nach dem ersten Schub stellte sich die Ekstase noch zweimal ein, um und nach Mitternacht. Völlig erschöpft und mit einem gequälten Seufzer löste er sich beim dritten Mal von dem Haupt. »Wir kommen näher«, wisperte er, »spürst du, wie wir näherkommen?«

In Momenten der Fahrt, in denen er zu denken fähig war, wanderten seine Gedanken häufig zu dem Platz in der Hauptstadt, an dem sich der Ibret Tasch befand. Der Kasten war leer, und es drängte ihn, zu schreien: Der Platz ist verwaist, man erwartet uns, wir müssen uns beeilen!

Tausendmal fragte er sich: Was war der Platz denn ohne Kopf? Wie wartete er auf den Morgen, wie überstand er die Nachmittage? Und er trieb die Tataren zur Eile an, als sei man eilig zu jemand unterwegs, der bei der geringsten Verspätung seinen Geist aushauchen mochte.

Die Finsternis draußen vor den Wagenfenstern lockerte sich ein wenig und gestattete da und dort einen Blick durch die dünne Gardine des Nebels auf die verschlafene Erde. Er starrte die lüstern Hingebettete an, die kapriziösen Falten, und er mußte daran denken, daß diese schamlose Dirne wohl ganz frech herumstolzieren würde, wachte nicht dort fern hinter dem Horizont, wie ein Löwe auf beide Vordertatzen gestützt, die kaiserliche Hauptstadt, jeden Augenblick bereit, aufzubrüllen und das ganze Erdenrund in Angst und Schrecken zu versetzen.

Wie würde die Welt nur aussehen ohne sie? dachte er erschreckt, und der Gedanke war so gräßlich, daß er sich sogleich fragen mußte: Gäbe es überhaupt eine Welt ohne sie? Gott bewahre! schrie es in ihm auf, und heftig schüttelte er den Kopf.

Die Hauptstadt rückte näher. Kein Wegzeichen wies auf sie hin, kein Schild und auch kein Schlot, und doch war ihre kalte Nähe zu fühlen. Alles ringsum war in feierliche Stille gehüllt. Sie schläft noch, dachte Tundsch Hatai. Ihm war, als klapperten seine Zähne.

Da ... Er begriff selbst nicht genau, was er sah, ein spitzes Kuppeldach, die Nadel eines Minaretts oder einen Vogel, der in dem für Vögel, die über Kuppeln kreisen, typischen erstarrten Flug darüber schwebte. Sein Rückgrat streckte sich alarmiert. Die Glieder, die sich während der nächtlichen Orgie selbständig gemacht und noch nicht wieder zurückgefunden hatten, beeilten sich nun, ihre Plätze wieder einzunehmen. Er spürte, wie sein Körper wieder an Gewicht gewann. Jede Minute, jede Sekunde strömte es ihm wie kaltes Blei in die Adern.

Schließlich tauchten am kalten Horizont die hohen Kuppeln der Hauptstadt auf. In einem unsterblichen Grau erstarrt, zeigten sich in der Ferne, nach ihre Höhe hierarchisch geordnet, die metallene Haube des Tempels vom Osmanischen Geist, die Minarettspitzen der Hagia Sophia, die Tokmakhan-Säule, das Kuppeldach des Zentralen Staatsarchivs, das Ruhmestor, die Säulenfront der Reichsbank, die blaßhimmelblauen Kuppeln des Palasts der Träume, der altehrwürdige Palast der Gerüchte, der Palast der Siegel und der Dekrete, das gewölbte Bronzedach des Kriegsministeriums. Alle schienen zu warten.

Tundsch Hatais Blick hing an dem Bild, dem die Kutsche nun wie im Traum entgegenjagte.

Die Posten vom Siebten Tor wurden schon von weitem der heranfliegenden Kutsche gewahr. Einer hob das Fernrohr ans Auge und richtete es auf die Landstraße.

»Der kaiserliche Kurier«, sagte er nach einer Weile, ohne das Fernrohr von seinem rechten Auge zu nehmen.

Auch die anderen beiden Wachposten beobachteten das größer und größer werdende schwarze Viereck der Kutsche. Sie konnten sich leicht das auf beiden Türen und an der Rückseite des Wagens angebrachte Staatswappen vorstellen, das ihr Kamerad durch das Glas bereits deutlich erkennen konnte.

Es war noch früh am Tag. Über der endlosen Einöde vor der Hauptstadt hing hier und dort Nebel. Während der eine Wächter noch immer sein Fernrohr vor das Auge hielt (im morgendlichen Zwielicht hätte jemand leicht meinen können, er mühe sich vergeblich ab, ein gewaltsam in das Auge getriebenes Stück Eisen herauszuziehen), stiegen die beiden anderen gemächlich die schmale Steintreppe hinunter, um das Tor zu öffnen. Eine Weile lang war das Rasseln von Ketten und Riegeln zu hören. Als schließlich draußen vor dem Tor Wagenräder quietschten, nahm der Posten sein Fernrohr vom Auge und beugte sich in träger Neugier über die steinerne Brüstung, um zu dem Neuankömmling hinabzuschauen. Dieser war ausgestiegen und wies den Torwärtern offensichtlich gerade seine amtlichen Dokumente vor. Der Wächter stützte das Kinn auf die Faust und beobachtete die Bewegungen der kleinen Gruppe. Plötzlich sah der frisch Eingetroffene herauf, und der Wächter zuckte zusammen. Noch nie in seinem Leben hatte er eine so abstoßende Fratze erblickt. Zwei leere Augen schienen außen auf das verwüstete Gesicht geklebt, und außerdem hob sich der rote, dreieckige Bart in schroffem Kontrast von der gelb wächsernen Haut ab. Der Wächter hob den Blick und schaute über das geheimnisvolle öde Land, aus dessen Tiefen dieser Mensch in die Februardämmerung hineingeboren worden war.

Wenig später ratterte die Kutsche über das Kopfsteinpflaster hinter dem Tor, und die anderen beiden Posten kamen wieder heraufgestiegen.

»Der Kopf des Ali Pascha von Albanien«, sagte der eine. Der Wächter mit dem Fernrohr fuhr herum.

»Das ist doch nicht möglich«, stieß er hervor.

»Mit eigenen Augen haben wir ihn in dem Lederbehälter gesehen; Eis war in seinen Ohren«, sagte der Posten.

»Das ist nicht möglich«, wiederholte der erste Wächter.

»Du glaubst nie etwas«, meinte der andere.

Der Wächter mit dem Fernrohr blickte wieder auf die erstarrt daliegende Landstraße. Tatsächlich gab es überhaupt keinen Grund, etwas nicht zu glauben. Sie, die Wachposten vom Siebten Tor, waren stets als erste im Bilde, wenn die Köpfe von Gouverneuren der europäischen Provinzen des Reichs eintrafen. Die Köpfe aus den asiatischen Gebieten hingegen kamen durch das Erste Tor in die Hauptstadt.

Natürlich, dachte er und wußte gleich darauf nicht mehr, was er eben noch für natürlich gehalten hatte. Dann fiel es ihm wieder ein. Natürlich, eines Tages mußte sein Kopf ja an diesem Tor landen. Schließlich wußte man, daß die diplomatische Post, wichtige Delegationen und die Köpfe Bestrafter nur durch das Siebte und das Erste Tor in die Hauptstadt gelangten. Das war in einem Sondererlaß festgelegt, an dem es nichts zu rütteln gab. Nichts zu rütteln, dachte er gleich darauf nochmals. Es konnte einfach nicht sein, daß der staatliche Briefwechsel oder Köpfe am Zweiten oder Vierten oder Fünften Tor Einlaß fanden, durch die bekanntlich Gemüse, Fleisch und andere Versorgungsgüter für die Hauptstadt sowie ausländische Touristen hereingelassen wurden. Das war alles genau geregelt; es gab sogar einen Stundenplan, um Stoßzeiten und Staus auf den Straßen zu vermeiden. Das Siebte und das Erste Tor indessen wurden selten, sehr selten geöffnet. An manchen Tagen sogar überhaupt nicht, und bei starkem Frost wie vor einem Monat, als der Kopf eines in

Albanien besiegten Paschas gebracht worden war, konnte es passieren, daß die eisernen Riegel einfroren und mit heißem Wasser wieder beweglich gemacht werden mußten. Natürlich, dachte er zum dritten Mal, das ist etwas anders, als wenn Gemüse angeliefert wird. Andererseits, in gewissem Sinn (er sah hinaus auf die endlose Wüstenei, die sich unter dem Februarlicht noch kaum enthüllte), in gewissem Sinn sind auch diese Köpfe nur ein paar große Pflanzen, so etwas wie schwarze Kürbisse.

Das Rasseln der Kutsche auf dem Kopfsteinpflaster war lange verklungen. Der Kopf fährt jetzt auf das Zentrum zu, dachte er und drehte sich nach der Hauptstadt um. Die hohen Gebäudekuppeln, die Türme und Minaretts, metallische Nadeln, glänzten von innen heraus. Der Kopf ist nun dort, dachte er. Schon lange wartete die Hauptstadt auf dieses kleine Knäuel in seinem ledernen Behälter. Die anderen Tore ließen ganze Schwünge von Fleisch, Obst, Gemüse herein, ohne daß dadurch der Hunger der Stadt zu stillen war. Denn mehr als alles andere hatte sie diesen Kopf gebraucht.

KAPITEL 4
Zentrum des Reiches. Ein wolkiger Tag

Seit zwei Stunden lag Ali Paschas Kopf im Schandkasten. Blasser als sonst, wegen des neuen, dunklen Anzugs, den er sich für seine Hochzeit hatte schneidern lassen, stand Abdullah an seinem üblichen Platz, die Hände hinter dem Rücken verschränkt, und beobachtete die Menschenströme, die sich über den Platz ergossen. Nach all den Tagen, an denen der Kasten leer gewesen war (Bugrachans Kopf hatte man vor fünf Tagen daraus entfernt), war auf dem Platz wieder das gewohnte Treiben eingekehrt. An seinen kopflosen Tagen wirkte der Platz anormal, verwirrt und aufgelöst zugleich. Die Menge stolperte blind über das Pflaster, tappte ziellos hierhin und dorthin. Der Platz war aus dem Gleichgewicht gewesen. Nun, da er sein neues Haupt hatte, war der normale Zustand wiederhergestellt. Der Strom der Menschen war einer gewissen Regelhaftigkeit unterworfen, die Abdullah an die Gezeiten der Meere unter dem Einfluß des Mondes erinnerte. Der Kopf am Rand des Platzes übernahm in diesem Fall die Rolle des Himmelstrabanten.

Auch wenn der Platz kopflos war, verlangten es Abdullahs Dienstvorschriften, daß er seine Position einnahm wie immer. Das hatte zwei Gründe. Der erste und wichtigere bestand darin, daß sich auch dann, wenn der Kasten leer war, bei den Leuten keinesfalls der Eindruck einstellen durfte, daß Separatismus eines Tages womöglich nicht mehr bestraft werden würde. Abdullahs Präsenz demonstrierte, daß, ganz im Gegenteil, zu jeder Tages- oder Nachtstunde oder gar -minute ein abgeschlagener Kopf im Kasten auftauchen konnte. Der zweite Grund war schlichter: der Kasten wurde beaufsichtigt, damit niemand, sei es als Provokation gegen den Staat oder einfach nur aus Albernheit, irgend etwas Banales hineinlegte.

An all den Tagen, an denen der Kasten leer war, konnte man in den Augen der Passanten die Frage lesen: Wessen Kopf wird darin liegen, Ali Paschas Kopf oder das Haupt von Hurschid Pascha? Vorher hatte die gleiche Frage Ali Pascha beziehungsweise Bugrachan Pascha gegolten. Die meisten Leute rechneten damit, daß sich an Hurschid Pascha das Schicksal von Bugrachan wiederholen werde (und gewiß hatte man heimlich Wetten darauf abgeschlossen), doch es kam anders. Ali, der Sieger, wurde endlich bezwungen.

Sein Kopf war vor vierundzwanzig Stunden in der Hauptstadt eingetroffen, morgens, noch ehe es richtig hell war. Obwohl er unter größter Geheimhaltung in die Hauptstadt gebracht worden war, hatte sich das Ereignis eine Stunde, ehe die Nachricht durch die Herolde des Informationsbüros offiziell verbreitet wurde, bereits herumgesprochen. Die Massen strömten sogleich auf den Platz, um den Kopf des nach dem Sultan mächtigsten Mannes im Reich zu sehen, doch den ganzen Tag über blieb der Kasten leer. Was ist los? Warum bringt man ihn nicht? Wann? Wie? Die Fragen häuften sich so, daß es Abdullah schließlich so vorkam, als seien auf diesem Platz vom ersten Tage an nichts als Fragen gestellt worden. Für ihn war die Verspätung des Kopfes absolut erklärlich. Nachdem man ihn der üblichen Toilette unterzogen hatte, war er um zehn Uhr dem erhabenen Sultan präsentiert worden. Noch war nicht bekannt, wie lange die silberne Schale vor dem Sultan gestanden, was der Herrscher gesagt und ob er sich zum Separatismus ganz allgemein geäußert hatte. Man wußte nur, daß der Kopf um elf Uhr im Sitz des Staatsrats den höchsten staatlichen und geistlichen Funktionären vorgeführt wurde. Um elf Uhr dreißig rief man dann die ausländischen Botschafter, und um ein Uhr erklärte der Großwesir auf einer kurzen Pressekonferenz, ungeachtet der Rebellion des Gouverneurs der Albaner sei die Einheit des Reiches fester denn je. Andererseits, betonte er, werde die Regierung alle separatistischen Bestrebungen, bei wem und in welchem Winkel des Imperiums sie sich auch immer zeigten, auf das unerbittlichste verfolgen.

Die Erklärung des Großwesirs, daran bestand kein Zweifel, hatten alle Provinzen und Paschaliks des großen Staates als direkte Drohung zu begreifen, insbesondere jene Gebiete, die eine gewisse Autonomie genossen wie bis gestern noch Albanien. In scharfem Ton machte der Großwesir deutlich, daß die Hohe Pforte künftighin keinerlei Mißdeutung der Autonomie mehr dulden werde und noch weniger ihren Mißbrauch. Besondere Aufmerksamkeit fand bei den ausländischen Beobachtern eine Passage in der Rede des Großwesirs, in der er »Gebietsautonomie, richtig verstanden« erstmals neu definierte. Mit diesem Begriff, als deutlichstem Ausdruck der blühenden Freiheit der Nationen innerhalb der Reichsfamilie, hatte sich die staatliche Propaganda jahrelang gebrüstet. Ganz ungeachtet poetischer Vorstellungen, sagte der Großwesir, muß ein für alle Male Klarheit darüber geschaffen werden, daß diese Autonomie nur begrenzt ist. So wurde sie von der Zentralgewalt des Reiches stets verstanden, und an dieser Beurteilung wird sich bis zum Tage des Jüngsten Gerichts nichts ändern. Zudem machte der Großwesir neuerlich einige Abstriche, was die Frage der Nationen und ihrer Gemeinschaft im Schoße des Reiches betraf. Unabhängig davon, daß die Nationen im großen osmanischen Vielvölkerstaat ihren eigenen Namen haben, erklärte er, sind alle diese Nationen, ehe sie türkisch, albanisch, griechisch, serbisch, bosnisch, tatarisch, kaukasisch oder etwas anderes sind, zuerst einmal islamische Nationen. Die bisherige Geschichte kennt zahlreiche Beispiele dafür, wie jene endeten, die eine andere Auffassung davon hatten, sagte der Großwesir, und die Tatsache, die wir vor uns haben, schloß er, auf die Silberschale mit Ali Paschas Kopf weisend, ergänzt als Beispiel nur die Historie.

Den ganzen Nachmittag über verließ die Menge, die hoffte, nach der Begutachtung werde man den Kopf in Übereinstimmung mit dem Protokoll endlich in den Kasten legen, keine Minute lang den Platz. Doch bis zum Abend harrten die Menschen vergebens aus. Offenbar wurde der Kopf den ganzen Nachmittag über einer eingehenden ärztlichen Untersuchung unterworfen.

Die Journalisten, die weder bei der Präsentation des Hauptes im Staatsrat noch später im Außenministerium zugelassen waren, verbrachten die ganze Nacht auf dem Platz, um dabeisein zu können, wenn der Kopf in den Kasten kam. Abdullah kannte fast alle mit Namen. Übernächtigt und mit verquollenen Augen kehrten einige auf den Platz zurück, offenbar um ergänzendes Material für die ausführlichen Reportagen auf den Mittelseiten zu sammeln. In der Menge bewegten sich einzelne Angestellte ausländischer Botschaften, die in der Maske von Schaulustigen wohl Informationen politischen Charakters sammeln wollten, was an Tagen wie diesem außerordentlich leicht war. Mehrmals hatte Abdullah Fetzen unverantwortlicher Unterhaltungen leichtsinniger Leute aufgeschnappt. Man sagt, daß es keine Amtsenthebungen unter den albanischen Funktionären geben wird, sagte einer zu einem andern. Das glaube ich nicht, erwiderte sein Gesprächspartner. Nach allem, was geschehen ist, steht selbst hinter den hochgestelltesten und vertrauenswürdigsten Albanern ein dickes Fragezeichen. Und trotzdem gibt es keine Umbesetzungen, beharrte der andere. Vielleicht, kam die Antwort. Der Staat sieht weiter als wir. Dummköpfe, dachte Abdullah, finden sie keinen anderen Platz für solche Unterhaltungen? Inmitten der Menge entdeckte er den Vizepräsidenten einer der bedeutendsten Banken der Hauptstadt. Abdullah fiel ein, daß gestern sogleich nach Bekanntgabe des Kriegsendes und der Ankunft des Kopfes in der Hauptstadt der Bronzepreis gefallen war. Für den Mittag wurde ein weiterer Sturz des Bronzekurses erwartet. Im Lauf der Jahre hatte Abdullah die Erkenntnis gewonnen, daß man an den Bewegungen der Bronzekurse mehr über den Verlauf eines Krieges erfahren konnte als aus Zeitungsnachrichten, die von Niederlagen nicht so leicht berichten konnten.

Was soll jetzt mit Albanien geschehen? fragte jemand direkt vor seiner Nase. Ja, wirklich, fragte sich Abdullah, was soll damit geschehen? Diese Frage, die heute in aller Munde war, stellte sich für ihn noch mehr, weil sie mit seinem älteren Bruder zu tun hatte, dessen erster Brief vor zwei Tagen endlich angekommen war. Ein langer Brief, in dem er den Ort, wo er von nun an Dienst tun mußte, bis in die Einzelheiten beschrieb. Es war eine ausgedehnte Ebene im nördlichen Teil Albaniens, die man Kosovo oder Amselfeld nannte. Hier hatten vor vierhundert und ein paar Jahren die Armeen des türkischen Reiches die vereinten Balkanbewohner besiegt. Sie beklagen noch heute diese Niederlage, schrieb der Bruder. Sie ist das Ferment, das all die saure Speise, ihr ganzes Leid am Gären hält, all das, was für uns Honig und Freude bedeutet. Das Feld wurde damals mit so viel Blut getränkt, daß sich, wie es heißt, auf Jahre hinaus die Vegetation veränderte: hier wucherte es im Übermaß, dort welkte und verdorrte alles. Eine halbe Million Soldaten begegneten sich hier in einem Kampf auf Leben und Tod, der vom Morgen bis zum Abend dauerte. Hier wurde mit den anderen auch Gjon

Kastrioti, Fürst der Albaner, bezwungen, der Vater des verwünschten Skanderbeg, des ersten und mächtigsten Separatisten, den das alte Reich erlebte. Gegen Ende der gewaltigen Schlacht fiel auch der Sultan, dessen Grabtürbe er nun bewachte. In Wahrheit ist der Leichnam des Sultans darin nicht ganz bestattet, schrieb der Bruder, sondern nur sein Blut und das Gedärm. Der Leib ohne Eingeweide war auf einem mit Bronzeschildern bewehrten Kamel auf den Weg in die Hauptstadt im Inneren des Reichs gebracht worden. Es heißt, unterwegs hätten bei schlechtem Wetter immer wieder Blitze das Kamel mit dem toten Sultan getroffen, jedoch weder dem Tier noch dem Leichnam Schaden zugefügt. Die Blitze wurden von den Bronzeplatten abgeleitet und entluden sich in feurigen, den Quasten einer rötlichen Wolldecke gleichenden Fransen in den Boden.

So bekam der gefallene Sultan zwei Gräber. Abdullah sah zum Kasten hinüber. Wie du auch, dachte er. Sie alle hatten viele Gräber und ... viele Frauen. Er dagegen, vor einer Woche ... seine erste ... und gewiß die einzige Frau ... und, zu allem Übel, auch sie nicht ... sie nicht ... nicht ...

Was geschieht jetzt mit Albanien, war die Stimme vor ihm wieder zu hören. Ihr Elenden, dachte Abdullah. Warum fragt ihr nicht, was aus uns wird? Sekundenlang war alles in ihm erstarrt. Es war einer jener seltenen Momente, in denen sich ein Mensch vorübergehend zu teilen und der eine Teil über den anderen zu urteilen vermag. Seit wann? fragte er sich selbst. Seit wann begehrst du auf? Doch die Spanne der Verdoppelung war so kurz wie der Moment der Empörung. Er wurde wieder eins, träge und gehorsam. Abdullah.

Ein paar Schritte vom Schandkasten entfernt hatte es der Hofmaler Sefer eilig, das abgeschnittene Haupt zu malen. Der Islam verbot die bildliche Darstellung von Menschen strengstens, doch Abdullah wußte, daß die Protokollabteilung des Hofes nach vielen Interventionen des Scheik ul-Islam schließlich die Erlaubnis erwirkt hatte, die Köpfe von Separatisten im Bild festzuhalten. Das Ersuchen war mit dem Argument begründet worden, diese Köpfe seien ja, wenn sie erst einmal im Schandkasten lagen, nur noch Dinge, und sie zu malen sei auch nichts anderes als das Entwerfen von Mosaiken. Der Maler war ständig von Menschen umringt. Neugierig reckten sie die Hälse, um einen Blick von der Leinwand und den Farben zu erhaschen, flüsterten miteinander, und manchmal kamen sie aus Versehen an die Beine der Staffelei. Doch der Maler kümmerte sich nicht darum. Er arbeitete rasch, war doch jeden Moment damit zu rechnen, daß die Farben in der Kälte erstarrten.

Obwohl es noch nicht elf Uhr geschlagen hatte, blickte Abdullah doch immer wieder zur Straße des Halbmonds hinüber, wo der Arzt bald erscheinen mußte. Es war der erste Tag des neuen Kopfes, und die Vorschrift besagte, daß sich der Doktor mit ihm vertraut machen und einen kurzen Bericht über seinen Zustand anfertigen mußte, damit er spätere Veränderungen wissenschaftlich rechtfertigen konnte, wenn Probleme auftraten. Auch gehörte es zu den Pflichten des Arztes, ein Urteil abzugeben, wie lange etwa der Kopf öffentlich gezeigt werden konnte.

Der Arzt tauchte exakt in dem Moment auf der Kreuzung auf, als die Turmuhr des Tempels vom Osmanischen Geist elfmal schlug. Wie immer wirkte er fröhlich, schwankte ein wenig beim Gehen und lächelte sein gewohntes Lächeln, das so unveränderlich auf seinem Gesicht stand, daß Abdullah anzunehmen geneigt war, es gehöre eigentlich zur Beschaffenheit seiner Haut und sei gar kein rechtes Lächeln.

»Versammlung«, rief der Arzt schon, als er noch ein paar Meter entfernt war, »den ganzen Morgen Versammlung. Es gibt Leute, die wollen um keinen Preis einsehen, daß es in der Medizin wie in den anderen Wissenschaften auch Fortschritte gibt. Guten Morgen, Abdullah!«

»Guten Morgen, Doktor!« erwiderte Abdullah mit einer kleinen Verbeugung.

»Eins, zwei, drei schlagen sie eine alte Chronik auf: derart wurde 1389 der Kopf von Timurtasch dem Großen einbalsamiert, so durchströmte in diesem und jenem Jahr das Blut den Leib des Scheik ul-Islam, und so fort. Das Schlimmste ist aber, daß sie immer, wenn man zu beweisen versucht, daß neuere Methoden wirklich zur Erhaltung der Köpfe taugen, mit allen möglichen politischen Unterstellungen über einen herfallen: Verdient etwa Ali Paschas Kopf eine andere Tinktur als der Kopf des Verräters Demirdag vor einem Jahrhundert? Sind nicht beide undankbare Schurken gewesen, die vom großen Padischah die gleiche Strafe erhalten haben? Was, bitte, soll man bloß auf ein solches Argument erwidern«, seufzte der Arzt.

»Ach, da ist er ja, der neue Gast«, rief er, sich dem Schandkasten zuwendend, fast fröhlich aus.

Als Abdullah die hölzerne Trittbank heranschob, trafen sich ihre Blicke.

»Oh«, rief der Arzt, dem etwas einfiel. »Wie geht es dir denn, was tut sich?«

Errötend senkte Abdullah den Blick.

»Nichts«, sagte er.

Drei Tage zuvor hatte er seine Scham überwunden und dem Arzt das Geheimnis seiner ersten ehelichen Nächte anvertraut. Ein trauriges Geheimnis. Abdullah konnte nicht mit seiner jungen Frau schlafen. Der Arzt hörte ohne ein Zeichen des Erstaunens zu, und das machte Abdullah auf gewisse Art Mut, bewies es doch, daß es nichts Ungewöhnliches war. Der Arzt stellte einige Fragen (o je, wie schwer fiel doch Abdullah das Antworten, besonders, wenn es um seine Frau ging), gab ein paar gute Ratschläge und versicherte schließlich, es sei dies ein vorübergehendes Problem und in erster Linie auf das Fehlen des weiblichen Elements im öffentlichen Leben zurückzuführen. Dieser Mangel, fuhr er fort, umgibt die Frau mit einem solchen Mysterium, daß einen das Begehren bis an den Rand des Wahnsinns treiben kann.

»Hm«, machte der Arzt, während er sich anschickte, die unterste Stufe zu betreten. Ein paar Sekunden lang hielt er nachdenklich den Kopf gesenkt. »Hör mal«, sagte er dann und fixierte Abdullah. »Du mußt es anders versuchen. Weißt du, wie?«

Abdullahs Blick war erloschen.

»Wie?« fragte er mit schwacher Stimme.

»Du mußt zu einem schlechten Frauenzimmer gehen.«

Abdullah machte eine abwehrende Gebärde.

»Ach, hör doch auf«, sagte der Arzt und setzte den Fuß auf die Stufe. »Das ist ein fast sicheres Mittel.«

Abdullahs Blick hing an den Fersen des Arztes, die sich von einer Stufe zur nächsten bewegten. Eins, zwei, drei, vier. All die Nächte der vergangenen Woche hatten für ihn eine Karawane quälender Stunden bedeutet, Kamelhöcker, auf denen er sich immer tiefer in eine Sandwüste ohne Hoffnung hineinquälte.

Mach dir keine Sorgen, hatte der Arzt gesagt, das ist eine rein psychische Angelegenheit. Abdullah hielt den Atem an, damit ihm ja keines seiner Worte entging. Dein Begehren ist so groß, daß es zunächst einmal in sich selbst erstickt, hatte der Arzt weitergesprochen. Seine Worte gingen Abdullah den ganzen Tag über nicht aus dem Kopf. Manchmal hörten sie sich überzeugend an, meistens aber komisch. Warum sollte ein großes Begehren in sich selbst ersticken? Und warum gerade bei ihm? Er glaubte nicht an die Macht der Zauberei, doch ab und zu überlegte er, ob ihn nicht so die Strafe für eine vergangene Untat ereilte. Vielleicht hätte er besser nicht von fremden Frauen träumen sollen.

   Besonders qualvoll war die vierte Nacht seiner Ehe gewesen. Im ganzen Reich feierte man die Nacht der Kraft. Jahrhundertelanger Tradition entsprechend hatte der erhabene Padischah in dieser Nacht einer Jungfrau beizuwohnen. Die Hauptstadt erstrahlte in einem Lichtermeer. Am späten Abend donnerten vom Paukenturm, der Gefängnisfestung und von der Terrasse der Admiralität die Kanonen, um den Beginn der Nacht der Kraft anzuzeigen. Abdullah lag in dem sorgsam beheizten Zimmer neben seiner jungen Frau. Beide waren in kaltem Schweiß gebadet. Immer furchtbarer dröhnten die Kanonen. Ihre Rohre, der Rauch, das Pulver, die Feuerzungen, alles symbolisierte nur das eine, nämlich die zu Eisen und Donnern gewordene Manneskraft des Padischah. Unter diesem Donnern krümmte sich der Beamte Abdullah wie eine Schnecke. Und während er aus den Augenwinkeln den Nacken seiner Frau betrachtete (dieser träge auf dem Kissen ruhende Nacken übte eine seltsame Qual auf ihn aus), spürte er wie eine ferne Feuersbrunst, bitter und süß zugleich, die schmerzhafte Eifersucht heranwogen, die ihn in letzter Zeit immer wieder befiel. Sie galt den Köpfen im Kasten aus Stein. In ihren erloschenen Augen entdeckte er Hohn. Bugrachan Pascha hatte achtunddreißig Frauen in seinem Harem gehabt. Es hieß, die gelbliche Hautfarbe des Wesirs von Trapezunt sei auf niemals endende Orgien zurückzuführen gewesen. Der Gouverneur von Tripolis hatte etwa fünfundsiebzig Frauen besessen, die Hälfte davon jünger als achtzehn. Ali Paschas legitime Gattin Vasilika war zweiundzwanzig, während der aufrührerische Wesir die achtzig bereits überschritten hatte.

Sie alle besaßen so viele, viele Frauen, doch er ... Sie verrieten ihn. Die Organe seines Körpers ließen ihn, eines nach dem anderen, im Stich. Zwischen Kopf und Leib bestand nur noch eine formale Verbindung. Doch wenn das alles schon so war, wenn sich die unheilbare Kälte eingestellt hatte, sollte er sich dann nicht besser von seinen Gliedern, seinem ganzen Körper trennen? Sich ein für allemal der Hände, Füße, des lästigen Bauches entledigen. Wie sich Belagerte ohne Hoffnung im höchsten Turm der umzingelten Burg verschanzen, so verkroch auch er sich in seinen letzten Schlupfwinkel, den eigenen Kopf. Wenn er nur noch Kopf war, hatte seine junge Frau keinen Grund mehr, etwas von ihm zu erwarten. Dann würde sie ihm vielleicht auf eine über die Maßen weibliche Art die Lippen küssen, wie das die Frau des blonden Paschas getan hatte, als man ihr seinen Kopf brachte. Abdullah glaubte zu spüren, wie das Blut langsam in seinen Adern pulsierte. Nur Kopf sein. Kopf im steinernen Kasten. Erloschene Sonne mit einem abendrötlichen Blutrand rund um den Hals. Allein dem Entsetzen der unüberschaubaren Massen der Hauptstadt gegenüber. Den Platz terrorisierender Tyrann. Von vielen tausend fiebrig glühenden Augen verschlungen. Im Zentrum der Beachtung und des Reiches. Toter Mond.

Im Raunen auf dem Platz gab es eine Veränderung. Abdullah hob den Kopf und sah, daß der Arzt die Holzstufen herabstieg. Er trat auf das Pflaster, dann drehte er sich zum Kasten um und betrachtete eine Weile lang nachdenklich den abgeschnittenen Kopf. Die Menge ringsum, die jede seiner Bewegungen erstarrten Blutes verfolgt hatte, begann wieder zu summen. Der Ministerrat ist erneut zusammengetreten, sagte jemand. Ein kalter Wind pfiff über den Platz. Der Arzt starrte weiter den Kasten an. Das schlohweiße Haar des Hauptes, eben noch gezaust, beruhigte sich, flatterte aufs neue. Bestimmt ist der Honig eingefroren, dachte Abdullah. Der Arzt schüttelte ein paarmal nachdenklich den Kopf. Weshalb nur? murmelte er dann traumverloren. Dieser Kopf wollte das Reich herausfordern, sagte sich Abdullah müde. Er war ein bißchen durcheinander. Der weiße Bart des Hauptes wirkte wie mit Nebel überhaucht. Abdullah mußte daran denken, daß an diesen weichen Strähnen noch vor zwei Tagen die furchtbaren Worte des Wesirs zischend vorbeigestrichen waren. Die Haarbüschel um seinen Mund herum waren mit Macht und Tod gesättigt gewesen. Wenn sie sich zornig sträubten, zitterte das ganze Reich. Nun waren sie nur noch Haar. So weich wie Lammfell. Abdullah dachte an den Leib seiner Frau. Statuenhaft auch er. Ihr Sexus schlief. Noch hatte er ihn nicht zum Sturm entfacht.

»Erschütterungen wie diese hat der Staat seit Jahren nicht mehr erlebt«, sagte der Arzt, auf den Kasten weisend.

Abdullah wußte nicht, was er antworten sollte. In allen offiziellen Verlautbarungen war der Begriff »Erschütterung« peinlichst vermieden worden. Vielleicht zum tausendsten Mal betrachtete er den Kopf. In welchem Winkel dieses Schädels keimte zum ersten Mal die Idee auf, sich gegen das jahrhundertealte Imperium zu empören? In Abdullahs Hirn blitzte die Erkenntnis auf, daß er selbst noch nie gegen etwas aufbegehrt hatte. Nicht einmal gegen mich selbst, dachte er.

»Auf Wiedersehen, Abdullah!« sagte der Arzt, mühsam den Blick vom Kasten losreißend.

Abdullah machte eine Verbeugung. Nach ein paar Schritten drehte sich der Arzt um.

»Was dieses Problem angeht, so mache, was ich dir gesagt habe«, rief er zurück.

Abdullah spürte, daß er rot wurde.

Eine neue Woge von Menschen schwappte auf den Platz. Aus der Straße der Islamischen Waffen strömten Schulkinder und Zöglinge religiöser Einrichtungen. Manchmal versuchte Abdullah Gesprächsfetzen aufzuschnappen, um die letzten Neuigkeiten zu erfahren. Kein Journalist der Hauptstadt war so schnell wie das Getuschel auf diesem Platz. Sätze, die Abdullah hörte, brannten sich in sein Bewußtsein ein wie große oder kleine Schlagzeilen. Man rechnet damit, daß über bestimmte Teile des Balkans, vor allem in Albaniens Nachbarschaft, der Ausnahmezustand verhängt wird. Die Suche nach Ali Paschas Schatz geht weiter. In den schaurigen Katakomben vermutet man gräßliche Geheimnisse. Die Witwe des Rebellen, Vasilika, wird mit dem nächsten kaiserlichen Kurier in der Hauptstadt eintreffen. Reis Effendi, der Außenminster . . .

Für Abdullah wäre es eine unverzeihliche Dummheit der Vierten Direktion gewesen, hätte sie ihre Leute nicht auf diesem Platz ausschwärmen lassen. Hier bekam man die schlimmsten

Ketzereien zu hören. Wurde da nicht zwei Meter weiter, direkt vor der Nase der Wachen, über das Schicksal Albaniens nach der Niederwerfung der Empörung diskutiert. Seine Sonderrechte wird es für immer verlieren, das steht fest, sagte einer, aber ich bin gespannt, ob man es verschärftem Terror unterwirft oder nicht. Verschärfter Terror? fragte ein anderer. Was ist das? Das weißt du nicht? So sagt man jetzt, wenn ein Gebiet Yer Haram, also Verbotene Erde wird. Ach so, verschärfter Terror! Du meinst, der wird verhängt? Warum auch nicht? antwortete der andere. Alle Untertanen des Reichs sind empört über die Albaner. Hast du einmal in die Zeitungen geschaut? Sie rufen nach Terror. Jahrelang hat man Albanien verhätschelt, schreiben sie, nun ist es genug. Soll es in Blut ersaufen. Und trotzdem glaube ich nicht daran, widersprach der zweite. Du wirst sehen, es findet sich ein Mittelweg, der die allgemeine Empörung besänftigt und trotzdem die Albaner nicht noch mehr reizt. Vorher hast du selber gesagt: Der Staat blickt weiter.

O je, schon wieder diese Dummköpfe, dachte Abdullah. Haben die nichts Besseres zu tun, als sich über den Staat auszulassen? Er versuchte wegzuhören, doch die Stimmen waren zu nah und drängten sich gewaltsam in seine Ohren. Was denkst du, wer wird Ali Paschas Nachfolger? fragte der eine. Das läßt sich schwer sagen, meinte der andere. Das hängt von dem Dekret des Gebieters über den Status Albaniens ab. Wenn es zum Haram-Land erklärt, also nach dem neuen Sprachgebrauch verschärftem Terror unterworfen wird, dann bleibt möglicherweise Hurschid Pascha dort; er ist jung und energisch. Sonst... Was, sonst? fragte die erste Stimme. Sonst, wenn das Dekret milder ausfällt, wie ich glaube, dann wird vielleicht der alte Karadscha Pascha hingeschickt.

Sie unterhielten sich weiter über die Besetzung von Ämtern, und Abdullah mußte daran denken, daß es heute im Palast der Siegel und Erlasse gewiß lebhafter zuging als in allen anderen staatlichen Einrichtungen. Eine Million Beamte hatte das Reich, und darunter gab es eintausendvierhundert hohe Funktionäre, deren Schicksal direkt von dieser Behörde abhing, deren gewichtige Säulengänge mit goldenem Rost überhaucht zu sein schienen. Von hier aus wurden die höchsten Würdenträger ernannt; die Wesire einschließlich des Großwesirs; die beiden

Oberkommandierenden der Armee, der Bejlerbej für den europäischen und der Bejlerbej für den asiatischen Teil; alle Gouverneure von Provinzen unter verschärftem Terror oder, nach alter Terminologie, Haram-Land; die Gouverneure von autonomen Provinzen oder Yer Helal, Wohlgefällige Erde, wie sie einst hießen; die Regenten der nach dem »Kra-Kra« entnationalisierten Zonen sowie der Gebiete, in denen der Ausnahmezustand herrschte; alle Generale der Bodentruppen; die Admirale oder Seepaschas, wie man sie auch nannte; die Botschafter Ersten Ranges; der Chefinspekteur des Staates; die vier Großdirektoren: der Reichsbank, des Zentralarchivs, des uralten Palasts der Gerüchte sowie des Tabir Serail, also des Palastes der Traumdeuter oder, kurz, der Träume, der sich, wie sein Name schon sagte, als zentrale Einrichtung mit der Auslegung von Träumen der Untertanen befaßte. Abgesehen von der hohen Geistlichkeit, die direkt vom Scheik ul-Islam ernannt wurde, fand die Ämterverteilung innerhalb der mächtigen Herrscherkaste hier statt. Detailliert bestimmte man hier den Platz eines jeden in der Hierarchie; seine Privilegien wurden einzeln erfaßt, sein Gehalt, sein Rang, sein Platz im Kabinettsaal, im Kronsaal, in der Cortège bei festlichen Anlässen, bei Trauerfeiern, Regierungsbanketten und schließlich auf dem Staatsfriedhof festgelegt. Von hier gingen Ordensverleihungen, Beförderungen, Degradierungen, Versetzungen, Amtsenthebungen, Bannsprüche und so weiter aus, Begnadigungen mittels eines Hayir Ferman oder auch das Köpfungsverlangen durch einen Katil Ferman.

Alles, was er wußte, hatte sich Abdullah Tag um Tag und Stück für Stück hier auf dem Platz vor dem Schandkasten angeeignet. Zuerst war es verstreut im chaotischen Getuschel der Menge wie Steine und anderes Baumaterial im Durcheinander einer Baustelle. Doch langsam ordnete es sich und fand in geregelte Bahnen, so daß in Abdullahs Gehirn ein Bild der gesamten staatlichen Stukturen entstand. Daraufhin stellte sich bei ihm verschwommen das Empfinden ein, daß in dem großartigen Bauwerk des Überstaates so etwas wie ständiger Hader existierte. Das hatte ihn zunächst betrübt, doch dann war ihm bewußt geworden, daß der Staat seit Jahrhunderten mit diesem Hader lebte. Die Rivalität zwischen weltlicher und geistlicher Macht, das Gerangel zwischen den Kasten und Gruppen, von dessen Echo er kaum etwas wahrnahm, Verleumdungen, Haß, sogar die Verschwörungen, die unentwegt aufgedeckt wurden, all dies vermochte nicht an der Erhabenheit des Staates zu rühren, denn über allem, über den beiden Mächten und über allen Kasten wachte furchtbar Allahs Stellvertreter auf Erden, der erhabene Padischah. Dieser Gedanke tröstete ihn ein wenig; dennoch fragte sich Abdullah ab und zu, weshalb sie so heftig miteinander zankten. Doch stets, wenn er auf diese Frage stieß, blieb sein Verstand stehen wie vor einem finsteren Abgrund. Offenbar waren hier seine Grenzen. Nicht einmal das Tuscheln auf dem Platz, diese furchtbare Enzyklopädie aller Dinge, lieferte eine Erklärung dafür. In solchen Augenblicken erschien Abdullah der Mechanismus des Staates wie ein riesiges Räderwerk, das tief in der Finsternis mit dumpfem Knarren das in achthundert Jahren schmutzig gewordene Grundwasser durchrührte.

Manchmal kam es Abdullah so vor, als erhelle das Wort »Bronze«, das er aus dem Summen heraushörte, blitzartig dieses Rätsel. Doch es war ein so blasser Schimmer, daß er sogleich wieder von der Finsternis verschlungen wurde. Ab und zu schnappte Abdullah Stimmen auf, die ihren Unwillen über die Aufhebung des Systems der Timare zum Ausdruck brachten. So nannte man den Grund und Boden, den der Staat den Militärs als Entgelt für ihre Dienste zum Lehen gab. Schon seit langem, und mit jedem Tag mehr, wucherten zwischen den Timaren, die noch staatliches Eigentum waren, sogenannte Tschiftliks, also Landgüter, die sich in privatem Besitz befanden. Eben in dieser Aufteilung kaiserlichen Bodens glaubten die Militärkasten Anzeichen der Zersetzung und des Schlendrians zu entdecken. Angeblich wurde sogar in einem Memorandum des Scheik ul Islam an den Sultan (o Gott, dachte Abdullah, während er den beiden Leuten, die sich genau vor dem Schandkasten unterhielten, zuhörte, warum müssen sie sich für ihr verdammtes Geschwätz ausgerechnet diesen Platz aussuchen), in dem Memorandum des Scheik ul-Islam wurde also unter anderem festgestellt, dies sei eine der Ursachen für die militärische und folglich auch politische Schwächung des Staates und daher... Abdullah lauschte beklommen. Konnte es denn sein, daß unreine und banale Wörter wie Prozente, Zinsen, Grundrente,

Geldzirkulation, Ökonomie mindestens in einer gewissen Verbindung zu dem gewaltigen Mechanismus standen, der sich Staat nannte, zu all den strahlenden und schicksalsschweren Ereignissen, die ihn betrafen? Das ist unmöglich, sagte er sich. Das ist nie und nimmer möglich. Das sind bloß Schwätzer, die aus dem Irrenhaus entsprungen sind ... Und trotzdem ...

Sein Verstand duckte sich einen Moment lang unter der finsteren Wucht dieses Rätsels, dann riß er mit einem erleichterten Aufatmen seine Gedanken davon los und richtete sie auf die äußere Architektur des Staates, die er wahrscheinlich nicht weniger genau kannte als der oberste Protokollchef. So entlockte es ihm zum Beispiel ein ironisches Lächeln, wenn er hörte, es gebe Menschen, die nicht wußten, daß selbst die Gouverneure von Paschaliks ersten Ranges bei offiziellen Feierlichkeiten niemals vor den Gouverneuren der Haram-Gebiete Platz nehmen durften. Aber auch hier stieß Abdullah nicht selten auf Dinge, die er nicht genau verstand. Beispielsweise leuchtete ihm nicht ein, wieso der Direktor des Tabir Serail, also des Palastes der Träume, obwohl er nur ein viertrangiger Funktionär war und noch nicht einmal den Paschatitel trug, sondern eben nur Direktor war, wieso also er das alleinige Vorrecht besaß, sich im Antlitz des mächtigen Scheik ul-Islam, vor dem alle Wesire zitterten, nicht verbeugen zu müssen, und ebenso das Recht (o Schrekken), die Dekrete des Sultans zu redigieren.

Solche Gedanken wälzte Abdullah tagelang in seinem Kopf herum. Sie erschreckten ihn ebenso wie sie ihn bezauberten. Nun war einer dieser hohen Funktionäre, Ali Pascha Tepelena, tot, und die ganze Kaste erbebte wie unter einem Erdstoß. Im Palast der Siegel und Erlasse brannte das Licht sicherlich bis Mitternacht. Dort wurden all die Vorgänge bearbeitet. Überall in dem unendlich großen Reich war mit hektischer Betriebsamkeit zu rechnen. Um die reichsten Paschaliks an sich zu bringen, würden sie mit Zähnen und Klauen aufeinander losgehen, für Posten sich die Augen auskratzen, anonyme Briefe verfassen.

Er hingegen, der kleine Beamte Abdullah, der am Rande dieses Platzes leider vom Geschmack der Macht gekostet hatte, wie jemand, der, ohne Alkohol zu trinken, sich berauscht, nur von den Dünsten aus dem Faß, er würde nie mit dieser Behörde zu tun haben. Das einzige Dekret, das für ihn in Frage kam, war ein Todesurteil. Hier, im Schandkasten, liegt Kara Abdullahs Kopf, der sich gegen den Staat erhob.

Ein Zittern überlief Abdullah, dann richtete er sich auf. Gedämpftes Tuscheln lag über dem Platz. Wieder erreichte es in Form von Schlagzeilen Abdullahs Ohr. Der gesamte westliche Teil des Balkans in den Alarmzustand versetzt. Bewegung in Griechenland, man profitiert von Ali Paschas Aufstand. Gerüchten aus höheren Kreisen zufolge wird Finanzminister W. W. Kara Alis Witwe die Ehe antragen. Andere Stimmen ließen sich vernehmen, die diese Absicht dem Spitzenbeamten Halet unterstellten, dessen Frau zwei Monate zuvor einem Brustkrebs erlegen war. Sollte sich die Lage in Albanien normalisieren, dürfte Hidar Pascha dorthin abkommandiert werden. Wie verlautet, hat Ali Paschas schöne zweiundzwanzigjährige Witwe Vasilika erklärt, keinem andern gestatten zu wollen, den Platz ihres toten Mannes einzunehmen. Die ganze Hauptstadt spricht nur noch über die Erklärung des Großwesirs zur begrenzten Autonomie. Die Hauptstadt wird die Rückkehr des Triumphators Hurschid Pascha voraussichtlich nächste Woche großartig begehen. Er ist der Mann der Stunde. Zweifellos steht ihm eine atemberaubende Karriere bevor. Spekulationen sehen ihn sogar schon im Amt des Großwesirs. Die Bronzekurse werden mittags wieder sinken. Abdullahs Spannung ebenso ...

Abdullah lächelte traurig vor sich hin. Der Mann der Stunde, wiederholte er mechanisch. Die jungen Burschen in den vornehmen Cafés hatten begonnen, Bärte »à la Hurschid« zu tragen. Die besseren Damen träumten wahrscheinlich von ihm. Sie vielleicht auch ... seine junge Frau. Ein paar Augenblicke lang blieb Abdullahs Blick leer. Dann huschte wie ein flinker Marder ein unnatürliches Funkeln hindurch.

KAPITEL 5
Am Rand des Reiches. Ein wolkiger Tag

Ein schwerfälliger Planwagen, von Büffeln gezogen, quälte sich durch den halbgefrorenen Schlamm. Von vorbeikommenden Armeegäulen halb aufgefressene oder im Regen vermoderte Heustöcke profitierten offensichtlich davon, daß jetzt nach dem Ende von Krieg und Unwetter die Achtsamkeit nachließ, und hatten sich zerlumpten Gespenstern gleich wieder an die Straße herangeschlichen. Der Regen war vorbei, und nach der Konfusion, die den ganzen Tag über am Himmel geherrscht hatte, hing dort nun ein dickes Wolkengelee, in dem sich ab und zu wie eine Wasserleiche herabklatschend ein Donner verlor.

Unter diesem stupiden Himmel verlasen in allen Dörfern, Städten und Siedlungen des soeben unterworfenen Gouvernements die Herolde das aus der Hauptstadt eingetroffene kaiserliche Dekret: »Euch, Sklaven und Raya des großen Padischah, Untertanen des Gouvernements Albanien, bis heute regiert vom Unseligen Ali, sei das Leben geschenkt. In Frieden möget ihr das Brot der Sklaverei essen, so ihr alsbald eure Waffen einhändigt. Wir ordnen an: entledigt euch sogleich der prächtigen Gewänder und kleidet euch allein in schwarzen oder grauen Filz. Euer Haar sollt ihr scheren und euren Kopf mit einem Fez von Büffelleder bedecken. Niemals sollt ihr einen Hengst, eine Stute oder ein Maultier besteigen. Verschließt eure Schornsteine, auf daß euch jegliche Fühlung mit Allahs Himmel durch den Rauch verwehrt sei; in Schwaden soll er durch Tür und Fenster entweichen, nachdem ihr samt Zeug und Vieh und Kind darin gebadet. Diese Peinigungen wird man euch erlassen, so ihr mit Taten und nicht Worten dem großen Sultan zeigt, daß ihr aus euren Köpfen den Geist des Aufruhrs und des Unseligen Ali Gedächtnis vertrieben habt.«

Die Menschen standen auf den Schwellen ihrer Häuser, an Feldrainen, Äckern und in Wirtshaustüren, betreten lauschend, und sagten nichts. Sie sagten immer noch nichts, als der Herold ihnen den Rücken zukehrte und sich auf den Weg ins Nachbardorf machte. Mit zusammengepreßten Lippen sahen sie immer wieder zu den Feldern hinüber, die in diesem Jahr des Krieges wegen brachlagen, als lasse sich dort noch eine andere Erklärung für das neue Dekret finden. Über das mit wassergefüllten Granatlöchern übersäte Land schwärmten Raben und Elstern, da und dort verrückte Muster aus Formen und Klängen bildend. Die Menschen brauchten nur eine Weile die nach ausgebliebener Aussaat weit und sanft und schwarz sich quälende Erde anzuschauen (was es für eine Frau hieß, die Leibesfrucht zu verlieren, wußten sie alle; so konnten sie auch ermessen, wie gramvoll eine Erde ohne Frucht war), also genügte ein Blick auf das verödete Land, um ihnen klarzumachen, daß das meiste nun vorüber war und daß dieses Dekret auch nichts mehr schlimmer machen konnte, so wie das Kreischen der Elstern über der winterlichen Erde deren Schwermut nicht mehr zu vertiefen vermochte.

Das waren alte Dekrete. Man hatte sie aus Aktenbündeln herausgezogen, die seit einer Ewigkeit im Kaiserlichen Archiv lagerten, und von siebzigjährigen Bürokraten waren sie liederlich redigiert worden, damit sie mehr schlecht als recht auf die Zeit und die verschiedenen Gouvernements des großen Staates paßten. Die Leute waren an solche Erlasse gewöhnt. Seit Jahrhunderten kamen und gingen die Herolde, doch im Gouvernement Albanien änderte sich wenig. Da waren Himmel und Erde, die miteinander auskamen oder manchmal auch nicht, Zeiten mit Korn oder Zeiten des Hungers bewirkend; da waren die Sonne, an allem beteiligt, und der Mond, der sich aus allem heraushielt; und schließlich war da irgendwo weit weg, im Zentrum der Welt, der Sultan, der all das große Unheil von dort herüberschickte, die Erde unter ihren Füßen und den Himmel über ihrem Kopf in Unordnung brachte. Deshalb war der Zorn auf den Sultan alt und schon gewohnheitsmäßig. Das Gouvernement Albanien? hatte der englische Botschafter bei einem Regierungsbankett zum Hohen Rat Halet gesagt. Ein Land, soweit ich weiß, mit Gehölzen, Felsen und zornigen Wolken überzogen. Wenn jemand diese Wolken einsammeln könnte ... Ja, wenn ..., hatte ihn Halet lächelnd unterbrochen. Und außerdem, das wäre ja wohl ein etwas schwierigeres Geschäft als das Baumwollpflücken. Oder nicht?

Damals war über Ali Paschas Rebellion noch nichts verlautbart worden, obwohl man schon überall darüber tuschelte, und der englische Botschafter wollte der Regierung natürlich auf den Zahn fühlen, was das staatsbedrohende Unwetter anging, das sich da anscheinend zusammenbraute.

Sein Donnergrollen drang von weither heran. Täglich trat die Regierung zusammen. Das schwerfällige Räderwerk des Staates, der uralte Palast der Gerüchte, das Kriegsministerium, die Vierte Direktion des Innenministeriums, das Außenministerium, der Palast der Träume, alle machten Überstunden. Und alles wartete.

Doch die letzten Berichte aus Albanien bestätigten wider alles Erwarten, daß Ali Pascha Tepelena, der betagte Löwe, den alten Zorn Albaniens nicht hatte versammeln können. Nur seinen eigenen Haß hatte er gegen den Sultan aufgeboten.

»Euch, Sklaven und Raya des Padischah«, fuhren die Herolde mit in der eisigen Luft eingefrorenen Kehlen zu rufen fort, »nun, da der Krieg beendet . . .«

Allein war er gegen den Sultan angetreten, so wie dies Jahre zuvor auch Kara Mahmud Bushatli getan hatte und wie es bei ein paar hohlköpfigen albanischen Paschas ganz allgemein recht häufig vorkam, verrückten Helden, die, wie die Venezianer sagten, vom Krieg besessen nur auf Krieg aus waren, mit oder ohne Anlaß. Und als der Sultan sie dann nicht einlud, auf dem Savasch Alani Azam, dem »großen Waffenplatz«, dabeizusein, da erbosten sie sich, erhoben die Waffen gegen ihn oder überfielen, wenn sie nichts Besseres zu tun hatten, aus heiterem Himmel benachbarte Staaten wie Venedig, Österreich, eben jeden, der ihnen in den Weg kam.

Ali Pascha ähnelte ihnen in vielem, nur war er in jeder Beziehung bedeutender als sie, und außerdem nicht verrückt, sondern klug. Trotzdem blieben die Albaner ihm gegenüber kalt. Jahrelang hatte er sie, die Landsleute, wirtschaftlich bis auf die Haut ausgeplündert, ganz genau wie die türkischen Paschas, hatte sie mit Steuern beladen, unterdrückt wie jeder andere Wesir, nur schlimmer, sie niedergemetzelt, auf Dornen tanzen lassen, in Ketten geworfen, gedemütigt. Deshalb folgten sie ihm nun, da er mit dem Sultan in Streit geraten war und sie in der Not zu Hilfe rief, nicht. Ihr Leben lang war ihnen der Gang in den Krieg leichter und selbstverständlicher erschienen als eine herbstliche Hochzeit, doch nun rührten sie sich nicht. Sollten sich die Tyrannen streiten. Sollten sie einander die Augen auskratzen und die Bärte zerzausen, das geschah ihnen nur recht.

Der Krieg stand vor der Tür. Die Kuriere des Wesirs (hier war er noch Ali Pascha, dort, als ob die Nacht über ihn hereingebrochen sei, der Unselige Ali) durchstreiften einsam das winterliche Zwielicht. In ihren Satteltaschen waren Siegel, Fesseln, Gold, doch sie konnten nichts damit anfangen. Das Volk blieb taub und stumm.

Dann tauchten die ersten Kriegswagen auf, Kolonnen von Infanteristen, nasse Kanonen, Stäbe, Banner mit Halbmond und Koransuren, Intendantureinheiten, Musikzüge, Scharfrichter, Marketenderinnen. Alles war so alt und vertraut wie die Dekrete. Seit vierhundert Jahren wiederholte sich alles immer wieder wie in einem schlimmen Traum.

Als sich das ganze Knäuel dann um die Festung wickelte, erließ er seinen letzten Aufruf an die Landsleute: Helft mir, ihr seht, sie sind da! Doch wieder erhielt er keine Antwort. Man vergaß ihn sogar. Mehr als sein Schicksal machte ihnen Kummer, daß das Land von den Karren kreuz und quer durchwühlt wurde, und daß die Zugpferde der aufgeprotzten Kanonen im Vorbeikommen das Heu von den Schobern fraßen. Und so ließen sie ihn mit seinen Geschützen und seiner regulären Armee allein.

Sogar jetzt, da alles vorbei war, also die übliche Phase des Mitleids eingesetzt hatte, blieb dieses äußerst flach und allgemein. Es entzündete sich vor allem an seinem hohen Alter (weder die einheimischen Epen noch die staatlichen Chroniken wußten von einem anderen Wesir, der sich noch zweiundachtzigjährig zur Rebellion erhoben hatte), am bitteren Verrat seiner Söhne und Enkel, die, alle Paschas und Bejs, sich auf des Sultans Seite schlugen. Und trotzdem bedauerten sie mehr als ihn die eigene fünfundzwanzigjährige Enttäuschung, sich selber und den Boden. Und so, wie das Land allmählich, ganz allmählich, aber hartnäckig damit beschäftigt war, sich selbst wieder in Ordnung zu bringen (es schloß die Löcher und Gräben, die der Krieg in seinen Rücken gerissen hatte), so reparierten auch sie alles, was zu reparieren war, um sich herum und in sich selbst.

Auf den reifbedeckten Straßen des Gouvernements brüllten

noch immer die Herolde, doch die Leute waren sich im klaren, daß zwischen der Verlesung der langen Dekrete und ihrer Durchführung noch Ströme von Blut flossen. Niemand würde sich so leicht über diese Ströme wagen; also wechselten sie nicht die Kleider, stiegen weiter aufs Pferd, trugen die Haare, wie es ihnen beliebte, und der Rauch stieg aus ihren Schornsteinen noch immer hinauf zum Himmel.

In den letzten vierhundertundfünfzig Jahren hatte Albanien mit jeglichem Geschick Bekanntschaft geschlossen, das im alten Reich der Osmanen für ein Land bereitgehalten wurde. Zur Zeit der frühen Eroberung, die 1379 begonnen hatte, als die albanischen Fürsten, teils nach Kriegen, teils durch Vertrag sich zu Vasallen des Sultans machen ließen, war Albanien zum bevorzugten Land, zur Wohlgefälligen Erde erklärt worden, wie es in den alten Dokumenten noch hieß. Seine Herren, die stolzen Grafen, Fürsten und Herzöge, ersetzten ihre Wappen und Embleme, all die Falken, Adler, gekrönten Löwen, Wölfe und Lilien, durch osmanische Symbole. Sie gestanden ferner zu, daß der Kalender ebenso geändert wurde wie der Lauf der Stunden an jedem Tag, denn sie dachten, damit würde es sein Bewenden haben. Doch das dauerte nicht lange. Als sie dann nach fünfzig Jahren der Geduld begriffen hatten, daß die osmanische Eroberung keine Frage von Symbolen und Kalendern war, überwanden sie ihren persönlichen Ehrgeiz und alles Trennende, schlossen sich einem der ihren an, Skanderbeg aus dem Geschlecht der Kastrioten, und erhoben sich zu einem Aufstand, der so furchtbar war, daß die bloße Erinnerung daran den großen Staat zum Zittern brachte. Als Strafe für die Rebellion wurde Albanien nach der Wiedereroberung zur Verbotenen Erde erklärt und für siebzig Jahre verschärftem Terror unterworfen. Als das bestrafte Land dieserart völlig erschöpft war, begann der Zugriff des Zentralen Staatsarchivs, das mittels der furchtbaren Doktrin des »Kra-Kra« die vollständige Entnationalisierung in Angriff nahm. Den auf dreihundert Jahre angesetzten Prozeß der Entnationalisierung brach man jedoch nach neunzig Jahren ab, da er keinerlei Ergebnis gezeigt hatte, und zum allgemeinen Erstaunen erging ein Sonderdekret des Padischah, das, mit den Worten »Albanien gereicht mir zur Freude« beginnend, das gefolterte Land wieder zur Wohlgefälligen Erde erklärte. Es wurde nun nicht nur von einheimischen Paschas regiert, sondern für kurze Zeit sogar in den Kreis der privilegierten Länder aufgenommen, aus denen die höchsten Funktionäre des Staates rekrutiert wurden. Keine andere Nation hatte dem Imperium so viele Paschas, Admirale und Wesire gegeben, elf der neunundvierzig Ministerpräsidenten des vergangenen Jahrhunderts eingeschlossen, wie das ferne Balkanvolk. Neben der alten osmanischen aristokratischen Elite wuchs eine neue Herrscherkaste heran. Es war, als erwachten die einstigen kühnen Herzöge und Barone von Arbëria zu neuem Leben. Tatsächlich glichen ihnen die albanischen Paschas von heute in manchem, in ihrer wilden Entschlossenheit, ihrem Ehrgeiz und ihrer Unverträglichkeit, doch in vielem waren sie auch ganz anders. Vierhundert Jahre osmanischer Herrschaft waren nicht ohne Spuren geblieben. Dumpfheit drückte schwer auf ihre Gehirne, eine asiatische Trübung, benebelnd wie die Dämpfe eines türkischen Bades. In diesem Dunst konnten sie vieles nicht erkennen oder sahen es verzerrt. Nein, wenig hatten sie mit den früheren Herren von Arbëria gemeinsam, den Fernen, den Gebirglern, den Schneelern, den Nebligblauen, den stets von großer Sehnsucht Umfangenen, den Balshaj, den Topiaj, den Dukagjinen, den Muzakaj, den Kastrioten.

Seit vielen Jahren stieß sich die osmanische Aristokratie an der Verhätschelungspolitik gegenüber den albanischen Feudalherren. Haben Generationen von Osmanen Meere von Blut vergossen, nur um die Macht mit dieser wankelmütigen Nation zu teilen, die sich den andern überlegen wähnt und sie Raya schimpft, beschweren sie sich polternd. Die Eifersucht nahm ihnen den Atem, machte ihnen Asthma, ließ sie dem Herrscher anonyme Briefe schreiben, doch er änderte seine Politik Albanien gegenüber nicht. Man rechtfertigte dies als die einzige Methode, die rebellischste aller Nationen des gigantischen Reiches zu beschwichtigen. In Politikerkreisen kursierten sogar schon sprichwörtlich gewordene Äußerungen des Hohen Rates Halet: »Ihr beschwert euch über die Posten und Auszeichnungen, die wir an Albaner vergeben haben? Aber glaubt mir, diese Posten und Orden sind für eine Nation verderblicher als jede Wunde.« Orden sind also etwas Schlechtes, ha, ha, ha, steckten die alten Würdenträger hämisch lachend die Köpfe zusammen.

Wenn das so ist, wieso spart man dann uns gegenüber damit? Verhätschelt es nur, euer Albanien.

Das kam nun davon. Wieder diese schlimme albanische Undankbarkeit. Jetzt, nach der großen Ernüchterung, wartete das ganze Reich darauf, daß sich das große Strafgewitter auf das schnöde Land entlud.

Nach der Niederschlagung des Aufstands schien die Welt verstummt, doch in Wahrheit hatte sich nichts geändert. Der vierhundert Jahre alte Zorn schwebte noch immer über dem ganzen Gouvernement, und der Geist der Rebellion gegen den gewaltigen Staat war so umfassend und unveränderlich wie das Klima des Landes.

Das lange schwarze Kleid der jungen Frau schleifte über den Boden, Staubwölkchen, Kieselsteine und ab und zu halbverkohlte Gewehrkartuschen hinter sich herziehend. Es war die zweiundzwanzigjährige Witwe Ali Paschas, die in Begleitung einer kleinen Eskorte durch die Labyrinthe der eroberten Festung ging. Die Eskorte bestand aus zwei ihrer Damen, einem Architekten und einem als Derwisch gekleideten Beamten des Innenministeriums. Die kleine Gruppe folgte in absolutem Schweigen der hohen Silhouette der Witwe, verlangsamte oder beschleunigte die eigenen Schritte nach dem Rhythmus der ihrigen, blieb stehen, wo sie stehenblieb, und setzte sich wieder in Bewegung, sobald sie weiterging. Während der ganzen schweigsamen Verfolgung wahrte die Eskorte stets eine gewisse Distanz, die nur der Beamte aus dem Innenministerium hie und da durchbrach.

Man suchte nach jenem Teil des Schatzes des besiegten Wesirs, der angeblich noch nicht gefunden war. Man durchschritt mit der Witwe alle Gemächer und Katakomben, in der Hoffnung, sie werde sich an Orte erinnern, an denen sie einst verdächtige Arbeiten wahrgenommen oder irgendwelche überraschenden Mörtelspuren entdeckte hatte.

Gleich nach Alis Kopf hatte man, von einer neunhundertköpfigen Wache begleitet, seinen Schatz auf den Weg geschickt. Doch anstatt auch nur der leisesten Bekundung von Dank oder wenigstens Zufriedenheit über das Gold und die Edelsteine tauchte im Nu einer der Vizedirektoren der Reichsbank auf.

Jene, die ihn aus der Kutsche aussteigen sahen, standen wie vom Donner gerührt, als sie feststellen mußten, daß mit dem langen Ding, das da aus der Türe drang, noch nicht der ganze Mensch ausgestiegen war, sondern daß dieses lange Ding vom Anfang nur die Beine waren, über denen bald der Leib und schließlich auch noch der Kopf auftragten. Der Finanzmann verlangte sofort zu Hurschid Pascha geführt zu werden, um ihn davon in Kenntnis zu setzen, daß lange und komplizierte Berechnungen (Allah, hatte Hurschid Pascha gedacht, wie haben sie diese Rechnungen bloß angestellt?) ergeben hätten, daß Kara Alis Schatz noch nicht vollständig gefunden sei, und daß die Hauptstadt dringend den anderen Teil begehre. Hurschid Pascha spürte, wie seine Hände eiskalt wurden. Als er dann das Empfinden hatte, daß eben noch genug Speichel in seinem Mund war, um die Bildung von Worten zu gestatten, erklärte er dem widerwärtigen Beamten seinen Willen, besonderen Befehl zu erteilen und alle Hebel in Bewegung zu setzen, damit der Schatz gefunden werde, wenn er noch unvollständig sei. Während er diese wenigen Worte aussprach, kroch durch eine seiner Gehirnwindungen die Frage, wieso man es derart langen Wesen wie diesem unsäglichen Finanzmann überhaupt gestattete, sich auf Gottes Erdboden herumzutreiben (und auch noch staatliche Bescheide zu überbringen). In seiner Verstörung wäre er jetzt fast zu glauben geneigt gewesen, alles Übel auf dieser Welt gehe von übermäßig langen Menschen aus. Der andere entfernte sich, und nachdem Hurschid Pascha sogleich angeordnet hatte, alle Gefangenen aus der Festung erneut der Folter auszusetzen, schickte er aus, um die Witwe des Bezwungenen in sein Zelt bringen zu lassen, die auf direkten Befehl der Hohen Pforte noch am gleichen Tag in die Hauptstadt aufbrechen sollte.

Er hatte viel von Vasilika reden hören, sie jedoch noch nie gesehen. Seit seiner Heirat mit ihr war Ali nie mehr zu einem Regierungsbankett erschienen. Sie war wirklich schön, doch nicht so, wie er sie sich vorgestellt hatte. Trotzdem hätte er sie mit Vergnügen seinem Harem zugeführt, ja sie vielleicht sogar zur Frau genommen (wem anders als ihm, der sie zur Witwe gemacht hatte, stand dieses Recht auch mehr zu?), wenn nicht die allmächtige Direktion des Hofprotokollamts Hand auf sie gelegt hätte.

Vasilika blickte ihm gerade in die Augen, ohne Haß und ohne Verstörung, wie sie beim Anblick des Bezwingers ihres Gatten eigentlich zu erwarten gewesen wären. Unter anderen Umständen hätte ihr Hurschid Pascha diese Respektlosigkeit heimzuzahlen gewußt, doch jetzt galt seine Sorge dem Schatz. So nahm er aus ihrer Begegnung die Dramatik, alle Schärfe und Gereiztheit, die bei derartigen Anlässen naturgemäß entstand, und zwar ganz einfach deshalb, weil er, der ihren Mann bezwungen hatte, in allem dessen Rivale und Bezwinger sein mußte, also auch bei Vasilika. All dies schob er beiseite, setzte sich selbst über seine eigene Jugend hinweg (der Pascha war erst achtundzwanzig) und sagte mit einer für ihn selbst fremd klingenden Stimme: »Nun hör zu, mein Kind!«

Er unterhielt sich mit ihr lange und freundlich über alle möglichen Dinge, auch über den Schatz, ohne zu drohen, ohne zu bitten, ohne sie zu bemitleiden, einfach von Mensch zu Mensch. Die Witwe nickte ab und zu, und so beendete sie auch das Gespräch.

Draußen vor den Toren der Festung wartete schon seit dem Morgen der Wagen, der die Frau in die Hauptstadt bringen sollte. Ob der Schatz nun gefunden wurde oder nicht, am Nachmittag würde sie die lange Reise antreten.

Drunten in den Labyrinthen sah Vasilika einmal in diesem, dann in jenem Winkel Hurschid Paschas kurzen Bart aufflakkern wie eine verlöschende Lampe, in jenem blassen Bronzeglanz, der dann besonders echt wirkte, wenn sein Besitzer über goldene, bronzene und silberne Münzen sprach. Du bist noch so jung, hatte er gesagt. In der Hauptstadt wirst du sicher bald Heiratsanträge von hohen geistlichen und staatlichen Würdenträgern erhalten. Ja, gewiß, du wirst eine Menge Anträge erhalten, fuhr er fort, wobei er aus irgendeinem Grund auf seine Fingernägel starrte, und in diesem Augenblick hatte sie das Gefühl, daß er ihr womöglich selbst einen Antrag machen werde. Doch er tat es nicht, sondern sprach wieder über ihre Jugend, führte aus, daß der böse Ruhm eines Mannes seiner Frau nicht schade, sondern ganz im Gegenteil in ihrer Person wie in einem Filter von allem Schmutz befreit werde und so seinen wahren Glanz zurückerhalte.

In der Kehre eines geräumigen Wehrgangs blieb sie einen

Moment lang stehen und sah hinaus, hinüber auf die reifbedeckte Ebene. Dieser Winter hatte die Welt zu Eis erstarren lassen. Eine Woche war es nun schon her, seit sich im großen grauen Teig des Himmels zum letzten Mal eine Spur Sonne gezeigt hatte. Sie glaubte nicht mehr daran, daß die Sonne je wiederauferstehen würde. Hatte man sie denn nicht glatt über dem Horizont abgeschnitten, so wie seinen Kopf glatt über den Schultern?

Sie schloß die Augen, öffnete sie aber sofort wieder, denn geschlossene Augen waren noch viel gefährlicher. Sie ging weiter, und dem Rascheln ihres Kleides folgte in völligem Schweigen die Eskorte. Die Gänge waren eiskalt, und die Nischen und Mauern voller viereckiger und rautenförmiger feuchter Flecke. Wenn sie manchmal darauf schaute, richtete sich der Blick des Beamten aus dem Innenministerium gleich auf die betreffende Stelle, und ebenso der des Architekten, der ein paar Schritte zurückblieb und verstohlen eine rasche Notiz auf ein Stück Papier warf.

Sie hatte große Augen, und in ihnen wurde wie in einem Spalt augenblicklich jeder Versuch ihres Gehirns sichtbar, einen Gedanken zu fassen. Manchmal glitten die schwarzen Pupillen zur Seite, kreisten, schienen beinahe im Kopf versinken und nie wieder auftauchen und die Augäpfel gänzlich in ihrem starren, leblosen Weiß zurücklassen zu wollen. Doch im letzten Moment hielten sie am Rande des Abgrunds inne und kehrten langsam ins Zentrum des Auges zurück. In solchen Fällen war der Architekt noch eifriger mit Notizen beschäftigt. Jedesmal stieg dann die Hoffnung, den restlichen Schatz zu finden.

In Wirklichkeit suchte sie nicht den noch fehlenden Teil des Schatzes, sondern etwas ganz anderes. Sie suchte ihn, ihren toten Mann. Es war, als könnten die Mauern und Nischen ihr helfen, seinen unbekannten Teil zu entdecken.

Sie waren nicht sehr lange verheiratet gewesen, und sie hatte ihn nicht besonders gut gekannt. Wenn er nicht in letzter Zeit, während der Belagerung, öfter mit ihr zusammengewesen wäre, hätte sie ihn vielleicht gar nicht gekannt. Doch in den vergangenen Monaten, als sie, von Hurschid Paschas Truppen umzingelt, in der Mausefalle saßen, hatte er sich stundenlang mit ihr eingeschlossen. So war es wohl auch in seinen frühen Jahren gewesen, als ihn seine Mutter achtzehnjährig mit der kleinen Zierpuppe Um Gulsumin, noch jünger als er, verheiratet hatte. Viele Stunden hatten sie hinter verschlossenen Türen miteinander verbracht ... Zwischen den beiden Frauen lagen sechzig Jahre seines Lebens, die niemand gehört hatten. Manchmal versuchte Vasilika in diese Zone einzudringen, doch schon bei den ersten Schritten kam sie sich darin so verloren vor wie in einer Wüste, und schaudernd kehrte sie um, um daraus zu fliehen. Aber in den letzten Monaten hatte die Sphinx von selber zu reden begonnen.

Es war Ende Herbst, eine mondlose Nacht; nur ein paar gleichsam vom Wind verwehte Sterne hingen fern in der Leere des Himmels. Die beiden ruhten in einem der Gemächer im Westturm der Festung, von wo aus man ein Stück dieses herbstlichen Himmels sehen konnte. Auf einmal sagte er nachdenklich: »Ich werde Krieg gegen den Sultan führen.«

Zuerst schwieg sie. Bewegte noch nicht einmal den Kopf. Dann, nach einer Weile, fragte sie, ohne den Blick von jenem fernen Sternezittern zu wenden, sehr leise: »Gegen den erhabenen Sultan?«

Er nickte, mehr mit dem Kinn als mit dem Kopf.

»Aber er ist doch das Licht der Welt«, sagte sie und nahm im gleichen Augenblick wahr, daß sein Atem plötzlich schneller zu gehen begann.

»Ich werde dieses Licht auslöschen.«

Es war mehr ein Schnauben als ein Sprechen.

Ihre Augen waren halb geschlossen. Wie schön, dachte sie, ohne zu wissen, warum. Wie schön, dachte sie noch einmal, wieder ohne zu wissen, warum. Sie lauschte seinem Atem, und allmählich wurde ihr der Grund dafür bewußt. Es war schön fast bis zur Schrecklichkeit für eine Frau, wenn der in herbstlicher Nacht auf dem ehelichen Kissen ruhende Kopf des Gatten vor Liebe und Schlaf nicht sagte: »Ich lösche das Licht«, wie das hunderttausend andere Männer auch taten, sondern, genauso selbstverständlich und gelassen: »Ich lösche das Licht der Welt.«

»Aber dann wird es doch finster werden«, sagte sie, mehr um ihn zum Weiterreden zu bewegen, als um zu widersprechen.

»Ich weiß«, antwortete er kurz. Ihre Hand krauste sanft seinen

Bart, dann wisperte sie dicht an seinem Ohr: »Aber warum willst du das tun?«

Zuerst sprach er nicht. Im matten Schein des kupfernen Leuchters sah sie, wie sich sein Bart, seine Augen und Brauen in einem Chaos sträubten, in dem die Gründe für den Krieg zu finden waren. Auch er selbst bemühte sich offensichtlich, sie ans Licht zu fördern, vermochte es aber nicht und antwortete deshalb einfach: »Das verstehst du sowieso nicht.«

Sie war gekränkt. Ihre Hand fuhr fort, seinen Bart in dem Rhythmus, der ihm gefiel, sanft zu liebkosen. Warum willst du noch höher hinauf? fragte sie stumm, ihn streichelnd. Wieso nicht statt dessen ein wenig hinunter? Wäre ein gewisser Abstieg in den Bereich menschlicher Größenverhältnisse nicht normaler gewesen als ein erneuter Aufstieg noch über das Übermenschliche hinaus? Gewiß, wundervoll war es schon, den Kopf mit einem Mann auf ein gemeinsames Kissen zu betten, in dessen Innern die Gründe für einen Krieg wohnten und sogar die Entscheidung, ihn auch zu beginnen. Aber trotzdem, war das nicht ein mehr als vages Vergnügen?

Manchmal, in Augenblicken der Selbstvergessenheit, empfand sie es fast als Schuld, wenn sie, auf einem weichen Sofa ruhend, sich selbst nur als Frau und nicht als seine Frau empfand. Du bist seine Frau, sagte sie sich, die Frau des nach dem Herrscher mächtigsten Mannes in diesem Reich, das sich über drei Kontinente erstreckt, wie kannst du das nur vergessen? Doch das Bewußtsein, daß sie seine Frau war, war es denn mehr als das Kosten vom Glück einer übermäßig kalten und fernen Größe? Dieses Glück entglitt ihr, zwar glitzernd, doch glatt wie ein Kristall aus Träumen. O grollender Wesir... So begann ein Lied über ihn. Es zeichnete, so schien ihr, ein ziemlich genaues Porträt von ihm. Mehr als Mensch, Pascha, Minister, Fleisch, Knochen und graues Haar war er ein grollendes Wetter. Nicht zufällig hatte sie manchmal das Empfinden, daß sie mit einem schneebedeckten Berg und gar dem Winter selbst verheiratet sei. Blitz und Donner, das Silber des Schnees, all dies war ihr Schmuck, doch konnte man ihn um den Hals tragen? Die Sehnsucht nach Verwandtschaft und gewöhnlicher Heirat (Schwäger, die aus den Schluchten der Gebirge kommen, schwarzer Filz die Hosen und rote Quasten, wie Flammen über den Opanken flackernd, auf Schimmeln, krachende Büchsen, Hochzeitstrommeln in Zigeunerhänden ...), diese Sehnsucht rankte sich manchmal herauf bis zu den Festungstürmen. Sie verscheuchte sie, redete sich ständig ein, fast laut, das Schicksal habe sie nun einmal für ein großes Leben an der Seite eines großen Mannes ausersehen. Sie war die Gattin dieses himmlischen Grollens, das über den Menschen war wie das Wetter über der Welt.

War er wirklich so bedeutend gewesen? Während all jener Wochen hatte sie selbst in ihren geheimsten Gedanken diese Frage nicht zu stellen gewagt. Nun kam sie ganz von allein; eigentlich nicht die Frage selbst, sondern ihr blasser Widerschein näherte sich verstohlen, hielt sich ein wenig abseits und schimmerte, schimmerte leise. Gleichsam angelockt von diesem rötlichen Glanz stellte sich nun die Erinnerung wieder ein; sie sah vor sich, wie sein Körper, auf den Schulterblättern hüpfend, die Treppe hinabgezerrt wurde, die nachgeschleppten Arme, den dumpf auf die Stufen prallenden Kopf, die fallenden Arme, die auf die nächsten Stufe auftreffenden Schultern, wieder dumpf der Kopf, nachgeschleppte und niederfallende Arme, und immer so weiter, o wie lang war dieser Sturz, bis unten an der Treppe die blitzende Klinge eines breiten Schlachtermessers die Welt in zwei Teile schnitt.

Alles hatte sich in einem Abstand von vielleicht zehn Schritten vor ihren Augen abgespielt, deren Lider sich zu senken weigerten. Weshalb nur, warum seid ihr nicht zugefallen, erblinden sollt ihr, haderte sie in den Tagen darauf mit ihren Augen, in die sie im Spiegel hineinstarrte, wie um herauszufinden, weshalb sie ihr dies nur angetan hatten, warum sie offen geblieben waren, als sich eigentlich der ganze Himmel hätte schließen müssen, um dieses buckelig hüpfende Unheil nicht mitzuerleben.

Das also ist nun dein Tod, dachte sie, als sein Kopf auf die zweite Stufe schlug und Schultern und Arme noch oben auf der ersten waren. Dein Tod, mit dem du das Staunen der Welt erregen wolltest. In der festen Überzeugung, daß das Wunder geschehen, daß er sich wieder erheben werde, um sein Wort einzulösen, hielt sie die Augen weit aufgerissen, doch inzwischen prallte der Kopf auf die vierte Stufe und die Schultern waren noch auf der dritten, während einer der Arme zu früh über das Gesicht rutschte. Ich habe nur noch dich und den Tod! Das waren in den letzten Wochen, als er schon alle Hoffnung verloren hatte, oft seine Worte gewesen. Dich und den Tod können sie mir nicht nehmen. Sie lag ganz nackt unter dem eisigen Licht des Mondes, und er, der sie seit Stunden anstarrte, wiederholte: Dich und den Tod ... Sie rechnete damit, daß er sich auf der vorletzten Stufe erhebe, doch dumpf schlug der Kopf auf, dann Schultern und Arme, alles war verkrümmt, alles vorbei, und kurz vor der Ohnmacht dachte sie noch: nicht einmal seinen Tod lassen sie ihm, nicht den Tod, nicht mich ... nichts, gar nichts ...

Die Augen der Witwe waren noch immer auf die feuchten Flecke und Rauten geheftet, manchmal länger, manchmal kürzer. Endlos zogen sich die Gänge hin, und die Kälte setzte sich in den Gliedern fest. Man hat nicht den ganzen Schatz gefunden, dachte sie gleichgültig. Etwas fehlt, etwas fehlt immer. Sie suchten es. Ihm fehlte auch etwas, wie dem Schatz.

Bald würden sie in den großen Waffensaal gelangen. Dort hatte sie ihn einmal tief in Gedanken versunken gefunden, eine Art kupfernen Zierat anstarrend. Der Architekt und einer der bedeutendsten Maler Janinas waren gerade gegangen. Was ist das? fragte sie, die flachen Scheiben betrachtend, die weiblichem Schmuck so wenig glichen wie männlichen Orden. Als sie dies aussprach, lachte er, ein kaltes Lachen, kalt wie die Scheiben. Richtig, sagte er, weder Kleinodien für eine Frau noch Orden für einen Mann. Es sind die Insignien des Staates.

Die Insignien des Staates? rief sie aus. Man wußte doch, daß diese seit jeher vom großen Padischah selbst gestiftet und geprägt wurden. Nun erfuhr sie von ihm, dies seien die Insignien des neuen Staates, den er bald zu gründen gedenke. Langsam und wichtig fuhr er zu sprechen fort, und sie lauschte mit offenem Mund. Jetzt erst begriff sie: Er wollte einen albanischen Staat schaffen. Einen Staat zu gründen, das war für sie etwas Schreckliches, nahezu Unvorstellbares. Fast wie die Entstehung von Welten. Wie aus altem kosmischem Staub ein neuer Himmelskörper sich bildete, so sollte aus dem Staub des osmanischen Universums, diesem Chaos aus Ängsten, Verbrechen, Intrigen an allen Ecken und Enden, vergifteten Speisen, im Schlaf durchschnittenen Kehlen, Bettelmönchen bei Laternen im Regen, Derwischen mit Messern und geheimen Botschaften im Haar, aus dieser Anarchie rebellischer Paschas, mit vielen tausend Akten vollgestopfter Kanzleien, von Spionen, für vogelfrei erklärten Wesiren, »unseligen« Paschas, auf deren Köpfe man aus war, die schon vor ihrem Tod wie Gespenster umherirrten und erst recht nachher; also in diesem ganzen archaischen Staub des Imperiums sollte Albanien auf die Welt gebracht werden.

Gebracht? unterbrach sie sanft. Ist es denn nicht schon dagewesen? Hatte es nicht Skanderbeg geschaffen? Sie sprach seinen Namen so leise aus wie alle Namen, die man in der Öffentlichkeit nicht in den Mund nehmen durfte. Dennoch verfinsterte sich seine Miene wie immer, wenn er ihn hörte. Grimmig sprach er weiter, ihr erklärend, Albanien sei damals wohl gegründet worden, später jedoch wieder zerfallen, vor vierhundert Jahren zerschlagen worden, und er habe die feste Absicht, es inmitten dieser Hölle neu zu gründen.

Ständig knackte er mit den Fingern. Anders als sonst machte ihn dieses Gespräch, das doch mit Ruhm zu tun hatte, merkwürdigerweise höchst nervös. Ach, wie schwierig es doch ist, sagte er schließlich mit einem ganz ungewohnten Seufzen, den Blick auf das Buch von Machiavelli gerichtet, aus dem er sich in letzter Zeit jeden Abend vorlesen ließ und das nun auf dem Tisch aus Eichenholz lag.

In dem nördlich blendenden Licht war der Waffensaal kalt wie immer. Warum? fragte sie sich. Warum hat er es nicht geschafft? Was hinderte ihn, der sich niemals von etwas abhalten ließ, denn nun? Der Sultan? Immerhin hatte er behauptet, er werde dieses lahme Kamel mit Leichtigkeit niederwerfen.

»Wer hindert dich denn daran?« fragte sie schließlich zitternd.

Er fuhr herum, als sei dieses »wer« durch die Ecken des Saales gehuscht wie eine Maus, die auf der Stelle getötet werden mußte.

Das nördliche Licht fiel ihm nun in den Rücken und hüllte ihn ein wie eine Decke mit durchsichtigen Fransen.

»Wer mich hindert?« sagte er. »Ha, ha, wer soll mich schon hindern? Niemand.«

Obwohl er leise sprach, waren die Worte in Wirklichkeit herausgeschrien. Aber es war ein ganz besonderer, für seine Sprechart typischer Schrei: mit Worten, die normal klangen, doch den Schrei in sich trugen.

»Es ist es, das mich hindert«, murmelte er. »Niemand sonst.«

Vasilika begriff fast nichts. Nur, daß dieses Gespräch auf der Stelle abgebrochen werden mußte. Später, als sie wieder auf das Thema kamen, begann Vasilika allmählich zu verstehen. Er klagte, beschwerte sich, daß es, es selbst, es ... Albanien zerrann ihm zwischen den Fingern. Verschwand. War wie ein Glühwürmchen, das nach der Berührung nur einen phosphoreszierenden Schimmer auf der Fingerkuppe hinterläßt, sonst nichts.

Sie hatte Zigeuner gesehen, die mit einem verzauberten Eisen, das sie Magnet nannten, kleine Metallstücke zu sich heranzogen, Nägel, Eisenspäne. So mußten wohl auch Berge, Morast und Regen, Worte, Menschen, Wolken angezogen werden, um sich vom gewöhnlichen Teig der Erde in das zu verwandeln, was er »albanischen Staat« nannte. Doch wie es schien, war er dieses Zaubers nicht mächtig. Alles war er zu erzeugen imstande gewesen, Angst und Schrecken, Paläste, Brücken, Kriege, Diplomatie, aber nicht ein unabhängiges Land. Auf dieses Metier verstand er sich nicht. Die Entwürfe für die Fahnen und das Staatswappen waren noch dort auf dem nackten Eichentisch im Waffensaal, doch von ihnen nahm, so schien es, kein Staat seinen Anfang.

In den Wochen, in denen sie sich näherkamen, lernte sie alles besser begreifen. Insgeheim war er eifersüchtig auf Skanderbeg, den Kastrioten, den einstigen Begründer eines albanischen Staates. Dreißigjährig hatte dieser vor vier Jahrhunderten vollbracht, was nun unmöglich schien: er hatte sich glücklich gegen den Sultan erhoben und auf den Ruinen des alten albanischen Staates, der an der Zwietracht der Fürsten und an den türkischen Schlägen zugrunde gegangen war, ein neues Albanien erschaffen. Für Ali Pascha dagegen war es zu spät. Er hatte nun die achtzig schon überschritten, und noch immer zeichnete sich kein Erfolg der Empörung ab. Albaniens Erneuerung lag nach wie vor in weiter Ferne. Und vorher hatte man noch die Militäraktionen des Reichs zu überstehen.

Noch bohrender war der Neid auf jenen kommenden Staatsmann, der das Werk vollenden würde. Denn daß es eines Tages gelingen mußte, das spürte er. Er war sogar fest überzeugt davon. Selbst wenn er selbst noch nicht geboren war, der Künftige, der Unbekannte, Albaniens Begründer, so hatte doch vielleicht schon sein Vater das Licht der Welt erblickt, und wenn nicht sein Vater, dann gewiß doch sein Großvater. Also kreiste das Blut schon in den Adern, den alten Aquädukten, die niemand zu zerstören vermochte, weil sie unter dem fürchterlichen Schutz der Anonymität standen. Er würde kommen, der seit Jahrhunderten Herbeigesehnte, um neu zu erschaffen, was nach Skanderbegs Tod vergangen war. Demnach gab es Skanderbeg, den Gegangenen, und ihn, den Kommenden, und zwischen ihnen Ali Pascha Tepelena, den grollenden Wesir, dessen Platz in der Geschichte nicht genau zu bestimmen war. Als Wetterleuchten am Himmel zu grollen, wie es in einem Lied über ihn hieß, war schön, doch nur, wenn Jahreszeiten beginnen und enden, hört man den Donner, sagte er, und er geht rasch vorbei. Ali Pascha aber wollte mehr.

Von Unsterblichkeit hatte er zum ersten Mal gesprochen, kurz nachdem ein englischer Poet namens George Byron in seinem Schloß zu Gast gewesen war. Er war der erste und einzige Mann, mit dem sie ihn betrogen hatte. Es war ein formloser Betrug, ohne Augen, Worte und Fleisch. Einem Monduntergang gleich. Er war schön und hinkte und hatte ungefähr ihr Alter. In seinem eigenen Land war er ein Pascha (dort hießen die Paschas Lord) und schrieb Verse wie Hadschi Schereti. Zwei Tage verweilte er in der Burg von Tepelena, dann zog es ihn wieder hinaus auf die Straße nach Griechenland. Den ganzen Weg über huschte ein winselnder Wind flach über die Landstraße hinweg, um an fernen Kreuzungen schlangengleich den Kopf zu erheben. Wehmutsvoll an einem der Südfenster stehend, ertappte sie sich dabei, wie sie an ihn dachte. Beschütze ihn, o Herr, dachte sie, denn er war ja so jung und dünn, fast durchsichtig vor lauter Versen, während es dort, wohin er unterwegs war, viele Männer mit Bärten, Gewalttätigkeit und Blut gab. Ihr Gatte fand sie so, die halbgeschlossenen Augen auf die Landstraße nach Süden gerichtet, und als ob er selbst vom Rücken her ihre Gedanken lesen könnte, sagte er: Er hätte vielleicht wirklich ein wenig früher aufbrechen sollen, doch es wird ihm auch so nichts zustoßen. Er ist von der Art der Unsterblichen. Die letzten Worte waren ironisch gemeint, denn für ihn war es ganz unvorstellbar, daß jemand mit Gedichten unsterblich werden konnte. Verse waren wie die Essenzen, die man zur Einbalsamierung verwendete. Sie hatten ihren Wert nicht in sich selbst, sondern nur darin, die leibliche Hülle berühmter Menschen zu konservieren. Für sich allein genommen waren sie nur eine Flüssigkeit.

Sooft die Rede auf Unsterblichkeit kam, und das geschah in den letzten Monaten immer häufiger, wußte sie, daß es bis zum Thema Albanien nun nicht mehr weit war. Diese Unterhaltungen wurden immer mühseliger.

Eines Tages (später, als er den Aufstand bereits vom Zaun gebrochen und den albanischen Staat ausgerufen hatte) führte er sie, als sei ihm die Frage, die sie damals im Waffensaal gestellt hatte, noch gegenwärtig, tief hinab in die Burgverliese zu seinen Feinden, die dort in Ketten lagen. Sie folgte ihm und der Fackel und dachte: Das sind nun also die Katakomben des Staates. Warum hatte sie nur nicht schon früher bemerkt, daß sie über Menschen lebten, die in Eisen lagen?

Der Kerker war ein Felsloch mit einem Gewölbe darüber. Das Licht der Fackel, das in diesem Gestank zu ersticken schien, zertrümmerte alles wie eine Zyklopenaxt, dann kehrte wieder Ruhe ein, und die nicht ganz mannshoch in die Mauern eingelassenen Fesseln wurden sichtbar. Sie waren so kurz, daß sich die Bestraften nicht hinlegen konnten. So hingen sie in unterschiedlichen Positionen in ihren Ketten, manche mit dem Rücken an der Mauer, die Knie ein wenig angewinkelt, einige zur Seite geneigt, manche um die Mitte des Leibes in Eisen geschlagen, so daß Kopf und Oberkörper nach vorne fielen, einer so eng an die Mauer geheftet, daß er fast einem Wandrelief glich.

Vor ihm blieb Ali Pascha stehen.

»Hast du nun endlich eingesehen, daß du im Unrecht warst, eh?« sagte er. Mangels Luft schienen die Worte auf den Boden zu fallen, kaum daß sie den Mund verlassen hatten.

Das Wandrelief rührte sich nicht. Die Wache beleuchtete mit der Fackel den Kopf, und Ali Pascha rief: »Rede, bist du womöglich tot?« Das Wandrelief rührte sich noch immer nicht.

»Er ist nicht tot«, sagte die Wache.

»Dort oben habe ich den albanischen Staat geschaffen«, sagte Ali Pascha. »Doch du wirst ihn nie zu Gesicht bekommen.«

Er ließ die Gestalt, die wie auf einem Amboß flachgeklopft an der Kerkerwand klebte, nicht aus den Augen. Wartete zwei Sekunden, vier, fünf. Plötzlich regte sich das Wandrelief ein wenig. Zuerst löste sich die eine Schulter von Mauer und Putz, dann ein Teil des Rückens und schließlich der Kopf. Dieser drehte sich langsam, bis er in die Richtung des Paschas sah, um dann wie unter der Wirkung eines Mechanismus wieder zu erstarren. Man sah sofort, daß der Mann erblindet war wie alle Gefangenen.

»He«, sagte Ali Pascha. »Hast du es nun eingesehen?«

Ha, ha, ha, kam es von dem Verurteilten. In frischer Luft wäre es wohl ein Lachen gewesen, hier unten jedoch war es nur ein stummes Aufwirbeln von Staub.

»Ha, ha, ha«, machte der Verurteilte wieder. »Nichts hast du dort oben getan.« Er schwieg einen Moment lang. Wenn er sprach, sank Staub und Schmutz von seinem Kopf herab.

»Nichts hast du getan«, wiederholte er, »wenn du noch Pascha bist.«

»Und woher weißt du, daß ich noch Pascha bin? Vielleicht bin ich inzwischen, wie sagst du doch immer, ein Führer.« Er zog das »ü« verächtlich in die Länge. »Ein Füüührer«, wiederholte er, »hörst du?«

Der Verurteilte antwortete nicht, sondern rasselte nur mit den Ketten.

»Pascha«, preßte er zwischen den Zähnen hervor. »Ich spüre in den Fingern, was du bist ... So läßt sich Albanien nicht erschaffen.« Auch seine Worte kamen wie aus einem Grab, zerbröselnd, halb mit Erde bedeckt. »Für ein Paschalik reicht es bei dir, aber für einen Staat nicht ... Albanien folgt dir nicht, nein ...«

»Schweig«, schrie Ali.

»Albanien ist nicht deine Mutter Hanko.«

»Schlag ihn«, schrie Ali.

Der Wächter, dem es zu lange dauerte, die Fackel in die linke Hand zu nehmen, mit der rechten Hand die Pistole zu ziehen und mit dem Knauf zuzuschlagen, ließ gleich die Fackel auf den Kopf niedersausen. Die Flamme zerstob, Funken und Asche regneten auf den Boden, und es roch nach verbranntem Haar. Kopf und Körper erstarrten allmählich wieder, wurden flach und eins mit der Mauer. Der Verurteilte hatte sich in ein Wandrelief zurückverwandelt.

Ihr war übel.

Als sie den Kerker wieder verließen, fragte sich Vasilika, wie es nur möglich war, daß dieser Mann, den seine Äußerungen im Rat des Wesirs ins Gefängnis gebracht hatten, auch jetzt noch unverändert an ihnen festhielt, so als ob mit ihm zusammen auch seine Worte in Ketten lägen. Unser albanischer Staat, wenn wir ihn denn erreichen wollen, kann nur von einem albanischen Führer und nicht von einem Pascha geschaffen werden. Was willst du damit sagen? war ihm Ali ins Wort gefallen. Willst du dich womöglich selber an die Spitze des Staates stellen, weil ich ein Pascha bin? Keineswegs, antwortete der andere. Du wirst an der Spitze stehen, Großherr, doch um an die Spitze zu kommen, mußt du dich vom Pascha zum Führer wandeln. Aber ich bin auch ein Führer, außerdem, unterbrach ihn Ali wieder. Nein, Großherr, fuhr der andere fort, wobei er zum zweiten Mal die alte albanische Anrede für die Grafen und Herzöge von Arbëria benutzte. Einstweilen bist du nur ein Pascha, und wenn du ein Führer werden willst, darfst du kein Pascha bleiben. Ha, ha, ha, lachte Ali, was sollen diese Rätsel, was faselst du da? Das sind keine Rätsel, Großherr, ich sage dir nur offen die Wahrheit: Gib den Pascha auf, damit du zum Führer wirst, und Albanien wird dich lieben. Handle, ehe es zu spät ist, Großherr, sonst wird dir Albanien nicht folgen. Genug, kreischte Ali, werft ihn in Ketten.

Als sie aus dem Kerker wieder ans Tageslicht trat, war Vasilika ganz benommen. Albanien wird dir nicht folgen, nein, dachte sie, und ihre Knie zitterten. Ali Pascha war gelb vor Zorn. Vasilika wußte, daß der Eingekerkerte einen wunden Punkt bei ihm berührt hatte. Obwohl er seine Eifersucht auf Skanderbeg zu verbergen suchte, war sie in ihren Gesprächen doch hin und wieder zum Vorschein gekommen. Ihm, Skanderbeg, war Albanien gefolgt. Selbst seinem Geist wäre es noch zu folgen bereit gewesen. Dem Geist des Toten sogar eher als ihm, dem lebendigen Ali.

Damals schlief sein Briefwechsel mit dem Sultan immer mehr ein. Die Schreiben des Regenten wurden immer kürzer, und von Brief zu Brief knapper wurden auch die üblichen Höflichkeitsfloskeln am Schluß, so wie einem einstmals prächtig glänzenden, nun jedoch unrettbar verderbenden Pelz die Haare ausgehen. Uerbittlich schälte sich alles ab, bis die jahrelang kaschierte Wahrheit schließlich nackt und bloß dalag.

Er hatte begriffen, daß ihm schwere Zeiten bevorstanden, und Boten in alle Teile des Landes ausgeschickt, um sich angesichts des drohenden Ungewitters der Hilfe der einzelnen Gegenden zu versichern. Doch die Boten kehrten mit leeren Händen zurück, nur mit dem Klappern der Hufeisen unter den Pferdebäuchen. Ihre staubbedeckten Gesichter hatten die Farbe und den Geruch des Nichts. Nichts aus dem Norden, nichts aus dem Westen. Er ließ drohen, dann schmeicheln, dann wieder drohen, doch immer kam nur jenes staubige Nichts zurück.

Das Vaterland stellte sich taub. Gebrechliches Albanien, murmelte er, im Waffensaal ruhelos auf und ab gehend, du bist alt geworden, deine Ohren lassen dich im Stich, du taugst nicht mehr für den Krieg. Doch er spürte selbst, daß er das alles nur sagte, um ein wenig von seinem Kummer loszuwerden. Denn bitter genug war es, sich eingestehen zu müssen, daß Albanien in Wirklichkeit gute Ohren hatte und nur so tat, als könne es nicht hören.

Ich habe Schlimmes getan, sagte er in diesen Nächten, die aus dem Reich des Wachses zu stammen schienen, so zäh und leblos, wie sie waren, oft zu Vasilika. Doch zeige mir einen einzigen Herrscher, der keine Untaten begangen hat. Zu manchen hat mich Hanko aufgestachelt, meine Mutter, Gott möge ihr verzeihen. Vasilika lauschte seinen Erzählungen und dankte ihrem Schicksal dafür, daß die Schwiegermutter bereits gestorben war, als sie, Alis zweite Frau, das Licht der Welt erblickte. In Augenblicken der Ruhe bedrängten ihn seine Verbrechen immer öfter. Er berichtete von Massenmorden, feuchten Verliesen, von den Bauern des Dorfes Kardhiq, die er barfuß auf einem dornenübersäten Platz tanzen ließ, vom Massaker in der Herberge von Valareja, und an den sich spannenden Wangen, der Stellung der Nase (manchmal kam es ihr so vor, als liege die Nase wie ein Sarg auf dem langen Gesicht) konnte sie in etwa ablesen, welche seiner Grausamkeiten ihm im Kopf herumgingen. Das ist aber nicht das wirklich Wichtige, erklärte er. Kerker und Ketten hatten auch die anderen, die Balshaj, die Topiaj, selbst die ruhmvollen Kastrioten. Wichtig ist etwas anderes, etwas ganz anderes.

Dann glaubte er Hufgetrappel zu hören. Doch fast alle Boten waren schon zurück. Einer, der sich verspätet hatte, kehrte aus fernen Gebieten zurück. Der Hufschlag seines Pferdes kündete schon von weitem die Leere an, die er brachte.

Taubes Weib, warum läßt du mich im Stich, schrie er tonlos, die Kiefer fest zusammengepreßt. Damals rief dich ein schlichtes Signalhorn, und du hast dich erhoben. Ich lasse tausend Alarmglocken läuten, und du kümmerst dich nicht darum. Taub, wie ein Sack voll Wolle.

Als sein Zorn dann verraucht und er wieder zu kühlem Urteil fähig war, begriff er, daß sich Albanien an ihm rächte. In den vierzig Jahren, in denen er der Macht und dem Ruhm nachgejagt war, hatte er fast keinen Gedanken daran verschwendet. Er hatte in ihm stets nur eine Menge von Quadratkilometern gesehen, von Erlassen, Steuern und Gesetzen, nicht Albanien, sondern Reichsgouvernement Ersten Ranges, Wohlgefällige Erde auf besonderen Beschluß. Und eher als ein Führer war er selbst Gutsbesitzer gewesen, Wucherer, Grundherr. Eher ein großer Eigner als ein großer Rebell. Besser als jeder Ökonom verstand er sich auf Zinsgewinne, Wechselkurse und Grundrenten. Nein, nicht nur die Verliese hinderten ihn daran, mit Albanien einig zu werden. Es war das andere. Er hatte mehr Soldaten als Skanderbeg, mehr Kanonen, Geld, Material, Land. Dennoch war Albanien Skanderbeg bereits beim ersten Ruf gefolgt. Weshalb nur? haderte er mit sich. Zauberei vielleicht? Man sagte, Skanderbeg habe zwar wenig Güter, Geld und Kanonen besessen, aber große Ideen. Was für große Ideen? hätte er fast laut hinausgeschrien. Zeigt sie mir doch! Und die Leute berichteten mit bebender Stimme, Skanderbeg sei nicht nur deshalb zu den bedeutendsten Persönlichkeiten der europäischen Renaissance gezählt worden, weil er ein großer Stratege war, sondern hauptsächlich, weil er sich auf ein für seine Zeit neuartiges Unternehmen einließ: die erfolgreiche Erhebung eines Staates gegen einen Überstaat. Und das, so meinten sie, sei nicht nur eine große, sondern eine universale Idee. Er, Ali Pascha, dagegen hatte sich bei seinem Aufstand gegen den Herrscher nicht von einer solch bedeutenden Idee, sondern von verworrenen Interessen und Vorstellungen leiten lassen. Außerdem hatte Gjergj Kastrioti alle Fürsten Albaniens unter einem Kriegsbanner vereinigt, während er, Ali Tepelena, sich noch nicht einmal mit den Bushatlli im Norden einig werden konnte. Bin denn vielleicht nur ich schuld daran? erboste er sich, während er die Geheimberichte studierte, in denen festgehalten war, was allenthalben über ihn geflüstert wurde. Sind denn die Bushatlli etwa nicht mitschuldig? Doch das Getuschel wollte dies nicht wahrhaben. Allein geht er auf den Sultan los, sagte es, eigensinnig wie immer. Dieser Ausdruck, den er haßte, haftete ihm immer mehr an. Der eigensinnige Ali Tepelena, so nannten ihn in letzter Zeit die Gazetten der Hauptstadt. Während das Getuschel weiterging: Daß er sich mit den Bushatlli zusammentäte, verträgt sich nicht mit seiner Paschamentalität, er hat Angst um seinen Erbhof. Über diesem Erbhof, den nun jedermann verdammte, hatte er meistens alles andere vergessen, Albanien inbegriffen. Und Albanien verzieh ihm nicht. Nicht die vierzig Jahre, noch nicht einmal vierzig Tage konnte ihm Albanien verzeihen. Nun, da er sich in der Not seiner erinnerte, war es zu spät. So lange hatte er sich selbst dem Land gegenüber taub gestellt, nun zahlte es mit Taubheit heim.

Ach, was warst du doch launisch, mein Albanien, dachte er, und sein Blick war so verwundert, als sehe er die fernen winterlichen Berge zum ersten Mal. Seit wann eigentlich? Und wieder begann er in sich zu graben. Hatte er es denn wirklich nicht geliebt? Hatte er es vor lauter Ichsucht vielleicht vergessen? Aber wen sollte ich denn mehr geliebt haben, schrie es in seinem Innern. Etwa die Walachei oder Griechenland oder Bosnien? Für Albanien habe ich alles getan, und selbst wenn ich es manchmal in Angst und Schrecken stürzte: wer wollte behaupten, daß ich ein anderes Land bevorzugt hätte? Doch gerade wenn es so aussah, als sei dem unsichtbaren Nörgler endlich der Mund gestopft (seine Gegner waren im Gefängnis, die meisten unter der Erde, doch ihre verfluchte Mäkelei hing noch in der Luft), als er den Miesmacher also endlich besiegt zu haben meinte, da hob in seinem Innern ein schwaches Stimmchen zu sprechen an: Kein Mensch behauptet, du hättest Albanien überhaupt nicht geliebt, Ali, immerhin warst du ein Albaner. Es geht darum, daß du es nicht genug geliebt hast. Und das ist genauso, wie wenn du es gar nicht geliebt hättest. Ein bißchen laue Liebe hätte es jedem anderen nachgesehen, dir jedoch niemals, denn von dir erwartete es viel. Er ließ den Kopf auf die Brust sinken: So ist das also! Nicht jede Liebe akzeptierte Albanien. Es wollte sie besonders, jene Art von Liebe, in der man sich verliert, eine schmerzliche, drängende, aufregende Liebe.

Müde versuchte er, seine Gedanken von all dem loszureißen, da begann ein Verdacht in ihm zu nagen: Womöglich hatte die Vierte Direktion von Albaniens Taubheit ihm gegenüber Wind bekommen! Sicher wissen sie davon, meinte Vasilika, schließlich kam der Ton in des Sultans Briefen mit jedem Mal einer offenen Drohung näher. Die abschließenden Floskeln der Wertschätzung, diese schillernden Federn im Schwanz des Pfauen, fehlten mittlerweile völlig.

Die Vierte Direktion, murmelte er vor sich hin. Jahrelang hatte er sie verachtet und verhöhnt, doch sie hatte in aller Verschwiegenheit ihre Arbeit fortgesetzt. Seit Jahren wußte man von seiner heimlichen Rebellion gegen die Hohe Pforte. Langsam, unmerklich, wie ein Stück Erde vom Festland wegdriftet, hatte er sich der Kontrolle des Herrschers entzogen. Zwischen den Floskeln der Wertschätzung im Briefwechsel mit dem Sultan schimmerte deutlich der Ungehorsam hervor, manchmal auch feine Ironie. Er verhandelte mit den Engländern oder auch mit Napoleon Bonaparte, ohne seinen Padischah auch nur davon zu unterrichten. Nach Belieben akkreditierte er Konsuln oder wies sie aus; zu den großen Kriegen stellte er sich mit seinen Armeen ein oder auch nicht, wieder ganz nach Belieben. All dies war bekannt, man diskutierte in den Salons der besseren Kreise offen darüber, und trotzdem verschloß der Sultan die Augen davor. Er fürchtet sich vor einem offenen Konflikt mit mir, erklärte Ali Pascha stolz. Er fand Gefallen an diesem riskanten Spiel mit dem Feuer, zeigte sich doch darin am deutlichsten seine Macht. Aber in seinen letzten Lebensjahren nutzte es sich ab. Der Treuebruch gegenüber dem Gebieter wurde mit jedem Tag offensichtlicher. Der Sultan lud ihn stets aufs neue zu den kaiserlichen Festlichkeiten ein, doch er lehnte jedesmal fast höhnisch ab. Er wußte, was ihn bei einem dieser prächtigen Bankette erwartete. Gift im Essen und tags darauf der Kopf im Schandkasten. »Die Ärzte haben mich auf Diät gesetzt«, antwortete er zum Beispiel dem Sultan auf die Einladung zu einer dieser Feiern. »Ich könnte mir vorstellen, daß die Gerichte, die an diesen großen Tafeln gereicht werden, meinem Magen nicht zuträglich sind.«

Die Wochen gingen dahin, die Kuriere kehrten aus der Hauptstadt zurück, und nun war allen klar, daß der Sultan Angst vor dem Konflikt mit Ali hatte. Niemals zuvor war die Autorität des Herrschers und des altehrwürdigen Imperiums so erschüttert worden wie nun durch dieses langsame, heimliche Beben. Fast wöchentlich bekam die Vierte Direktion Kopien von Berichten ausländischer Botschafter an ihre Regierungen in die Hand, in denen zu lesen war, die Herrschaft des Sultans über Albanien bestehe nurmehr formal. Inzwischen beschränkten sich die fast eindeutigen, nervösen oder auch ironischen Gespräche über dieses Thema nicht nur auf die Salons der besseren Gesellschaft, sondern griffen auch auf andere Kreise über, vor allem das Militär und die Geistlichkeit. Mehrmals war die Zensur genötigt, wegen giftiger Spitzen, die indirekt gegen die zaudernde Regierung gerichtet waren, das Erscheinen von Tageszeitungen zu unterbinden. Allenthalben stand die Frage: Wie lange will sich das Reich den Verrat noch bieten lassen?

Inzwischen durchstreiften verkleidete Agenten der Vierten Direktion das ganze weite Gouvernement Albanien. Ali Pascha, der über alle ihrer Bewegungen genau informiert war, lachte sich ins Fäustchen. Was gibt es für sie denn noch zu entdecken? sagte er. Daß ich der Hohen Pforte den Gehorsam verweigere, das ist so klar wie das Licht der Sonne. Was wollen sie dann von mir? Aber offenbar sind die Leute in den Ministerien der Hauptstadt ziemlich schwer von Begriff. Sie brauchen noch Fakten. Sollen sie sammeln, soviel sie wollen. Damit mein Padischah die bittere Pille auch ganz zu schlucken bekommt.

Er wußte nicht, daß ihm eben diese Vierte Direktion, über die er sich sein Leben lang lustig gemacht hatte, das Grab schaufelte. Erst in den letzten Monaten, als die Katastrophe bereits heranrückte, begriff er, welche Informationen sie sammelten, wenn sie sich verkleidet in den abgelegenen Teilen des Gouvernements herumtrieben. Was sie Tag und Nacht zusammentrugen, waren nicht Beweise für seinen Ungehorsam vor dem Sultan, sondern Hinweise auf das wahrscheinliche Verhalten Albaniens gegenüber seinem Pascha bei dem bevorstehenden militärischen Konflikt. Als dann schließlich sämtliche Fakten gesammelt, ihre Auswertung abgeschlossen, alle Varianten durchgespielt worden waren (all dies erfuhr er später von seinen Spionen), da traf ihn jener schreckliche Brief des Padischah wie ein Blitz aus heiterem Himmel. »Zu Asche, Asche, Asche werde ich Dich machen«, schrieb der Herrscher. Wie? rief der nun vogelfreie Pascha, den Brief in den Händen wendend. Welch ein Gleichklang zwischen dieser »Asche« und dem Gelächter des Sultans, das ihm nun wie eine übelriechende Staubwolke erschien, die aus der Weite Asiens dicht über der Erde herangefegt kam, bis sie dann schließlich da war und ihm den Atem nahm.

Der jahrelange aufgeschobene Konflikt war nun schließlich zum Ausbruch gekommen. Doch das war es nicht, was Ali Pascha mehr erschütterte als alles andere in seinem Leben, sondern die Tatsache, derer er sich plötzlich schrecklich bewußt wurde: der Sultan hatte den Konflikt nicht hinausgezögert, weil er vor ihm, sondern weil er vor Albanien Angst hatte. Kaum hatte jedoch die Vierte Direktion in ihrer umfangreichen Studie nachgewiesen, daß Albanien bei der bevorstehenden Auseinandersetzung seinen greisen Wesir mit dem kaiserlichen Zorn allein lassen werde, hatte der Sultan das Kriegsdekret verkündet.

Diese Erkenntnis raubte ihm die Kraft und machte ihn auf einen Schlag zehn Jahre älter. Du, Albanien, warst also der Schlüssel zu allem. Du machst groß, und du machst klein.

Stundenlang starrte er hinunter auf die winterliche Ebene, beobachtete die einsamen Vögel, die wie fliegende Embleme darüber kreisen. Und als müsse er sich selbst bestätigen, daß der Anblick, den er vor sich hatte, auch der Wirklichkeit angehörte, murmelte er vor sich hin: So bist du also, Albanien! Al-ba-ni-en, zerhackte er das Wort in seine vier Silben. Tatsächlich klang ihm der Name fremd. Er war den offiziellen Namen gewohnt, Arnautistan. Stets war er ihm schlüssiger erschienen, und nun wußte er auch, warum. Er gab Sicherheit, denn er machte glauben, das Land sei wie er. Der andere Namen dagegen, halb der Erde, halb dem Himmel zugehörig, er war erschreckend. Albanien, wiederholte er stockend wie ein kleines Kind, das zum ersten Mal »Mama« oder »Papa« sagt. Er hatte achtzig Jahre alt werden müssen, um den Namen des Landes stammeln zu lernen, das ihn hervorgebracht hatte. Doch nun war es zu spät. Zu spät, hätte er fast hinausgeschrien. In allem komme ich zu spät. Der Himmel über ihm hatte sich verdüstert. Nicht umsonst nannte man ihn Kara Ali. Ali, die Nacht.

In solche Gedanken verstrickt, war er in den ersten Tagen nach dem Bannspruch wie gelähmt, zum Handeln gänzlich unfähig. Dann faßte er sich allmählich wieder und schickte erneut Herolde aus, die überall Alarm schlagen sollten. Doch dieser verlor sich in einer Wüste. Niemand antwortete, außer ein paar verkalkten Greisen einer abgelegenen Gegend, die, wie sie selbst sagten, nur kamen, weil sie endlich wieder einmal ein bißchen Kriegsluft schnuppern wollten, um dann, wenn das ärgste Bedürfnis gestillt war, nach drei oder vier Tagen, keinesfalls später, sich wieder auf den Heimweg zu machen.

Inzwischen ist der Ferman, der mich zum Unseligen Ali macht, sicher schon unterwegs, und in ein paar Tagen wird dieser widerliche Hofkurier, der sich wie ein Weib mit Henna beklekkert, hier eintreffen, sagte er zu Vasilika. Eine Woche, höchstens zwei Wochen später wird die Armee losmarschieren. Und aus irgendeinem Grund fing er an, ihr bis in alle Einzelheiten auseinanderzusetzen, wie ein kaiserliches Heer, das einen Aufstand unterdrücken sollte, in Marsch gesetzt wurde.

An der Spitze, noch vor den Standarten und Feldzeichen der einzelnen Abteilungen, allem vorneweg also, wurden von Fußsoldaten große Vogelscheuchen getragen. Vogelscheuchen? fragte sie verwundert und erschreckt. Warum gerade Vogelscheuchen? Wenn sie sich auch nur ein paar Minuten lang vorstellte, wie diese steifen Vogelscheuchen zu Hunderten über die winterliche Ebene schwankten, bekam sie eine Gänsehaut.

Warum Vogelscheuchen? flüsterte sie noch einmal, gepeinigt von einem nicht alltäglichen Schrecken, der keineswegs mit Dunkelheit oder anderen furchterregenden Vorstellungen zu tun hatte, sondern, ganz im Gegenteil, mit dem sparsamen Licht einer Tiefebene. Trübe vor sich hin blickend, überlegte sie, weshalb alles, was mit dem Schicksal ihres Mannes zusammenhing, seine Alltäglichkeit einbüßte, sich veränderte und erstarrte, als hätten tausend Hexen und Zauberer gemeinsam daran gerührt? So war es auch, wenn er von Albanien sprach, und sobald sie das Bild, das er von dem Land zeichnete, mit dem verglich, das sie im

Kopf hatte, merkte sie den Unterschied zwischen ihrem und seinem Albanien. Für Vasilika war Albanien leicht zu fassen: Heustöcke, Milch, Dorfgassen voller Kinder, Wildbäche, Gräber da und dort. Ihr Mann hingegen sah es ganz anders: ein fieberstarres Land, darüber Mond und Sterne gleich staatlichen Wappen, Siegeln und Stempeln, etwas Karges, zum Erschrecken Karges. So auch die Vogelscheuchen. Sie sah sie vor sich, inmitten von Kornfeldern, während abseits, am Feldrain, ein paar Vögel flatterten. Doch sobald er von ihnen sprach, veränderten sie sich, bewegten sich über die nackte Ebene auf sie zu, ohne Korn, ohne Vögel ringsum, umgeben nur vom dürren Dezemberwind, der ihre Lumpen flattern ließ.

Warum Vogelscheuchen? fragte sie zum dritten Mal, und er begann ihr mit nur sparsam sich öffnenden Kiefern, eher durch Zähneknirschen als durch Worte (wie stets bei unangenehmen Erklärungen) auseinanderzusetzen, die Vogelscheuchen symbolisierten die Verachtung für den Gegner, in diesem Fall für den Rebellen. Doch was der Sultan nicht weiß, knurrte er, das ist, daß ich, wenn mein Tag erst kommt, nicht hinter hundert oder zweihundert, sondern tausend, ja zwanzigtausend Vogelscheuchen gegen die Hauptstadt marschieren werde.

Sie bemühte sich, nicht mehr an die Vogelscheuchen zu denken, doch immer wieder tauchten sie an den Rändern ihrer Imagination auf und rutschten, schemenhaft, wie an einem Schneehang langsam auf sie zu.

Währenddessen empfing Ali Pascha im Südturm seine Spione, die staubbedeckt mit Nachrichten aus der fernen Hauptstadt kamen. Vor allem anderen wollte er wissen, wer den Feldzug gegen ihn befehligen würde. Als einer der Spione schließlich die präzise Information brachte, ein Pascha Dritten Ranges namens Bugrachan werde die zur Niederschlagung der Rebellion bestimmte Armee kommandieren, faßte sich Ali, zum erheblichen Erstaunen des Spions, der seinem Herrn mit dieser Mitteilung eine Freude zu bereiten geglaubt hatte, an die Stirn, als habe er gerade eine Schreckensnachricht empfangen.

Er hatte mit einem anderen gerechnet: dem Padischah selbst oder doch mindestens dem Großwesir. Mochte alles noch so gigantisch sein, die größte Gefahr, die größte Armee, die größten Kanonen, wie es sich für einen kaiserlichen Heerzug eben gehörte, er hatte keine Angst. Hauptsache, man respektierte ihn. Doch dies war deprimierend. Gegen Skanderbeg waren nacheinander zwei Sultane ins Feld gezogen, und was für Sultane: der große Murad Khan und Mehmed Fatih, der Eroberer. Auf ihn dagegen setzte man einen dieser Einfaltspinsel von der Militärakademie an, die er bei Staatsempfängen niemals auch nur eines Blickes gewürdigt hatte.

Der Zorn riß ihn aus seiner Benommenheit. Der Gedanke, daß man auch gegen Skanderbeg zuerst weniger berühmte Paschas ausgesandt hatte, ehe dann Großwesire und Sultane an die Reihe kamen, versöhnte ihn wenig, und er widmete sich erneut seinen Vorbereitungen. Sie werden schon noch kommen, alle werden sie kommen, murmelte er vor sich hin, einer nach dem anderen, genau nach ihrem Rang, so wie es das Hofprotokoll vorschreibt.

Die Herolde und Boten machten sich wieder in alle Richtungen auf den Weg. Er hoffte, nun, da er vieles bereut hatte, werde das Land ihm verzeihen. Vielleicht hatte es Mitleid mit ihm in der Hinfälligkeit seines Alters, in seiner gellenden Verlassenheit, die der Einsamkeit eines greisen Blitzes glich, der nur noch mühsam den Himmel zerteilt. Doch alles blieb, wie es gewesen war. Nichts verzieh ihm die Hartherzige. Der erste Kurier kehrte unverrichteter Dinge zurück, der zweite, ebenso der dritte, der vierte, der sechste, der elfte. Was hast du nur? murmelte er und meinte Albanien. Noch nicht einmal jetzt, da sie schon im Anmarsch sind, regst du dich. Griechenland rührt sich schon, fuhr er bekümmert fort. Die Fremde profitiert von meinem Streit mit dem Herrscher. Die Fremde, dachte Vasilika. Eben weil ihr euch fremd seid, profitiert sie. In den vergangenen sechs Monaten hatte Vasilika mehr über den Staat erfahren als die Studenten der Königlichen Akademie in zehn Jahren Studium. Sie begriff, daß die Griechen, die ihn ein Leben lang gehaßt hatten, nun Nutzen aus ihm zogen, um ihn wieder fallenzulassen, wenn er ihnen nichts mehr nützte. Für sie war er ein am Wegesrand gefundenes Kleinod, um das es niemand leid tat. Bei Albanien wäre dies nicht möglich gewesen.

Nichts war schrecklicher, als wenn das eigene Land sich taub stellte. In diesen schlimmen Tagen machte sich Albanien endgültig von Alis Schicksal los. Stets hatte er geglaubt, wenn einmal der Tag käme, da er das Land verwaist zurückzulassen hätte, würden sie gemeinsam hinabstürzen, stauberfüllte Leere wie vor der Entstehung der Welt zurücklassend. Nun begriff er, daß er alleine fallen würde. Das Land würde oben bleiben, dort, wo es immer gewesen war, Regen würde fallen und im April würden die Mandelbäume blühen, und nichts am Blöken der Schafe und an der Form der Maisblätter würde sich ändern. Ändern würden sich nur die Wappen ... Er hätte zum Himmel hinaufschreien mögen ob diesem neuen Unglück, das ihm widerfahren war.

Und trotzdem wirst du mich nicht vergessen, Albanien, stöhnte er. Du wirst an mich denken, wenn du mich nicht mehr hast, doch dann wird es zu spät sein.

Zorn und Rührung, seinen Geist entflammend der eine, ihn besänftigend die andere, ließen ihn keinen vernünftigen Gedanken fassen. Er wußte, daß sein finsterer Mythos zu verblassen begonnen hatte. Daß man ihn in Erinnerung behalten würde, fühlte er wohl, doch ob in guter oder schlechter Erinnerung, darüber war er sich durchaus nicht im klaren.

Sein Verstand war überallhin geschweift wie eine Wildkatze, nur in eine Richtung nie: in die Zukunft. Dort war er auf Nebelbänke und Abstürze gestoßen und hatte stets vor ihnen haltgemacht, um dann ohnmächtig wieder umzukehren. Zum ersten Mal hielt er es am Ufer dieses Ozeans ein wenig länger aus, mit Grund sich verlassen fühlend und von seinem Ausmaß gnadenlos erdrückt.

Tagelang war er wie betäubt. Vasilika kam es manchmal so vor, als wachse dort, wo sein Mund hingehörte, nur grauer Bart, und nie mehr werde er sprechen. Seine Apathie war furchtbar. Dann fing er sich allmählich wieder, wie schon einmal. Irgend etwas mußte gegen die Wolkenwüste unternommen werden, die sich eisesstarr vor ihm dehnte. Dann förderte er aus seinem tiefsten Innern wie mit schweren Eimern einen Schatz zutage, den er dort für schlechte Zeiten versenkt zu haben schien: den eigenen Tod. Ein fluchbeladenes Geschoß, das er auf die kommenden Generationen abfeuern wollte. Ich habe nur dich und den Tod. Das waren seine ersten Worte, nachdem sich die Betäubung verflüchtigt hatte.

Während die Bestrafungsarmeen unter Bugrachan Paschas

Kommando die Festung einschlossen, berauschte er sich jede Stunde und jeden Tag mehr an der Idee des Todes.

Am Anfang hatte es einen Zusammenhang mit seinem Neid auf Skanderbeg gegeben. Dieser hatte wohl ein Vierteljahrhundert ruhmvoller Rebellion vorzuweisen, doch sein Tod war schließlich ganz alltäglich gewesen. Von einem banalen Fieber ans Bett gefesselt, kalte Kompressen auf der Stirn und eine verschwommene Gattin am Kopfende. O nein, sein Tod würde anders sein.

Dann löste er sich allmählich von dem Vergangenen und wandte sich dem unbekannten Zukünftigen zu. Beide waren sie Berge, zwischen denen er, Ali Pascha, nun außerhalb des Gesetzes, ohne Staat, ohne Albanien, ein grauer, leerer, schrecklicher Abgrund war, in dem der Wind ein paar Raben hierhin und dorthin trieb. Der grollende Wesir. Aber war der Abgrund etwa weniger beeindruckend als die Berge? Ihr werdet schon sehen, sagte er. Über diesem Schlund werde ich einen großen Schweifstern aufgehen lassen: meinen Tod.

Vor kurzem erst hatte ihn die Nachricht vom Tod seines Freundes Napoleon Bonaparte erreicht, des kleinen Paschas von Frankreich, wie man ihn in besseren Kreisen oft nannte. Auch dieser war, wie die alten Frauen in seinem Tepelena, einen leisen Tod gestorben, im Bett und außerdem auch noch in Gefangenschaft. Zur etwa gleichen Zeit brachte man ihm ein Buch jenes hinkenden englischen Wanderers, der einst in seiner Burg zu Gast gewesen war. Es hieß »Child Harold's pilgrimage«, und der Engländer erzählte darin unter anderem auch von ihm, von Ali Pascha. Einer seiner Sekretäre las ihm vor. Er lauschte schweigend, dann nahm er das Buch in die Hand, starrte eine Weile angespannt auf die kleinen Buchstaben, diese tückischen Ameisen, die anmaßend genug waren, seinen Namen auf ihren elenden Rücken in kommende Jahrhunderte schleppen zu wollen, und schleuderte das Buch fort. Wenn das die Unsterblichkeit war, dann spuckte er ihr ins Gesicht. Er brauchte keine Bücher, um im Gedächtnis zu bleiben. Von Hadschi Schereti wußte er, daß irgendein persischer König einem Dichter namens Firdosi den Auftrag zu einem großen Poem gegeben und ihm dafür ein Goldstück pro Zeile bezahlt hatte. Andere ließen zu ihrem Nachruhm Pyramiden, Moscheen, Tempel, Mausoleen und großartige Türben errichten. Er brauchte keine Obelisken und Kolonnaden. Er plante sein eigenes Monument. Belagert, gealtert, von allen verlassen, entwarf er in den wenigen Nächten und Tagen, die ihm noch blieben, nach und nach die Architektur seines eigenen Todes.

An jeder Pyramide, jeder noch so gewaltigen Konstruktion nagten Sonne und Wind, während die Struktur eines Todes, die Linien, düsteren Kuppeln, Fresken, Portale, Fassaden, die Perspektive des unwiderruflichen Abschieds, durch nichts zu zerstören waren. Er wollte seinen Tod der Zukunft übereignen, damit er dort mit allen Toden und Gräbern der Welt wetteifere.

Berauscht von dieser Vorstellung, begann er sich alle Details genau auszumalen. Manchmal ließ er die Debatten und zog einen dicken Strich mitten durch das graue Nichts des Himmels. Er befand sich noch immer in diesem Fieber, als schließlich mit unerklärlich großer Verspätung der Ferman des Herrschers eintraf, der ihn zum Verräter an Glauben und Staat erklärte. Der Überbringer, jener Kurier mit dem hennagefärbten Bart, seine wichtigsten Berater und Vasilika standen im Kreis um ihn herum und warteten auf eine Äußerung oder wenigstens eine Geste von ihm. Er entrollte das Dekret, und alle merkten, daß seine Augen nicht den Inhalt aufnahmen, den er längst kannte, sondern weit, weit weg waren. Dann warf er den Erlaß so auf einen Tisch, daß jeder die Unterschrift des Sultans erkennen konnte, und schnippte mit den vier Fingern und dem Daumennagel einer Hand, also genau der Bewegung, mit der man sich eines lästigen Insekts entledigt, in Richtung des kaiserlichen Signums. Alles umher war zu Stein erstarrt.

Es war seine letzte große Geste. Andere Tage kamen, ohne Gesten, dafür mit Verdruß, und ganz berauscht von seiner neugewonnenen Unerschrockenheit brachte er Bugrachan Pascha in der ersten Woche zwei Niederlagen bei. In der folgenden Woche erfuhr man, daß Bugrachan Pascha abgesetzt, und daß sein Kopf eilig nach der Hauptstadt unterwegs war, um dort im Schandkasten ausgestellt zu werden.

Er war mit Vasilika auf die Zinnen des höchsten Turmes hinaufgestiegen und wies von dort mit ausgestrecktem Arm auf die Landstraße, die von den kaiserlichen Kurieren üblicherweise benutzt wurde, wenn sie abgeschnittene Köpfe oder wichtige

Botschaften in die Hauptstadt zu bringen hatten. Sie träumen davon, einmal auch meinen Kopf auf dieser Straße zu befördern, sagte er lachend. Von den Zinnen sah man auf das Zeltgewimmel der Belagerungsarmee hinab, und mit einem langen Fernrohr suchte er nach der Unterkunft des neuen, soeben an Bugrachan Paschas Stelle getretenen Oberkommandierenden Hurschid Pascha, des neuen Sterns der Hierarchie, in dem das Getuschel schon seit sechs Monaten den künftigen Ministerpräsidenten sah.

»Diesen kurzbärtigen Pascha haben sie also losgeschickt, um meine Tage zu verkürzen«, sagte er dort oben auf dem Turm zu ihr.

All die Tage, in denen sich Hurschid Paschas fünfunddreißigtausend Soldaten (noch einmal so viele waren in das aufständische Gouvernement unterwegs) mit den zweitausend Soldaten seiner Garde und ihren Kanonen herumschlugen, beschäftigte er sich weiter mit der Türbe seines eigenen Todes. Er entwarf sie allein, fernab von allen andern, und niemand, nicht einmal Vasilika wußte, wie sie aussah. Nur, daß sie außerordentlich war... Von Pulverfässern hatte er etwas vor sich hin gemurmelt, die zuletzt die Festung mit allem, was darin war, in die Luft sprengen sollten. Die Flammen würden zum Himmel hinaufschlagen und auf allen Seiten, gleich einer Höllenkrone, die geschmolzenen Goldstücke des Schatzes, blutige Perlen und Edelsteine herabregnen...

Reinige dich, reinige dich, reinige dich. Sooft Vasilika über die Dimension seines Todes nachsann, überfluteten diese gräßlichen Worte, die Sekunden, ehe man ihm den Kopf abschnitt, gesprochen worden waren, ihr Gedächtnis wie eine eiskalte Woge, die im Nu das ganze Monument zum Einsturz brachte. Das war die Formel, die man an Todgeweihte richtete: Reinige dich, mach dich bereit zum Sterben.

Die ganze letzte Woche über (die erste Woche der Welt ohne ihn) waren ihr diese Worte nicht aus dem Sinn gegangen. Auch jetzt, da sie die endlosen Gänge der Festung durchstreifte, schien ihr noch eine leise Stimme aus allen Ecken zuzuflüstern: Reinige dich.

Nach dem Katil Ferman, der ihren Gatten als Verräter brandmarkte, sei, so hieß es, noch ein anderer Ferman eingetroffen, der ihn begnadigte. Die Pauken, die im Türkenlager von der Ankunft des Hayir Ferman kündeten, waren bis in den letzten Winkel der Festung zu hören. Alis Spione meldeten aus dem feindlichen Lager, sie hätten mit eigenen Augen gesehen, wie der kaiserliche Kurier den Ferman im Zelt des Oberkommandierenden im Beisein aller Paschas entrollte. Er ließ Vasilika in seine Gemächer rufen. Höre, sagte er zu ihr, ich war bereit, einen großen Tod zu sterben, nicht für mich selbst, denn der Tod liegt außerhalb der Grenzen, die einem Menschen gesetzt sind, sondern für dich. Doch der Sultan hat mich begnadigt, und außerdem, sind deine Augen überhaupt eines solchen Anblicks würdig? Deine kleinen Augen, fuhr er verächtlich fort. Zum ersten Mal hörte sie ihn so sprechen. Ich werde als Gouverneur in ein ruhiges Gebiet gehen, wo es weder Ärger noch Ruhm gibt. Das Reich ist groß, und man hat mir erzählt, es gebe Gouvernements, in denen es hundert Jahre lang nicht mehr zu Unruhen gekommen ist. Verstehst du: hundert Jahre Frieden? Ja, in ein solches Land werde ich gehen.

Mit weit aufgerissenen Augen hörte sie ihm zu. Vor ihren Blicken zerfiel der Berg in fiebriger Hast, aus dem Grollen wurde ein dünnes Bimmeln ... Schlange, schalt sie sich selbst, er ist zweiundachtzig Jahre alt und schneeweiß, doch er bringt noch ein ganzes Reich zum Zittern, und dir ist das alles nicht genug, du willst ihn auch noch sterben sehen. Schlange. Was starrst du mich so an? fragte er. Wenn der Ferman eine Fälschung ist, womit ich rechne, dann werdet ihr schon sehen, was ich mache.

Wahrscheinlich war sie die erste, die durchschaute, daß der Ferman falsch war. Seine Überbringer näherten sich mit unnatürlich hölzernen Schritten und bleichen Gesichtern.

»Bleibt stehen«, rief er, als sie noch etwa zwanzig Schritte entfernt waren. »Was bringt ihr mir?«

Der Mann mit dem Ferman erhob diesen.

»Den Tod, Ali. Reinige dich und ...«

Von zwei Seiten her krachten Schüsse, dann herrschte nur noch ein einziges Durcheinander, und inmitten dieses Hexenkessels sah sie, wie ihn einer die Treppe hinabzerrte. Ein dumpfer Aufprall ... Ihre Augen waren noch immer weit aufgerissen. Das wäre er nun also, sein Tod, sagte eine dünne Stimme an ihrer Schläfe, sieben hölzerne Stufen und ein Kopf, der darauf schlägt... und plötzlich sah sie in der Leere, die sich nur ein paar Sekunden, ehe sie das Bewußtsein verlor, vor ihr auftat, die Vogelscheuchen, die in einer langen Reihe über die winterliche Ebene herangestelzt kamen. O nein, schrie sie, nicht sie, sie nicht, und stürzte zu Boden.

Hoch oben auf dem Nordturm gelangte der kleine, von der Witwe angeführte Zug schließlich an die frische Luft. Vasilika trat an die Brüstung und blickte hinunter auf das sich dem kontinentalen Frost offen darbietende Tiefland. Ganz selbstverständlich, nicht als Prozeß der Zuordnung von Ideen, sondern vielleicht nur wegen der endlosen Weite, kam ihr die Ebene mit ihren angesengten Heustöcken, den braunen Gräben und Löchern wie die Einsamkeit selbst vor.

Neben dieser Einsamkeit, auf ihrer Tangente, hatte ein Gespann angehalten, dessen Pferden die Mähnen im Zeichen der Trauer gestutzt worden waren. Die Kutsche stand zur Abfahrt bereit und wartete nur noch auf die Witwe. So oft hatte er versprochen, sie zu einem der kaiserlichen Feste in die Hauptstadt mitzunehmen, doch nie hatte er es getan, schließlich nicht mehr tun können. Nun machte sie sich allein nach dorthin auf.

Sie war allein zwischen dem Februar und der Welt.

Die Straße, die beide Kontinente miteinander verband, bahnte sich ihren Weg durch diese Einsamkeit. Vor einer Woche war sein Kopf auf ihr gereist. Der Leib war hier bestattet worden, und als sie gesenkten Hauptes an der Spitze des Trauerzuges ging, drehten sich ihre Gedanken wie festgenagelt unentwegt um das eine: Wie es hatte dazu kommen können, daß sie jetzt nur die eine Hälfte ihres Mannes zu Grabe geleitete, und sogar noch jene Hälfte, die für sie fremd und ohne Interesse gewesen war.

Seinen Körper hatte sie in den äußerst seltenen ehelichen Begegnungen fast nicht kennengelernt. Zuvor war ihr dies nie bewußt geworden, erst als sie dann erfuhr, daß sein Kopf bereits unterwegs war, begriff sie, daß dieser Mann für sie eigentlich nur vom Kragen aufwärts existiert hatte. Sein anderer Teil bestand nur aus glitzernden, mit herrscherlichen Insignien bestickten Gewändern und sonst nichts.

Sie blickte immer noch auf die Ebene hinunter, und die Blicke der beiden Begleiter trafen sich: Hätten wir womöglich dort unten nach dem Schatz suchen müssen?

Als es damals zur ersten Abkühlung in den Beziehungen zum Sultan gekommen war, wußte sie noch nichts Genaues; es kam ihr nur so vor, als ob das endlose Feld, das bisher wie alle Ebenen auf der Welt mit Bäumen, Hütten, Spuren im Schlamm, Getreide und Heuschobern bedeckt gewesen war, dies alles ganz heimlich abgeschüttelt, ausgezogen hätte, um sich sogleich wieder mit Geheimnissen, nächtlichen Reitern, Derwischen und rätselhaften Bettelmönchen zu füllen. Manchmal meinte sie, man habe die Ebene mit Gespenstern bepflanzt.

Nun war dieser Fiebertraum vorbei. Das Feld war wieder zum Feld geworden. Das Gespann mit den gestutzten Mähnen wartete dort unten, und sie, die Witwe des Unseligen Ali Pascha, würde auf der Straße, auf welcher die Winde seines letzten Herbstes, die Kuriere, Briefe und schließlich Vogelscheuchen zu ihnen gelangt waren, davonfahren.

Sie befand sich noch in der Peripherie ihrer Einsamkeit. Wenn die Kutsche erst losfuhr, würde sie allmählich immer tiefer in den Kontinent der Schmerzen eindringen. Die ganze Weite würde sie in sich hineinnehmen, und ihr Dasein als alleingebliebene Frau würde sich endlos und dünn wie ein Teigfladen über den eurasischen Raum ausbreiten.

KAPITEL 6
Immer noch am Rand

Die Planen des großen Zeltes hatten außen offenbar Reif angesetzt, denn der Wind pfiff auf ganz ungewohnte Art darüber hinweg.

»Das ist nun schon der vierte Kaffee«, sagte einer, als der diensthabende Soldat ihm die Tasse reichte. »Wenn ich ihn trinke, kann ich die ganze Nacht nicht schlafen. Wer will?«

»Gib ihn mir, Soldat«, sagte ein dürrer Mann, dessen eingefallenes Gesicht das Zerbrechliche und Durchsichtige von Glas hatte. Die Beine in eine Decke gehüllt, kauerte er in einer Ecke des Zeltes. »Ich kann jeden Tag eine ganze Kanne Kaffee trinken und schlafe nachts doch ganz ruhig.«

»Das ist eine Frage der Nerven«, sagte jemand gähnend.

Die Leute lagen oder saßen auf ihren Binsenmatten ohne rechte Ordnung überall in dem großen Zelt herum. Zwei spielten halb liegend, die Köpfe auf die Hand gestützt, Schach. Hinten in einem Winkel war einer am Lesen, ein paar schmauchten Tabak und sahen den sich kräuselnden Rauchfäden nach, während zwei oder drei andere mit zusammengesteckten Köpfen dem Juden Elias lauschten. Wie ein massiges Pferd, das sich plötzlich erhebt, kam ab und zu ein Gespräch auf und trottete durch das ganze Zelt, flaute dann wieder ab und zog sich in irgendeine Ecke zurück.

Da sie entgegen der üblichen Praxis einer Spezialistenequipe aus dem Zentrum noch nicht mit systematischer Arbeit begonnen hatten, vertrieben sie sich seit ihrer Ankunft vor drei Tagen viele träge Stunden damit, daß sie Erlebnisse bei anderen Aufträgen dieser Art in Gouvernements, in denen soeben Aufstände niedergeschlagen worden waren, in die Erinnerung zurückriefen, Vergleiche anstellten, Witze rissen und sich über alle möglichen Unzulänglichkeiten beschwerten, wie dies bei allen Beamten zentraler Behörden üblich war, wenn sie dienstlich in entfernte Provinzen entsandt wurden.

Lala Schahin trat ein. Sein gewelltes Haar fiel stets in lustigen Locken über die Stirn und nahm dem Gesicht jede Ernsthaftigkeit, selbst wenn diese eigentlich angebracht gewesen wäre. Er warf die braune Diensttasche mit dem Emblem des Zentralen Staatsarchivs auf eine der Matten und hielt sich die gewölbten Handflächen vor den Mund, um hineinzuhauchen.

»Lausekalt«, sagte er.

Zwei oder drei der Männer sahen zu dem Ankömmling herüber. Dieser hauchte weiter in seine Hände.

»Was ist draußen los?«

»Nichts, nur kalt.«

Die auf seiner Stirn tanzenden Haarlocken kündigten eine bissige Bemerkung an.

»Ich hab diesen alten Trottel von Verwünscher gesehen.«

»Wirklich?« antwortete eine völlig leere Stimme, aus reiner Höflichkeit, denn in Wahrheit galt des Besitzers grimmige Aufmerksamkeit uneingeschränkt dem Schachbrett, wo gerade eines seiner Pferde geschlagen wurde.

Ein paar andere in der rechten Ecke interessierten sich jedoch sichtlich für den Menschen, von dem die Rede war.

»Und was, um Himmels willen, tut es, das alte Stinktier.«

Lala Schahin schloß den Mund, um ihn verächtlich verziehen zu können.

»Gräßlich, wenn dir solche Typen über den Weg laufen«, sagte er. »Die Galle kommt einem hoch.«

»Ha, ha«, lachte einer.

»Warum, habe ich nicht recht?« fragte Lala Schahin. »Morgen oder übermorgen fangen wir mit der Arbeit an. Tagelang schwirrt dir der Kopf vor lauter Lesen, Interpretieren, Schlußfolgern, alles heikle, verantwortungsvolle Dinge, und dieser Gauner verdient sein Geld im Schlaf.«

»Und was für ein Geld . . .«, sagte der mit dem glasartigen Gesicht. Er hatte die Arme um die verhüllten Knie gelegt und schaukelte langsam vor und zurück.

»Man könnte wirklich aus der Haut fahren«, meinte Lala Schahin. »Da kommt so ein Kerl daher, wenn der Krieg anfängt, spricht seinen Fluch auf die Burg, das Ganze dauert drei Sekunden, und damit hat er schon sein Geld für ein ganzes Jahr in der Tasche.«

Der Jude Elias lachte. »Warum regst du dich auf, Lala Schahin? Daß man alle Objekte verwünscht, bevor sie von den ruhmreichen islamischen Truppen angegriffen werden, das gehört zu den ältesten Regeln in der Dienstvorschrift der Armee.«

»Eine Armee könnte sogar eher ohne Koch als ohne Verwünscher auskommen«, mischte sich einer der Schachspieler heftig ein. Offenbar war er wütend über ein verlorenes Spiel.

Der Glasgesichtige lachte wie eine scheppernde Scheibe. Wangen und Stirn vibrierten eine Weile, dann verstummte sein Gesicht.

»Wer weiß, vielleicht hat unser Verwünscher noch eine andere Aufgabe zu erfüllen, und wir wissen es nur nicht«, meldete sich eine ironische Stimme.

Lala Schahin tat, als habe er nichts gehört.

»Wo ist der Chef?« fragte er, offensichtlich bemüht, das Gespräch auf ein anderes Thema zu lenken.

»Hurschid Pascha hat ihn zum Mittagessen eingeladen«, antwortete eine rauhe Stimme. »Warum wunderst du dich? Schließlich sind wir eine hochrangige Spezialistenequipe. Es ist nichts dabei, wenn unser Chef von einem General zum Essen eingeladen wird, und sei der auch noch so ruhmbekleckert.«

»Na schon, ich habe mich ja auch nicht gewundert, bloß...«

»Wißt ihr schon, daß demnächst eine andere Equipe aus der Hauptstadt ankommen soll?« fragte einer dazwischen. »Sie muß Ali Tepelenas Landgut vermessen und inventarisieren.«

»Was soll denn damit geschehen?«

Eine Weile lang unterhielten sie sich über das Besitztum des toten Paschas. Es hieß, eine prächtigere Latifundie habe es auf der ganzen Welt noch nie gegeben. Einige meinten, sie werde unter allen Mitwirkenden am Feldzug gegen Ali aufgeteilt, vom Oberkommandierenden bis zum einfachen Soldaten. Andere blieben dabei, der Staat könne ein solches Gut doch unmöglich auseinanderreißen, man werde es vielmehr dem Besitz des Sultans zuschlagen.

»Verkünden die Herolde denn immer noch das Dekret?« fragte aus der Ecke ein feister Mann mit mohnblumenrotem Gesicht.

Lala Schahin nickte.

Der Frager stieß einen unterdrückten Fluch aus.

»Das wäre ein Grund, die Hände über dem Kopf zusammenzuschlagen, und nicht dieser Verwünscher«, sagte er und errötete noch mehr.

»Das meinst du nur, weil das dein Gebiet ist«, stellte jemand fest.

»Nein, nicht weil es mein Gebiet ist, sondern weil man deswegen wirklich die Hände über dem Kopf zusammenschlagen könnte«, beharrte der Dicke. »Verschimmelte Dekrete, verfaßt von verschimmelten Tattergreisen, die noch nicht einmal wissen, wo Albanien liegt. Dann sollten sie doch unsereinen lieber gar nicht herschicken.«

»Die Dekrete können ja überhaupt nicht präzise sein; schließlich ist über den weiteren Status von Albanien noch gar nicht entschieden worden«, meinte Lala Schahin.

»Wie unser Bericht auch immer ausfällt, ich glaube nicht, daß man auf Entnationalisierung entscheiden wird«, meinte der Jude Elias. »Man hat es ja schon erfolglos versucht.«

»Wenn man es so sieht, dann hat Albanien sowieso schon jeden Status durchprobiert«, sagte Lala Schahin. »Oder nicht, Sulejman?«

»Man wird auf jeden Fall einen Beschluß fassen«, erklärte der, der als Sulejman angesprochen worden war. »Die Kasten von Militär und Geistlichkeit sind aufgebracht. Hast du ihre Zeitungen gesehen? Für sie gibt es nur Haram oder Kra-Kra.«

»Weder noch, glaube ich«, sagte der Jude Elias. »Wenn man an verschärften Terror denken würde, dann hätte man eine Gruppe des Kriegsministeriums hierher geschickt und nicht uns. Und Kra-Kra? Wir sind zwar die zuständige Equipe . . .«

»Du widersprichst dir ja selber«, unterbrach ihn Lala Schahin. »Wir sind eine Kra-Kra-Gruppe, also wird man auf Kra-Kra entscheiden, meinst du, oder?«

Der Jude Elias schüttelte den Kopf.

»So leichtfertig bin ich noch lange nicht«, erwiderte er.

»Und wieso hat man uns dann mitten im Winter so überstürzt auf die Reise geschickt?« beschwerte sich der fette Mann.

Seit jenem frostigen Morgen, an dem sie den Befehl bekommen hatten, in aller Eile nach Albanien aufzubrechen, hatten sie sich diese Frage oft gestellt. O Allah, warum nur diese Hast, hieß es beim Abschied von verschreckten Frauen zwischen Tür und Angel, später in den kalten Büros, in denen sie ihre Dienstanweisungen entgegennahmen, dann während der endlosen Reise geradewegs auf den Balkan. Der Prozeß der Entnationalisierung, auch Kra-Kra genannt, war eine uralte Sache, überstürzte Hast also keineswegs gerechtfertigt, sondern eher ziemlich lächerlich. Außerdem, hatte man es in Albanien denn nicht schon einmal mit dem Kra-Kra versucht, und zwar ohne jeden Erfolg, um nicht zu sagen mit einem kläglichen Scheitern?

»Wirklich, wieso haben sie uns so überstürzt auf die Reise geschickt?« wiederholte einer die Frage des Dicken.

»Ich könnte mir denken, daß man unsere Gruppe nur in Marsch gesetzt hat, um die sturen alten Trottel zu beruhigen, die Vergeltung an Albanien verlangen«, sagte der Jude Elias, sorgsam seine Worte setzend. »Erinnert ihr euch noch, was für ein Aufhebens die Zeitungen um unsere Abreise gemacht haben? Seht ihr noch die Schlagzeilen vor euch? Die Raben auf dem Weg nach Albanien. Albaniens Auslöschung hat begonnen.«

»Was Elias sagt, könnte stimmen«, meinte jemand.

»Also weder Haram noch Kra-Kra«, rief Lala Schahin. »Aber was dann?«

»Es gibt nur eines der Stadien, die Albanien noch nicht durchgemacht hat«, sagte Sulejman, »oder doch nur für ganz kurze Zeit. Den Ausnahmezustand.«

»Brrr«, stieß Lala Schahin, sich schüttelnd, hervor.

»In letzter Zeit wird er immer häufiger verhängt«, sagte der Jude Elias.

Eine Weile lang überlegten sie gemeinsam, in welchen Ländern und Gebieten der Ausnahmezustand herrschte, der im alten Sprachgebrauch Yer Scher, »Erde der Bosheit«, hieß. Der Ausnahmezustand oder Scher unterlag der Planung durch die Erste Direktion des Innenministeriums und beruhte auf der Idee der totalen Zersplitterung: religiös, regional, feudal, nach Kasten, Sitten und Gebräuchen. Die Spezialisten, die daran arbeiteten, wirkten eng mit dem Zentralarchiv zusammen, um alle Informationen über Land und Leute berücksichtigen zu können.

»Ich bin einmal durch ein Gouvernement im Ausnahmezustand gekommen«, berichtete Lala Schahin. »Das werde ich mein Leben lang nicht vergessen.«

»Wenn ich mich nicht irre, wurde der Ausnahmezustand über

Albanien damals direkt nach dem Kra-Kra verhängt«, sagte Elias.

»Ja, aber nur für eine ganz kurze Zeit«, erwiderte Sulejman. »Aus unbekanntem Grund wurde er plötzlich wieder aufgehoben. Aber trotz der kurzen Wirkungsdauer hatte er einen bedeutenden Erfolg: es gab anschließend zwei Religionen.«

»Vielleicht war das gar kein so großartiger Erfolg«, unterbrach Elias. »Meines Wissens hat zwar ein Teil der Albaner den Islam angenommen, doch ihren alten Glauben behielten sie trotzdem bei. Wenn ich es richtig sehe, dann bedeutet den Albanern die Religion nicht allzu viel. Wahrscheinlich sind sie die einzige Nation auf der Welt, in der es Menschen mit zweierlei Glauben gibt.«

»Trotzdem, ich glaube, wenn in Albanien der Ausnahmezustand verhängt wird, dann tut das dem Land mehr weh als der verschärfte Terror«, meinte Sulejman.

Der dünne, glasartige Mann hörte zerstreut zu. Er war mit seinen Gedanken woanders. Beides, dachte er, ob Albanien nun zur Verbotenen Erde oder zur Erde der Bosheit erklärt wird, läuft letzten Endes auf das gleiche hinaus. Für ihn gab es da keinen Unterschied, weil in beiden Fällen das Schicksal des Landes in die Hände anderer Institutionen gelegt und ihre Gruppe hier überflüssig werden würde. Um das Verbotene Albanien würde sich die Armee kümmern; den Platz ihrer Equipe, die man dann nach Hause entlassen konnte, würden Equipen des verschärften Terrors mit ihren Dossiers, Regelbüchern und Spezialisten einnehmen. Sie würden in den alten Chroniken der großen Massaker blättern, zu denen die Idee in Asiens gigantischen Weiten geboren worden war. Darin hatte man all die Qualen vermerkt, die dem Menschengeschlecht auf Gottes Erdboden je zugefügt worden waren: Kreuzigen, Pfählen, Rädern, Zersägen, lebendig Begraben, Vierteilen, Zertrampeln durch Kamele, Häuten, Rösten, Brühen bei lebendigem Leib und so fort. All das würde sich hier wiederholen, wenn sie, die Spezialisten des Zentralen Staatsarchivs, längst nicht mehr da wären. Die Reise in die Hauptstadt dauerte sechs Tage. Normale Arbeitstage im Archiv würden sich anschließen, Morgen mit Rauhreif, in denen Zehntausende von Beamten der zentralen Behörden durch die Straßen hasteten, um nicht zu spät zu kommen, stundenlanges Brüten über Akten im Archiv, erstarrte Hände, brennende Augen. Aber je näher der Frühling kam, desto heller und wärmer wurden die Tage, und außerdem, in diesem Frühjahr konnte er endlich heiraten.

Die Kameraden der Gruppe stichelten ihn deswegen oft. Er war Spezialist für Hochzeiten, Zeremonien und Bräuche, und obwohl sein Bereich im Vergleich zu den Schlüsselbereichen Ideenlehre des Aufstands, womit sich der Chef selbst befaßte, Nationalpsychologie, für die der Jude Elias zuständig war, Nationales Gedächtnis, Lala Schahins Gebiet, oder Sprache, um die sich Sulejman kümmerte, zweitrangig war, galt er doch als wichtig und hatte einen eigenen Zuständigen in allen Equipen, die in soeben befriedete Zonen geschickt wurden. Obwohl man ihn hänselte, wußten alle, daß er im Falle der schrecklichen Entscheidung für die Entnationalisierung im Sinne der Kra-Kra-Doktrin genau wie die anderen bereit sein mußte, alle denkbaren Methoden zur Verflachung, Verfälschung oder vollständigen Vernichtung der Hochzeitsbräuche frischunterworfener Völker mit Zahlen und exakten Fristen zu untermauern. In der Hauptstadt legte man viel Wert darauf, denn frühere Untersuchungen hatten ergeben, daß sich aus Hochzeiten Theater entwickeln konnte, eine der teuflischsten Erfindungen der Menschen.

Wenn sie ihn mit seinem schon etwas reifen Junggesellendasein aufzogen, hieß es oft: Das wird ein denkwürdiger Tag, wenn du, Harun, du großer Vernichter der Hochzeitsbräuche aller Völker, selbst einmal heiratest. Er lachte dann auf seine typische Art und dachte: Das wird tatsächlich ein denkwürdiger Tag. Daheim in ihrem großen Haus in der Hauptstadt sprachen die zahlreichen Tanten und Onkel und seine Mutter, die vornehme Makbule, ständig nur von seiner bevorstehenden Eheschließung. Obwohl sich ihre Unterhaltungen fröhlich anhörten, schwang darin doch Sorge und manchmal auch glasdünner Schmerz mit. Er war ein Einzelkind gwesen, immer schon zerbrechlich und empfindsam, verhätschelt in einem großen Haus, das seit Generationen eng mit dem Staat verbunden war. Seine ganze einflußreiche Verwandtschaft war schockiert gewesen, als er sich anstatt für eine geistliche oder diplomatische Karriere für das Beamtendasein im Zentralarchiv entschieden hatte. Noch jetzt, nach so vielen Jahren, äußerten sie sich mit Bitterkeit über seine Wahl. Er hörte zu und dachte: Ihr werdet nie begreifen, welch ein titanischer Beruf das ist.

Sooft er in alten Dekreten, die er dienstlich zu studieren hatte, königliche Beinamen entdeckte, etwa: der ruhmvolle Padischah Selim Khan, Enkel und Großenkel von Sultanen, König der Könige, Kaiser über alle Kaiser bis zum Tage des Gerichts, Beherrscher unzähliger Völker, Erweiterer der islamischen Weiten, Eroberer zweier Reiche, Vernichter von drei Königtümern, Verheerer von dreihundert Städten, König über Araber, Perser und Rumelen, und so fort, sooft er also auf derlei Formeln stieß, er, der Empfindsamste der Familie Köprülü, mußte er denken: Harun Köprülü, Verminderer der weltlichen Freuden, Verblasser von Bräuten und Zierat, milliardenfach Durchkreuzer von Vermählungen bis zum Tage des Gerichts. Manchmal erschreckte ihn diese Vorstellung. Er versuchte sie aus seinem Kopf zu vertreiben, und wenn es ihm gelang, so quälte ihn doch der Gedanke an seine eigene, kurz bevorstehende Heirat. Irgendwann, im kommenden Frühjahr, vielleicht auch im Herbst, kam der Hochzeitstag, und dann ... dort ... Was dort? fragte er sich selbst ... Die verschwommene Furcht vor Vergeltung (eine Hochzeit zu stören ist schlimmer, als eine Brücke zu zerstören, sagten die Alten) umzitterte ihn schwach. Doch beruhigte er sich gleich wieder damit: das waren schließlich die Hochzeiten rebellischer Völker. Harun Köprülü, Zerstörer der Freude von Albanern, Ungarn, Griechen, Serben, Israeliten, Bulgaren, Tschechen, Polen, Makedoniern, Kroaten, Armeniern, Georgiern, Aserbaidschanern, Montenegrinern, Palästinensern, Ägyptern, Libanesen, Usbeken, Kirgisen, Moldauern, Rumänen. Außerdem handelte es sich ja um ein allmähliches Massaker, einen Schmerz, der Jahrhunderte anhielt, und im Vergleich zu den Equipen des verschärften Terrors, die es zu Studienzwecken stundenlang vor Kesseln aushalten mußten, in denen Menschen gekocht, oder vor Podesten, auf denen Rebellen bei lebendigem Leib gehäutet wurden, war dies zweifellos etwas Herrliches.

Um ihn herum ging die Unterhaltung über Albanien weiter.

»Ja, du hast wohl recht«, sagte Sulejman zum Juden Elias. »Keine Entnationalisierung und auch kein Terror. Kra-Kra gehört schon mehr der Vergangenheit an, und Terror kann unmöglich in einem Land ausgeübt werden, aus dem das Reich bisher fast ein Viertel seiner Spitzenfunktionäre bezogen hat. Auch wenn sie dem Staat seit langem noch so treu dienen, wenn man ihr Land in Blut erstickt, wird das keinem von ihnen gefallen.«

»Fließt im Ausnahmezustand etwa kein Blut?« fragte Lala Schahin.

»Oh, das ist etwas anderes«, sagte der Jude Elias. »Dabei bringen sie sich gegenseitig um. Das ist etwas anderes.«

»Außerdem würde der Ausnahmezustand in Albanien durch die heftige Natur der Albaner noch begünstigt. Oder nicht, Elias?« sagte Sulejman.

Der Jude nickte.

»Ein Freund von mir, der in der Ersten Direktion arbeitet, hat mir einmal erzählt, welch übermenschliche Anstrengungen darauf verwendet wurden, irgendwo im Norden, hinter Rumänien, den Ausnahmezustand herzustellen«, sagte Elias. »Alles ging schief. Ein absolut besonnenes Volk, durch nichts aus der Ruhe zu bringen. Man entschied sich dann für die Entnationalisierung.«

»Aber auf dem Balkan sieht es anders aus«, meinte Sulejman. »Auf dem Balkan hat der Ausnahmezustand immer Früchte getragen.«

»Da drin habe ich die Zerwürfnisse unter den albanischen Oberhäuptern«, sagte Lala Schahin und schlug mit der Handfläche leicht auf seine lederne Mappe. »Schon seit der Zeit vor Skanderbeg.«

Die anderen starrten auf die Tasche, die sie bisher noch nicht wahrgenommen hatten.

»Endlose Konflikte«, fuhr Lala Schahin fort. »Um Besitz, um Frauen, um den vakanten Königsthron, um, zum Teufel, was weiß ich.«

Während er sprach, fuhr seine Hand mechanisch fort, das Leder der Mappe zu reiben, als gewinne er daraus die Informationen, die er brauchte.

Der Sektor, in dem er arbeitete, hatte unter anderem die Aufgabe, die Stammbäume der umfangreichen, inzwischen zum größten Teil ausgelöschten Familien der albanischen Führer Schritt für Schritt zurückzuverfolgen. Diese Arbeit wurde seit

Jahrhunderten verrichtet, und es hieß, der Souverän selbst lasse sich immer wieder über den neuesten Stand unterrichten. Es konnte vorkommen, daß man der Direktion eiligste Aussagen über Vorfahren solcher Familien abverlangte, und sie hatte dann zu jeder Tages- oder Nachtstunde antwortbereit zu sein. Die Furcht, irgendein übriggebliebener Zweig könne dem berühmten Namen eines einstigen Oberherren neues Leben einhauchen, bedeutete für alle Beamten des Sektors, vom Direktor bis zum kleinsten Angestellten, einen ständigen Alptraum. Wenn so etwas geschah, das wußten sie, dann hatten sie das ganze Zornesgewitter zu ertragen, daher versuchten sie dem Unheil vorzubeugen, indem sie Tag und Nacht arbeiteten, pausenlos Daten sammelten, ängstlich darauf achteten, ja nichts zu übersehen. Ihre Dossiers enthielten alles, was es über die Familien der albanischen Führer zu erfahren gab, ihre Herkunft, ihre Chronik, Beziehungen, Verschwägerungen, Feindschaften, kurz, ihre ganze Geschichte bis zum Verschwinden. Nach der Skanderbegiade, an der die meisten der Oberhäupter beteiligt waren, diese Milchstraße des Ruhms unter sich aufteilend, verließen sie das schließlich eroberte Albanien und schwärmten wie zerzauste Vögel über ganz Europa aus, bis dann eine der Familien nach der anderen erlosch. Als erste starben im 15. Jahrhundert, ohne die Eroberung noch erlebt zu haben, die Balshaj aus. Ein Jahrhundert später folgten ihnen irgendwo in Europa die Kastrioten. Die Muzakaj verschwanden um 1600. Etwa um die gleiche Zeit fanden auch die Araniten ihr Ende. Die Dukagjinen starben im 17. Jahrhundert in Venedig aus. Die anderen an unbekanntem Ort.

Die Stimmen der anderen drangen von weither zu Lala Schahin. Sobald die Rede auf einstige Führer Albaniens kam, ergriff ihn eine leichte Benommenheit.

Während des jahrelangen Studiums ihrer Schicksale hatte Lala Schahin sich von ihnen, ohne daß er wußte, warum, allmählich in den Bann ziehen lassen. Deshalb trat er sofort den Rückzug an, sobald das Gespräch auf sie kam, um sich nicht zu verraten. In Wahrheit war er völlig verzaubert. Ihre Namen, durch die Aussprache seiner Kollegen ein wenig verstümmelt, schwammen wie Wolkenfetzen unter der Kuppel des winterlichen Zeltes. All das Überschäumende und Voranstürmende an ihnen zog Lala Schahin an, doch besonders berührte ihn, daß sie nach der Eroberung Albaniens über ganz Europa verstreut worden waren. Einige traten in den Dienst fremder Könige, stritten für andere Länder, errangen kalte Siege, doch ihre Erinnerung hing weiter am alten Vaterland. Trotz der gewaltigen Anstrengungen des Zentralarchivs, ihre Namen von der Erdoberfläche zu tilgen, erhielten sie sich, über ganz Albanien verstreut, in den Ortsnamen. All diese stürmischen, tollkühnen und schwierigen Menschen hatten sich nun in Täler, Felsen, Ebenen, Wälder und Wasserfälle verwandelt. Gegenden wie die Balshikia, die Karlilija oder aber Shpati, der Skuriastrand und die Myzeqeebene, das Hochland von Dukagjin, der Skanderbegberg. Erstarrt und unbeweglich nach so vielen Jahrhunderten erhoben sie sich inmitten von Nebeln, auf ewig festgenagelt, unanfällig für die Leidenschaften der Macht, für Verdienste, für sinnlose Spaltung...

Lala Schahin horchte in das Gespräch hinein und stellte fest, daß das Thema gewechselt hatte. Erleichtert atmete er auf.

»Gibt es eigentlich Lieder über Ali Pascha, Lala Schahin?« fragte der Jude Elias. »Vielleicht weißt du schon etwas darüber, obwohl du mit deinen Untersuchungen gerade erst begonnen hast.«

»Echte Volkslieder oder Balladen über ihn gibt es meines Wissens kaum«, erwiderte Lala Schalin. »Man kennt ein paar Gedichte, doch die sind von einem Hofpoeten verfaßt, einem gewissen...«, er beugte sich hinab, nahm die Mappe und wühlte darin, bis er ein dickes Heft gefunden hatte, »...einem gewissen, einem gewissen, hier habe ich es aufgeschrieben, Hadschi Schereti.«

»Soweit ich das mitbekommen habe, mißt man dieser Tatsache in der Hauptstadt große Bedeutung bei, oder nicht?« fragte es aus der fernsten Ecke.

»Sicher«, sagte Lala Schahin, »für mich ist das eines der Schlüsselprobleme.«

Allmählich versammelte das Gespräch alle um sich wie ein Topf mit Pilaf. Sie sprachen zu zweit, zu dritt miteinander, und manchmal überkreuzten sich die Dialoge, ohne einander zu stören. Wie? Das Gedächtnis der Balkanvölker? Man weiß doch, daß es ziemlich boshaft sein kann. Man muß abwarten, ob sich

die Legende wie ein weiches Federbett über seinen Tod breitet
oder nicht? Wenn ja, dann kann man seinen Kopf im Schandkasten ausstellen, solange man will, dann hat er sich schon in die
Zukunft davongemacht und lacht uns von dorther aus. Dieser
Balkan bleibt unserem großen Überstaat im Halse stecken. Er ist
schon verschlungen, aber man kann ihn nicht verdauen. Und ein
Knochen, der sich nicht verdauen läßt, zerreißt einem die Gedärme. Diese verschimmelten Greise kennen nur die physische
Attacke, Angriffe auf das Erinnerungsvermögen halten sie für
ein Märchen. Dabei vergessen sie, daß die Skanderbegiade bei
genauer Analyse eigentlich nur eine Sache der Erinnerung ist.
Man hätte seinen Namen auslöschen, eine Art Anti-Skanderbegiade in die Welt setzen müssen. Das hat man versäumt, das
Problem ist noch offen. Keine Angst, Ali Pascha ist nicht von
diesem Kaliber. Im Vergleich zu Skanderbeg ist er ein Zwerg.
Aber sein Tod? Du hast recht, an solchen Toden entzünden sich
meistens die mittelmäßigen Geister, und wenn die sich zusammenrotten, stellen sie eine gräßliche Macht dar. O nein, er
kommt nicht an Skanderbeg heran, da kannst du sicher sein.
Hast du gehört, was Lala Schahin sagt? Es gibt fast keine Lieder
über ihn. Skanderbeg dagegen hat man ein ganzes Epos gewidmet. Natürlich ist das mit Skanderbeg etwas anderes. Für die
Albaner ist er ein Messias, ein Leben lang warten sie auf seine
Wiederkehr, doch er will und will nicht kommen. Ich glaube
auch nicht daran, daß es sich wiederholt. Ich schon, ich habe
Angst, daß es sich wiederholt. Ich habe Angst, wenn Völker auf
etwas warten. Was haben die Albaner schon noch zu erwarten?
So oft sind sie enttäuscht worden. Zuerst vor ein paar Jahren von
Kara Mahmud Bushatlli, ihr erinnert euch, auch ihn hat man
gleich zu Skanderbegs Nachfolger ernannt. Und jetzt die Enttäuschung mit Ali Pascha. Trotzdem, ich fürchte mich vor wartenden Völkern, denn sie warten niemals vergebens wie irgend
so ein Träumer vor der Tür. Wenn ein Volk auf etwas wartet,
dann kannst du davon ausgehen, daß es tief in sich genau das
ausbrütet, auf das es wartet. Eines ist klar, wenn man den Balkan
verdauen will, muß man erst einmal seine Erinnerung verdauen.
Aber erzähl das doch einmal diesen verschimmelten Mummelgreisen: Phantasie, sagen sie, alles Dichtung. Albanische Lieder
über ihn gibt es wohl nicht, aber immerhin griechische, auch

wenn sie ihn nur verfluchen. Und warum verflucht ihn Griechenland? Es profitiert doch nur von ihm. Der Herrscher hat wahrscheinlich auf Ali Paschas natürlichen Tod gewartet, weil er fürchtete, Skanderbegs Zeiten könnten wiederkehren. Und wäre die Autorität des Reiches nicht so deutlich erschüttert worden, wäre der Konflikt wahrscheinlich nie ausgebrochen. Sein natürlicher Tod hätte ja nun bestimmt nicht mehr lange auf sich warten lassen, doch der Padischah wollte ihm wahrscheinlich eine letzte Chance auf Unsterblichkeit geben. Ha, ha, ha. Trotzdem ist Ali Pascha Tepelena eine große tragische Gestalt, vielleicht nicht von europäischen Ausmaßen wie Gjergj Kastrioti, aber doch mindestens nach balkanischem Maßstab. Natürlich ist damit zu rechnen, daß seinetwegen alle Balkanvölker in Bewegung geraten. Und das erscheint dir wenig? Trotzdem, neben den Kastrioten kann man ihn kaum stellen. Natürlich, Kastrioti, das war etwas anderes. Er wollte uns Albanien nehmen, um es nach Europa zurückzuführen. Und wenn ich es richtig verstanden habe, dann liegt darin überhaupt der Kern der Geschichte dieses Landes: bleibt es bei Asien oder kehrt es nach Europa zurück? So wie es aussah, hätte Albanien als einer der Vorposten Europas uns damals auch ohne Skanderbeg auf Gedeih und Verderb bekämpft. Lala Schahin hat es ja gerade gesagt: ein Fünftel der Bevölkerung, die Blüte des Landes, ging fort, nur um nicht im Schoß des Imperiums leben zu müssen. Stimmt, das muß ein unerhörter Exodus gewesen sein. In Bruchstücken ist die große Klage über den Auszug noch lebendig. Stimmt. Die damaligen Führer Albaniens waren noch enger mit dem Land verbunden. Wohingegen der Kernpunkt im Abschlußbericht der Vierten Direktion eben die These war, daß Ali sich von Albanien gelöst hätte. Als Halet dem Herrscher den Bericht vortrug, verlangte dieser noch einen weiteren Beweis. Man schickte eine zweite Agentengruppe los. Dicke Dossiers wurden angelegt. Die Informationen der zweiten Agentengruppe waren es, die den Herrscher schließlich dazu veranlaßten, selbst zuerst anzugreifen. Jene, die damals den Balkan von Europa abschnitten, waren große Chirurgen. Wir sind bloß noch Kurpfuscher. Ha, ha, was für ein Vergleich! Wenn man vom Gedächtnis eines Volkes spricht, wird man gleich für verrückt erklärt, verstehst du. Ja, das behaupten sie, Dichtung, Phantasie. Glaubst du denn, wir seien hier die erste Equipe dieser Art? Nein, so beschränkt bin ich nicht. Diese Gruppen gibt es schon seit einer Ewigkeit, nur die Namen wechseln. Universalequipe. Kommission zur religiösen Koordination. Studiengruppe zur Erforschung des Brauchtums. Spezialequipe. – So redeten sie noch lange. In der Equipe waren fähige Leute, die Bescheid wußten. »Die Gruppe, die an der aufrührerischen Provinz die Autopsie vornehmen wird«, so waren sie kurz vor der Abreise von einer Zeitung der Hauptstadt genannt worden.

Tatsächlich waren sie auf alles vorbereitet. Vor dem Aufbruch hatten sie, über ungefähr tausend Akten zu Albanien gebeugt, mehrere Tage im Zentralen Staatsarchiv verbracht. Die Albanien-Abteilung war eine der am reichsten ausgestatteten. Hier war alles über das Land zu finden: Städte, Flüsse, Festungen, Bäume, Brücken, Getreidefelder, Mühlen, Märchen, die Höhe der einzelnen Berge, Teppichmuster, Dialekte, Pferde, Hochzeiten, Totenklagen, Stammbäume der Adelsgeschlechter, ihre Chroniken, Blutfehden, Verschwägerungen, Erbkrankheiten, Balladen, Meere und so fort. Einige der Dossiers, etwa zur Sprachevolution, zu den Sitten und Gebräuchen oder auch die Chronik der Rebellionen, waren ungemein dick, die anderen unterschiedlich, je nach der Bedeutung eines Problems.

Daneben waren andere, den verschiedenen Gouvernements zugeordnete Säle, in denen ganze Gruppen, in Akten versunken, die Voraussetzungen von Rebellionen oder auch die Möglichkeit von Massakern untersuchten, die ihnen eventuell vorbeugen konnten, oder Methoden, mit denen sich Massenpsychosen auslösen ließen.

Die Säle waren weit und kalt, und durch ihre hohen Fenster drang ein Schimmer herein, der mit der Jahreszeit draußen wenig gemeinsam zu haben schien. Er kam wahrscheinlich direkt aus den ewigen Sphären der Zeit und war stets grau und kalt. Sie hatten den ganzen Dezember über im Archiv gearbeitet, und weil in dem mächtigen Gebäude wegen der Brandgefahr nie geheizt wurde, hatten sie sehr unter der Kälte gelitten. Alles war eisig, die Tische so sehr wie die Blätter der Dokumente und ihre Finger, die wie Blei darauf lagen. Noch nicht einmal im Hauptsaal, der Kuppel, wie man ihn wegen der hohen, gewölbten Decke nannte, machte man Feuer. Dort arbeiteten nur führende Funktionäre, und nur selten einmal wurden die Chefs der Equipen dorthin gerufen, um über die Ergebnisse ihrer Untersuchungen zu berichten. Lange Stunden verbrachte dort auch der Direktor des Archivs, Kurt Effendi, der dem Hörensagen nach alle drei Monate vom Gebieter selbst in Extraaudienz empfangen wurde, ohne daß jemand gewußt hätte, wann und weshalb.

In der Kuppel gab es keine konkreten Unterlagen über die Gouvernements, sondern nur Dossiers mit allgemeinen Schlußfolgerungen, Dekrete, die für das gesamte Reich Bedeutung besaßen und manchmal auch überzeitlichen Wert, Methoden zur Vernichtung von Kulturen und Sprachen wie auch zur Entnationalisierung, gültig für alle Völker. Üblicherweise trugen die Akten, die hierher kamen, weder eine Nummer noch einen Namen oder ein Datum, denn darin waren nur jene Phänomene festgehalten, die man für abgeschlossen ansah, die also mit bereits Verschwundenem zu tun hatten. Das Interesse an ihnen bezog sich danach nur noch auf erfolgreiche oder aber als untauglich erkannte Arten, Methoden und Stile.

Der Prozeß der vollständigen oder teilweisen Entnationalisierung der Völker (das war die Hauptaufgabe des Zentralarchivs) geschah nach der alten Geheimdoktrin des Kra-Kra und durchlief fünf hauptsächliche Phasen: erstens physische Vernichtung der Rebellion; zweitens Vernichtung des Geistes der Rebellion; drittens Vernichtung oder Verstümmelung von Kunst, Kultur und Sitten; viertens Vernichtung oder Verstümmelung der Sprache; fünftens Vernichtung oder Schwächung des nationalen Erinnerungsvermögens.

Die kürzeste davon war die Phase der physischen Vernichtung der Rebellion, denn sie war nur Krieg, während die Vernichtung der Sprache, oder Zero-Sprache, wie man in der neuen Terminologie sagte, am längsten dauerte.

In einem schweren Bronzeschrank befanden sich die Dossiers über die toten Sprachen. Sie waren dick, doch der Inhalt der meisten Seiten war mit größter Gewissenhaftigkeit gelöscht worden. Die Wörter der Wörterbücher, die Regeln der Grammatik und der Syntax hatte man, parallel zu ihrer Verminderung oder Beseitigung, nach und nach ausradiert, und schließlich waren dann die Buchstaben des Alphabets, die letzten Pulsschläge der geschriebenen Sprache, an die Reihe gekommen, bis dann deren endgültiges Ableben konstatiert werden konnte. Unmittelbar danach setzte der nächste, längere und mühseligere Prozeß ein, nämlich die Abschaffung der gesprochenen Sprache, auch sie in Etappen. Ganz am Schluß kam dann die Zerstörung der letzten Sprachinseln: der alten Frauen. Es war erwiesen, daß die Sprache bei den Frauen ganz allgemein und ganz besonders bei den Frauen, die geboren hatten, eine größere Lebenskraft besaß. Wenn also die Sprache vom Erdboden verschwand, kam auch eine Zeit, in der die Zahl der betagten Frauen abnahm, die, uralten Urnen gleich, noch die Asche der letzten Sprachreste in sich bargen. In besonderen Verzeichnissen waren sie als »Frauen mit Sprache« notiert und standen unter ständiger Überwachung, bis sie starben. Danach galt der Prozeß der Sprachvernichtung beziehungsweise der Zero-Sprach-Prozeß, wie er in der Doktrin genannt wurde, als abgeschlossen.

Die Erfahrungen vieler Jahrhunderte waren in den Archivunterlagen detailliert vermerkt. Alles war dort festgehalten, Zeiträume, Erfolge, Niederlagen, nichts fehlte, außer der verschwundenen Sprache selbst. Auf Zehntausenden von Aktenseiten fand sich keine Spur von ihr, kein Wort, noch nicht einmal ein winziges Partikel. Die absolute Vernichtung aller Daten der gestorbenen Sprache geschah in der Absicht, jede Möglichkeit einer Wiederbelebung auszuschließen.

Lange Zeit hatte es in der Frage, ob zum Tode verurteilte Sprachen für die Nachwelt dokumentiert werden sollten oder nicht, zwei gegenläufige Strömungen gegeben. Die eine Partei meinte, mindestens in dem einzigen Dossier im Reichsarchiv könne die Sprache doch erhalten bleiben, während die anderen darauf beharrten, dies nütze niemandem und lasse überdies die Möglichkeit eines Wiederauflebens der Ex-Sprache bestehen. Schließlich hatte die zweite Strömung den Sieg davongetragen. Ihre Anhänger waren in alten Chroniken auf einen Fall der Wiederauferstehung einer Sprache gestoßen, von den Chronisten voller Entsetzen als »Christus-Sprache« etikettiert. Niemand weiß, wie es geschehen konnte, schrieben sie, daß eine seit langem tote Sprache wieder auf dem Erdboden auftauchte. Die Menschen, bei denen man sie feststellte, wurden verfolgt; schließlich fing man sie, als sie gerade in die Sümpfe gehen wollten, warf sie in Eisen, schlug sie in Fetzen, doch sie wollten oder konnten nicht sagen, wo sie der Verfemten begegnet waren. Man stellte im Staatsarchiv lange Untersuchungen an, überprüfte jeden einzelnen Namen auf der Liste der Funktionäre, die einmal in der Kuppel gearbeitet hatten, den Verkehr aller Beamten, doch ergebnislos. Das Ganze blieb ein Rätsel. So also geschah das Unerklärliche, schrieben die Chronisten, das uns lange Furcht bereitete und Leib und Seele die Ruhe raubte.

Mit diesem Blatt aus der Chronik in der Hand fiel es den Verfechtern einer vollständigen Vernichtung aller Sprachdokumentationen schließlich leicht, nach zehnjähriger Polemik die Oberhand zu behalten.

Gleichwohl, Dossiers abgestorbener Sprachen waren sowieso rar und gewöhnlich älteren Datums. Selbst zur größten Blütezeit des Kra-Kra galt eine tote Sprache als absoluter Sieg, und sämtliche Funktionäre und Behörden, die daran beteiligt waren, durften mit Auszeichnungen und waghalsigen Karrieresprüngen rechnen. Seither hatte sich jedoch manches geändert. Obwohl die Doktrin über die Ausmerzung von Nationen noch immer existierte, wurden doch viele der Paragraphen seit langem nicht mehr angewendet. Seit langem waren die Mechanismen des Imperiums mit kleinen Siegen zufrieden, die man allerdings für bedeutend ausgab. Selbst der halbe Vollzug des Zero-Sprach-Prozesses stellte schon einen seltenen Erfolg dar. Man begann damit, daß man eine Sprache in ihrer normalen Entwicklung behinderte, um sie in einen Zustand der Debilität ähnlich dem Zurückbleiben entwicklungsgestörter Kinder zu bringen, und setzte dann ihre Deformierung fort. Die Erfahrungen dabei wurden in besonderen Dossiers festgehalten: ein Wortschatz, der seine Wörter verlor wie die Bäume im November ihre Blätter; grammatikalische Beschädigungen; die Atrophie der Partikel, besonders der Vorsilben; eine Verfettung der Syntax. Die Sprache begann sich allmählich zu vergröbern wie das Reden eines Stotterers. So war sie praktisch unschädlich, denn wie eine Frau, der die Gebärmutter entfernt worden ist, verlor sie ihre Fähigkeit, Gedichte, Erzählungen, Legenden auf die Welt zu bringen. Höchstens vermochte sie trockene Chroniken von einer Generation auf die nächste zu überliefern, mit so wenig Logik und Kontinuität allerdings, daß sie der Zeit schwerlich standhalten konnten.

An diesem Punkt galt eine der wesentlichen Etappen im Prozeß der Sprachvernichtung als abgeschlossen. Danach setzte eine weitere Phase ein: die Abkühlung der Sprache. Hier begannen Chaos und Wahn, bis die Sprache dann im Koma versank, im Todeskampf. Wenn sie in den alten Chroniken blätterten, die von der Agonie der Sprachen erzählten, träumten die energischen jungen Funktionäre des Zentralarchivs von der Rückkehr dieser Zeiten großer Möglichkeiten. Doch nach einigen Jahren der Arbeit im Archiv begriffen sie, daß allein schon das Altern einer Sprache das Leben ganzer Menschengenerationen verschlang, ganz zu schweigen vom Tod. Sie beklagten ihr Schicksal, denn der Staat forderte ihnen immer weniger ab, unterließ es bisweilen sogar, von ihnen die Deformierung einer Sprache zu verlangen, sich damit zufriedengebend, daß die Schriftsteller und Rhapsoden des unterworfenen Landes die eigene Sprache aufgaben und in der Verkehrssprache des Staates schrieben.

Trotz mancher Erleichterungen galt der Bereich Sprachen noch immer als der schwierigste im Archiv, und seine Funktionäre bemühten sich unentwegt um eine Versetzung in den Bereich Entnationalisierung nationaler Kulturen.

Dieser war ausgedehnt, mit zahllosen Abteilungen und Unterabteilungen für Kunst, Legenden, Musik, Wandmalerei, Trachten, Hochzeiten, Architektur, Ikonen, Volksepen und so fort. In ihren Archiven fand sich alles. Das begann beim Farbverlust der Gemälde und Trachten, beim Verblassen des berühmten albanischen Rots, der Eintrübung des Blaus zum asiatischen Blau, bei der Tendenz zum Aschgrauen, der Farbe der Raya, ging weiter mit der Verschleppung der Melodien, ihrem Hinüberwachsen ins Rauschhafte, den Tänzen, die nun so hölzern wirkten, daß man meinen konnte, die Tänzer trügen Ketten an den Füßen, und reichte bis zur reduzierten Bauhöhe von Häusern und dergleichen mehr.

Auf dem Gebiet der Entnationalisierung der Kulturen fanden auch die schärfsten Polemiken statt. Noch gab es konservative Greise, die keinen Millimeter von den jahrhundertealten Traditionen abgehen wollten. In Anlehnung an die geübte Praxis, die

Buchstaben einer Sprache zu verwünschen (die Regeln dieser
düsteren Zeremonie waren dreihundertfünfzig Jahre zuvor verankert
worden), verteidigten sie beispielsweise die traditionelle
Verwünschung der Gesetze der Dichtkunst, der Bauformen der
Prosa, der roten Farbe, der Schornsteine, der Fustanella (deren
Faltenwurf als Bedrohung vieler Dinge galt), der Dialoge, der
Quasten auf den Opanken usw.

Andere Funktionäre beharrten darauf, daß man von diesen
archaischen Methoden ablassen müsse, die nicht nur keinerlei
Erfolg zeitigten, sondern auch noch die ganze staatliche Propaganda
in Verruf brachten. Tag und Nacht arbeiteten sie an der
Entwicklung neuer, raffinierterer und komplizierterer Methoden,
welche von den sturen Greisen nur mit Verachtung gestraft
und in Bausch und Bogen verworfen wurden.

Wie jede erste Kra-Kra-Equipe, die man in ein gerade befriedetes
Land schickte, sollte auch die eben in Albanien eingetroffene
Gruppe ihre Untersuchungen ausschließlich auf die
Vertilgung des Geistes der Rebellion richten. Auch wenn zur
Verwunderung der Spezialisten und entgegen der Logik der
Dinge tatsächlich der Kra-Kra etabliert werden sollte, durfte sich
die Equipe nur mit anderen Dingen beschäftigen, wenn diese
irgendwie mit der Rebellion zu tun hatten. Obwohl sie über alle
erforderlichen Spezialisten verfügte, hatte dies als völlig einsichtig
zu gelten. Wenn wirklich auf Kra-Kra entschieden wurde,
dann war, selbst wenn seine erste Phase, die Austilgung des
Geistes der Rebellion, jahrelange Arbeit erforderte, die Anwesenheit
von Spezialisten für die anderen Etappen äußerst notwendig,
wenn nicht sogar unumgänglich, weil nämlich alle späteren
Phasen des Kra-Kra in gewisser Weise mit der Beseitigung
des Geistes der Rebellion zusammenhingen. Falls, wie sie ja vermuteten,
der Kra-Kra in Wirklichkeit gar nicht verhängt wurde
und ihr Kommen nur propagandistischen Zwecken diente, dann
war eine komplette Equipe um so notwendiger, wollte man den
glaubwürdigen Eindruck erwecken, in Albanien erbarmungslos
zuzuschlagen.

Auf jeden Fall war ihnen klar, daß sie in den ersten Wochen
nur Vorbereitungstätigkeit leisten konnten. Was sie in diesen
Tagen ausarbeiteten, war mehr oder weniger ein Memorandum
über die Verfassung des Geistes der Rebellion, verbunden mit

ersten Vorschlägen, welche Methoden zu seiner Auslöschung in Frage kamen.

Im Archiv gab es eine Unmasse von Unterlagen zu diesem Thema. Sie beschrieben in allen Varianten den Beginn von Rebellionen (die ersten Anzeichen waren manchmal schwerer zu erkennen als die Symptome seltener Krankheiten), ihr Anschwellen, den ersten Aufschwung, den Rausch, die allgemeine Empörung, die Ermüdung, den Niedergang, die Unterdrückung und die Betäubung, welche die Massaker und anderen Handlungen nach der Niederwerfung hervorriefen. Unmittelbar danach begannen Wochen, Monate, Jahre, manchmal Vierteljahrhunderte oder Vierteljahrtausende einer fieberhaften Tätigkeit zum Zwecke der Vertilgung des Geistes der Rebellion. Es war dies eine Aufgabe von entmutigenden Dimensionen (manchmal ließ sich am Horizont nicht der kleinste Hoffnungsschimmer ausmachen), an der man verzweifelte, sooft man sie zu einem Ende zu bringen versuchte. Sie stand in einem engen Zusammenhang mit den anderen Etappen, die es nach der Doktrin gab, vor allem mit der Entnationalisierung der Kultur und der Schwächung des nationalen Erinnerungsvermögens.

Was hinwiederum diese Frage anbelangte, so war sie Gegenstand einer scharfen Polemik, die seit geraumer Zeit ausgetragen wurde, nämlich welcher der beiden Prozesse zuerst abzuschließen sei: Zero-Sprache oder Zero-Gedächtnis? Einige beharrten darauf, der furchtbare Prozeß des Nachlassens und endlichen Verlusts des Erinnerungsvermögens könne erst nach der Zerstörung der Sprache in Gang gesetzt werden, wogegen andere meinten, von einem Absterben der Sprache könne ohne vorhergehende Eindunkelung des Kollektivgedächtnisses der Nation keine Rede sein. Wie in solchen Fällen üblich, trug keine der beiden Seiten den Sieg davon, und die Autoritäten verordneten einen Mittelweg: nämlich den parallelen Vollzug beider Prozesse. Man hielt solche Polemiken stets für untergeordnet, da sie das Hauptziel der Doktrin nie tangierten, nämlich das Erreichen des »Total-Zero« als wahre Krönung. Die vorangegangenen fünf Phasen, Unterdrückung der Rebellion, Beseitigung des Geistes der Rebellion, Entnationalisierung der Kultur, Zero-Sprache und Zero-Gedächtnis, waren nur vorbereitende Schritte hin zum »Total-Zero« oder »Gesamt-Null«, wie man auch hätte sagen können. Das bedeutete, wie der Name schon erkennen ließ, die völlige Auslöschung der Nation. »Total-Zero« ließ sich aber auch mit »Arealisierung« übersetzen, denn das war der Kern: daß ein Land von einer »Heimat« in ein »Areal« verwandelt wurde. Außer dem Klima, der Landschaft, dem Wind und den Wolken, die darüber hinwegzogen, hatte es nichts eigenes mehr aufzuweisen. Es verwandelte sich in bloßes »Reichsland«, und wenn sich jemand verschwommen, wie in einem fernen Traum, an etwas entsann, dann nannte man dies Delirium, und der Kranke wurde in eine psychiatrische Klinik eingeliefert.

Das alles war in der alten Kra-Kra-Geheimdoktrin verankert. Niemand wußte genau, wann sie entstanden war, und ebensowenig kannte man ihre Autoren oder die Institutionen, die sie ausgearbeitet hatten. Was die Herkunft der Bezeichnung Kra-Kra anging, so lag diese noch tiefer im Nebel, und manche behaupteten, sie sei überhaupt nur der Rest eines kompletten Namens. Vermutungen gingen von krächzenden Raben aus, die über einem entnationalisierten Gouvernement kreisten: Kra, kra, welches Volk war hier, kra, kra, wo ist es, wo? Natürlich hielt man diese Annahme für ein wenig kränklich, doch mangels einer besseren wurde sie allseits akzeptiert.

Abgesehen davon war der Kra-Kra eine scharfe und präzise Doktrin, die nur eindeutige Interpretationen zuließ. Jeder Übergang von einer Etappe zur nächsten war per Sonderdekret zu beschließen, das vom Herrscher persönlich unterzeichnet sein mußte. Verstöße wurden niemals geduldet, und keine Phase galt je als abgeschlossen, ehe nicht die Bestätigung einer übergeordneten Kommission vorlag. Manche Gouvernements blieben ein Leben lang in der ersten Phase stecken. In anderen Fällen lief der Prozeß rückwärts wie ein Krebs. Als zum Beispiel neunzig Jahre zuvor das Dekret über die völlige Entnationalisierung Albaniens aufgehoben worden war, das dreihundertvierzig Jahre Gültigkeit besessen hatte, erklärte man eine teilweise Entnationalisierung, die gerade bis zur Beseitigung des Geistes der Rebellion reichte, für völlig ausreichend. In letzter Zeit gab es sogar Stimmen, die sich für einen Verzicht auch noch auf die Auslöschung des Geistes der Rebellion aussprachen, so daß sich das Reich nur noch auf die physische Niederschlagung der

Rebellion beschränkt hätte. Doch dieses Ansinnen wurde denn doch empört verworfen. Wenn wir den Geist der Rebellion tolerieren, dann finden wir uns auch mit der Idee unserer eigenen Vernichtung ab, hatte der Scheik ul-Islam in einer eigens einberufenen Versammlung erklärt.

Tatsächlich gab es hohe Funktionäre, die nicht nur der Meinung waren, viele Paragraphen des Kra-Kra müßten endlich fallengelassen werden, sondern auch noch die Frage aufwarfen, ob das Reich nun eher gewann oder verlor, wenn es wilde Tiger wie das albanische Gouvernement mit aller Gewalt innerhalb seiner Grenzen zu halten versuchte. War der seit Jahrhunderten existierende Überstaat durch das Fett, das er angesetzt hatte, womöglich zu schwer geworden, und mußte man nicht etwas unternehmen, um ihn wieder etwas leichter zu machen?

All dies war der Stoff vertraulichen Salongeflüsters, und einige Equipemitglieder, die gerade erst eingetroffen waren, wußten darum. Aber sie kannten gleichfalls den Unterschied zwischen einem Kamingeplauder mit der Gattin bei einem Glas Raki und dem Getratsche einige tausend Kilometer davon entfernt in einem von Windböen geschüttelten Zelt auf einem ehemaligen Schlachtfeld, wo das Blut noch durch die tieferen Kapillaren der Erde sickerte und die Waffen noch benommen waren von seinem Geschmack. Solche Waffen in solchen Zeiten kümmerten sich auch wenig um die Gesetze.

In dem großen Zelt erstarb allmählich das Gespräch. Die Worte wurden rarer wie in den Sprachendossiers, die dort in der Kuppel dahinwelkten. Zwei bauten wieder die Figuren auf dem Schachbrett auf. Der Gläserne wippte, die Augen von Müdigkeit verhangen, immer noch vor und zurück, und manchmal sah es fast so aus, als werde er umstürzen und wie eine Vase zerbrechen und sich in kleinen Scherben über das ganze Zelt verteilen.

Nach dem Mittagessen legte sich Hurschid Pascha nicht wie gewohnt zur Ruhe. Er hatte den Vizedirektor der Bank zu Tisch gebeten und die beiden gefräßigsten und ungehobeltsten Paschas aus dem Stab sowie den Leiter der Spezialequipe des Archivs dazu geladen, damit es nicht zu sehr ins Auge sprang. Während des ganzen Essens hatte er die Anwesenheit der drei anderen völlig ungeniert übersehen und seine ganze Aufmerksamkeit auf den langen Finanzmann konzentriert, der die bohnenstangenartigen Beine unter dem flachen Tischchen gekreuzt hielt. Mit allen Mitteln wollte er etwas über die Gründe herausbekommen, die zur Suche nach einem angeblichen Rest des Schatzes geführt hatten. Doch es war unmöglich. Nichts konnte er ihm entlocken, kein Stückchen kam er seinem Ziel näher. Der Geldmann blieb völlig undurchdringlich. Unterhalb der Brauen kam Hurschid Pascha dieser Kopf merkwürdig klein für diesen ellenlangen Körper vor, der in einem gewaltigen Turban endete, in dessen Mitte gleich einem starren Auge ein ovales Stück Glas, eine Rubinimitation, befestigt war. Dieses schreckliche Auge hatte Hurschid Pascha das ganze Mittagessen über gepeinigt; fast hätte man ihm die Schuld dafür geben können, daß kein Kontakt zu dem Menschen unterhalb des Turbans zustande kam. Wirklich hatte Hurschid Pascha noch nie jemand gesehen, dessen Gesicht von dem Turban darüber so völlig verunstaltet wurde. Allmählich glaubte er immer fester daran, daß dieser Turban der eigentliche Kopf des Gastes war, daß Mund, Nase und insbesondere die Augen bei ihm nur zweitrangige Bedeutung hatten. Um mit diesem Mann übereinzukommen, mußte er sich vor allem mit seinem Turban verständigen, mit diesem eingefrorenen Auge, das wie eine Drüse in der Mitte hervorwuchs.

So bitter hatte ihm sein Brot schon lange nicht mehr geschmeckt. Ein paarmal hätte er gute Lust gehabt, dem Finanzmenschen seinen gräßlichen Turban vom Kopf zu reißen, ihn auf den Boden zu schleudern und zu brüllen: Jetzt ist er weg, nun sag mir endlich, Knopfauge, weshalb eigentlich noch nach einem anderen Teil des Schatzes gesucht wird. Habt ihr wirklich nachgerechnet, glaubt ihr tatsächlich, daß es noch einen Rest des Schatzes gibt, oder wißt ihr selbst ganz genau, daß nichts mehr da ist, und alles ist nur ein Vorwand?

Als das Mittagessen endlich vorüber war, ließ Hurschid Pascha seine Leibwache wissen, er gedenke draußen einen Spaziergang zu machen.

Bald würde es dämmern. Reif lag über der Ebene. Das Gedränge seiner finsteren Gedanken lockerte sich ein wenig in ihrer Weite, um sich schließlich ganz darin aufzulösen. Wie ist so etwas nur möglich, fragte er sich, wie kann der Herrscher nur so etwas tun. Mein Sohn, hatte er ihm in seinem letzten Brief geschrieben, ich weiß, daß Du nicht ruhen wirst, bis Du mir den Kopf des Rebellen schicken kannst. Dies ist das einzige Geschenk, das ich in meinem Leben von Dir erwarte, von Dir, der mir treu ergeben ist. Es kann nicht sein, dachte Hurschid Pascha und lauschte auf das Knirschen des Reifs unter seinen Füßen. Ich habe den Rebellen gestürzt, und sein Kopf ist nun dort. Mein Name ist in aller Munde. Es kann unmöglich sein. Das sind nur verrückte Zweifel, in die man sich bei einem verrückten Mittagessen wie diesem ja noch mehr hineinsteigern muß.

Es dämmerte wirklich. Die Weite ringsumher saugte alle Düsternis der Welt in sich hinein. Der flache runde Tisch beim Mittagessen, dieser Fieberkreis, in dem er gerade noch gezappelt hatte, war nun weit weg.

Wie gut, daß er diesen Spaziergang unternommen hatte. Der Reif knirschte unter seinen Stiefeln. Die Erde war es, die gesiegt hatte. Ihr Knirschen drückte besser als alle Verse das Gefühl des Sieges aus.

Er war nun der Held des Tages, und noch immer schrieben alle Blätter über ihn. Sein Freund, der Minister Gizer, hatte ihm mit der letzten Post einige Zeitungsausschnitte geschickt. Der starke Mann des Reiches. Der Erneuerer des osmanischen Waffenruhms. Der General der Stunde. Während er die Schlagzeilen mit all ihren Epitheta überflog, fragte er sich mit einem Hauch von Beunruhigung: Ob die Lettern nicht doch ein wenig zu groß sind? Dann hatte er nicht mehr daran gedacht. Staatsbankette zu Ehren seines Sieges, Zeremonien, Beförderungen warteten auf ihn. Es hieß, der Großwesir leide chronisch an einem Geschwür, und sein Posten ... Vielleicht glaubten die da oben wirklich, Ali Paschas Schatz sei noch reicher gewesen. Was konnte man schon erwarten, wenn Leute wie der gräßliche Vizedirektor etwas ausrechneten. Besser, er hätte ihn gar nicht zum Mittagessen eingeladen.

Es war kalt. Die Dämmerung verdichtete sich. Vasilika wird nun wohl in der Hauptstadt eingetroffen sein, dachte er. Er konnte sich die allgemeine Neugier, den Trubel, den die Journalisten um sie machten, gut vorstellen.

Hurschid Pascha hatte Heimweh nach der Hauptstadt. Wie ein warmer Wind trug ihm sein Gedächtnis von weither ein

Stück ihres nächtlichen Himmels zu. Es trug den ewig bläßlichen Schimmer der Minarettlichter und der Palastkuppeln, unter denen schöne Damen schlummerten. Ich bin müde, dachte er. Ich brauche ein wenig Entspannung.

Merkwürdigerweise war er erleichtert.

Ja, dachte er nach einer Weile, äußerlich empfinden die Menschen Erleichterung. Die Sorge verläßt sie, vergeht, verraucht ... Obwohl sie vielleicht gar nicht aufhört. Nicht umsonst sagt man: Sorgen verfliegen. Anscheinend saugt die Weite der Menschen überschüssige Schwermut auf, behält sie eine Weile bei sich, schickt sie nebelhaft durch alle Köpfe, um sie dann bei Gelegenheit wieder freizusetzen.

Wenn sie wirklich nicht meinen, daß es noch einen anderen Schatz gibt, warum machen sie dann das alles? Er schob den bittern Gedanken immer wieder von sich weg, um ihm dann schließlich doch Zutritt zu seinem Bewußtsein zu geben. Vielleicht fürchtete der Padischah Männer mit zu großem Ruhm? Zeitungsschlagzeilen wirbelten chaotisch in seinem Kopf herum, und einen Augenblick lang hatte er das Gefühl, zwischen ihren schwarzen Buchstaben eingeklemmt zu sein wie in einer Mausefalle. Nimm den überschüssigen Ruhm, mein Herrscher, dachte er. Nimm ihn ganz, wenn du möchtest, ob überschüssig oder nicht, aber laß mir meinen Frieden.

Er wunderte sich selbst über diesen Aufschrei seiner Seele. Was ist nur los? dachte er. Er war allein auf dem schwarzen, in Dämmerung gehüllten Feld. Vielleicht war der Herrscher dabei, sie alle durch einfältige, aber treue Paschas zu ersetzen, vielleicht ...

Genug, sagte er sich. Hasenherz. Im Augenblick jedenfalls bist du Herr über dieses ganze unterworfene Gouvernement.

Noch immer knirschte der Reif unter seinen Füßen.

So ging er, ganz leer, eine bewegliche Form ohne Namen und ohne Seele, eine Weile durch diese Einöde, die den Winter dieses Jahres auf sich genommen hatte.

Ja, so ist es, dachte er.

Irgendwo unter ihm knirschte der Reif, und einmal hätte er die Frage fast laut gestellt: Was ist nur los?

Der Vizebankdirektor hatte sich auf die Rückreise in die Hauptstadt gemacht, allerlei Kuriere waren erschienen und wieder verschwunden, versehen mit allerlei Befehlen, Botschaften, Mitteilungen, Berichten, die Siegel jeden Ranges trugen, aller Kategorien, geheim, sehr geheim, streng geheim und so fort. Neue Funktionäre waren aus der Hauptstadt eingetroffen, mit langen Titeln, kompliziert wie alte Stickereien, weitere Arbeitsgruppen vom Palast des großen Manuals, der Hofkammer, die Alis Besitz erfassen sollten, geheime Abgesandte des uralten Palasts der Gerüchte, Equipen der Ersten Direktion, Ermittler des Scheik ul-Islam, Kuriere des Palasts der Träume in ihren himmelblau gestrichenen Kaleschen, den Tabir Araba, Derwische mit unbekanntem Reisezweck; angekommen waren dicke Dossiers mit Bescheinigungen, Anordnungen, Gesetzentwürfen, diversen Erlassen, doch was den Schatz des bezwungenen Wesirs betraf, so hatte es keinerlei neue Anweisungen gegeben.

Hurschid Pascha war von einer ständigen Schläfrigkeit befallen. Für ihn hatte sich die Welt in einen großen grauen Pudding mit ein paar pulsierenden rosa Adern verwandelt. Um ihn herum wogte das Leben, Befehle wurden ausgegeben und entgegengenommen, doch er nahm an all dem nur wie ein Schlafwandler Anteil.

Einmal trugen ihn seine Beine beim alltäglichen Dämmerungsspaziergang, er wußte nicht warum, vor eine Baracke, über deren Eingang das Wort »Tabir« stand. Es war Vorschrift, daß bei allen großen Feldzügen neben den anderen Diensten auch eine Abteilung eingerichtet wurde, die sich mit dem Sammeln und Bearbeiten von Träumen befaßte. Zwei oder drei Spezialisten waren damit beschäftigt, die Träume von Soldaten und Offizieren systematisch zu erfassen. Wer erfundene Träume erzählte, wurde bestraft, dann sortierte man aus der Masse der Träume jene aus, die symbolische Bedeutung hatten. Träume, die in irgendeiner Weise mit den Perspektiven der jeweiligen militärischen Operation zu tun hatten, wurden unverzüglich an den Stab weitergereicht. In besonders dringenden Fällen, etwa an Tagen unmittelbar vor dem Angriff oder bei ungünstigem Verlauf der Kampfhandlungen, konnte es vorkommen, daß die Träume direkt dem Oberkommandierenden zugingen. Was jedoch Träume von allgemeinem politischem Wert anbelangte, so wurden sie in die Hauptstadt geschickt, an den berühmten Tabir Serail, den Palast der Träume.

Hurschid Pascha kümmerte sich normalerweise wenig um die Traum-Abteilung seiner Armee. Tagelang über Operationsplänen sitzend, hatte er sie beinahe vergessen, und nun, da er das in himmelblauen Lettern über dem Barackeneingang prangende Wort »Tabir« entdeckte, kam es ihm vor, als sei er einer alten Neugier wiederbegegnet.

Er stieß die Barackentür auf und trat ein. Die beiden Beamten drinnen verneigten sich fast bis zum Boden. Bei allem Schrecken, den ihnen des Paschas Auftauchen einjagte, wunderten sie sich doch. Sie wußten, daß ihm, selbst wenn das Kriegsglück an einem seidenen Faden gehangen hatte, ihre Träume ziemlich gleichgültig gewesen waren, und nun, da alles vorüber war, sollte es plötzlich anders sein? Vorher, ja, da hatten sie in kalter Furcht gelebt. Es gab nur wenige Träume, und ein Teil davon war wertlos. Sie hatten Angst, nach einer Niederlage werde womöglich ein Unwetter auf sie niedergehen. Zwei Tage vor Alis Tod hatten sie zu ihrem Entsetzen feststellen müssen, daß die Mappe am Morgen leer war. Ein ganzes Bataillon wurde deshalb unter Androhung von Auspeitschung in Schlaf versetzt, in der Hoffnung, irgend etwas werde dabei schon herauskommen, doch das Ergebnis war niederschmetternd: die einen hatten gar nichts geträumt, die anderen nur Unsinn.

Noch immer verharrten die Beamten in tiefer Verbeugung vor Hurschid Pascha.

»Befiehl, o Pascha«, stammelte dann schließlich einer von ihnen.

Hurschid Pascha zeigte auf das Regal mit den Dossiers.

»Gibt es einen Traum über mich?« fragte er mit einer Stimme, der er einen gleichgültigen, möglichst sogar spöttischen Ton zu unterlegen suchte.

Die Beamten stürzten sich auf die Mappen und begannen heftig darin zu blättern. Dabei redeten sie, einander ins Wort fallend, pausenlos, lasen da und dort eine Zeile vor, murmelten: Ein Minarett, um das ein paar Fliegen summen, nein, das war's nicht; zwei blinde grüne Pferde auf einem Feld, nein, warte, der Traum des Janitscharen Selim aus dem Dritten Bataillon, da ist er, wir haben ihn noch nicht an die Zentrale geschickt, aber mit dir hat er nichts zu tun, mein Pascha. Morgen mit dem ersten Kurier schicken wir ihn ab.

Ohne auf ihr Gemurmel zu achten, beobachtete Hurschid Pascha die Hände, die in den Akten wühlten. Vor seinem inneren Auge erschienen die blaßhimmelblauen Kuppeln des Tabir Serail, zu dem seine Kuriere, die Traumboten, wie man sie nannte, in ihren gleichfalls blaßhimmelblauen Kutschen aus allen Teilen des Reiches herbeigeeilt kamen. Er versuchte sich ins Gedächtnis zurückzurufen, was er über dieses Monstrum wußte, doch erinnerte er sich an alles nicht mehr so genau. Man erzählte sich viel über die geheimnisvolle Bearbeitung der Träume in den zahllosen Amtszimmern des Tabir Serail, durch die man Warnsignale gewinnen wollte. Am meisten wurde über den Haupt- oder auch Großtraum geflüstert, der aus den Träumen einer Woche ausgewählt wurde, um ihn in einer schlichten, außerordentlich alten Zeremonie dem Herrscher vorzulegen. Es hieß, eine Verschwörung, durch die der jüngere Bruder des Sultans den Thron an sich bringen wollte, sei durch einen Großtraum aufgedeckt worden. Sogar die jüngsten Veränderungen in der Außenpolitik . . .

Die Arme über der Brust verschränkt, verfolgte Hurschid Pascha das irrsinnige Blättern der Beamtenhände in den Akten. Obwohl er einer der höchstrangigen Militärs war, kannte er nicht die volle Wahrheit über den Tabir Serail. Immerhin wußte er durch Äußerungen von Freunden, besonders des Ministers Gizer, in Bruchstücken Bescheid. Doch nie hatte er ernsthaft an die Macht des Tabir Serail geglaubt, so wenig wie an den Kampf, der angeblich zwischen dem Clan des Scheik ul-Islam und der alten Militärkaste auf der einen und der Gruppe der Banken und einem Teil der Wesire auf der anderen Seite um Einfluß auf den Tabir Serail stattfand.

Komisch, dachte er (warum, wußte er selbst nicht) und verließ so leise die Baracke, daß es die Beamten überhaupt nicht bemerkten.

Eine Weile ging er in die dunkler werdende Ebene hinein. Ob womöglich irgendwo in einem verlassenen Winkel des Staates ein Traum auf die Reise geschickt worden war, der ihn betraf? Woher sollte sonst diese Bangigkeit kommen, die tief in seinen Gliedern saß? Ein Schaudern überlief ihn. Plötzlich spürte er, zum ersten Mal, die blinde Macht des Palasts der Träume.

Er versuchte an etwas anderes zu denken. So ging er eine Weile, doch stets kehrten seine Gedanken dorthin zurück, wo er sie nicht haben wollte. Immerhin war das, was so zu ihm kam, weich und alles in allem fern. Es dunkelte. Er versuchte sich die Kuriere vorzustellen, die Träume transportierten. Nun, am Rande des Abends, durcheilten sie wie himmelblaue Meteore kreuz und quer das ganze unendliche Reichsgebiet, für dessen Erweiterung er sein Leben lang gekämpft hatte.
Müdigkeit befiel ihn.

Aus dieser Schläfrigkeit, von der sich Hurschid Pascha gewünscht hätte, daß sie ihn bis zum Ende seines Lebens begleitete, wurde er am Freitag jäh herausgerissen. In einem Brief von der Hand seines Freundes, des Ministers Gizer, hieß es ganz am Schluß wie zufällig: »... und so möchte ich Dir, nicht zu meiner Freude, mitteilen, daß übermorgen ein Kurier der Dritten Direktion des Hofes sich auf den Weg zu Dir machen wird, mit einem Ferman, von dem es heißt, daß er nicht Hayir ist. Urteile und entscheide selbst. Überall unter den Sternen ist die Welt, sagt der weise Ibn Sina. Ein Selam von mir. Besser, wir sehen uns nie wieder, als daß ich Dich sehe und Du mich nicht.«
Lange starrte Hurschid Pascha auf den Brief in seiner Hand. Gleichsam außerhalb seines Körpers stehend, nahm er wahr, wie in diesem unterdrückt ein Streit stattfand, ein endloses Palaver zwischen den verschiedenen Organen, die ihre normale Verbindung untereinander verloren und sich übel vermischt hatten; die Lungen lieferten dem Mund nichts mehr, die Hände wollten sich direkt mit dem Gehirn verständigen, der Gaumen, die Finger, das Rückgrat, alles war fühllos. Dann ließ sich mit einiger Mühe ein gewisser Zusammenhang wiederherstellen, verschwommen zuerst und dann etwas klarer. Eigentlich kam es gar nicht so überraschend.
Er stellte eine schlichte Berechnung an. Der Brief war vor drei Tagen geschrieben worden. Offenbar hatte Gizer darauf geachtet, ihn so schnell wie möglich auf den Weg zu bringen. Tundsch Hatai war gestern aufgebrochen. In zwei Tagen würde er da sein. Zwei Tage hatte er also noch Zeit. Zwei Tage Zeit, dachte er. Seine Gedanken blieben daran hängen wie an einem Haken. Eine zweitägige Zeit. Eine Zeit, die aus zwei Tagen bestand. Also

zwei Tage Zeit. Und dann? fragte er sich ganz erstarrt. Was ist das für eine Zeit?

Wieder nur mühsam teilten die Organe seines Ich durch ein streitsüchtiges Quietschen einander etwas mit. Eine zweitägige Spanne, um meinen Kopf zu retten, dachte er. Gizer sagte unmißverständlich: Besser, wir sehen uns nie wieder, als daß ich Dich sehe und Du mich nicht. Also, das bezog sich offensichtlich auf den Schandkasten.

Zwei Tage Zeit, dachte er noch einmal, als rechnete er nach, ob das für irgend etwas genug wäre. Der Selbsterhaltungstrieb stieß tief in seinem Innern ein kleines »Ach!« aus. Ach, wenn er doch nur mehr Zeit hätte. Doch eine Minute später war er davon überzeugt, daß genug, sogar überreichlich viel Zeit vorhanden war. Genaugenommen begann sie ihm gräßlich lang vorzukommen. Wenn diese zweitägige Zeit nur nicht gewesen wäre. Sie war ein feindseliges zweizeitliches Wesen und sonst nichts.

Zu was war sie zu gebrauchen, außer um sie totzuschlagen? Gizer riet ihm indirekt, außer Landes zu flüchten, doch er verwarf diese Idee sogleich. In Europa zu leben, unter dem Zeichen des Kreuzes ... Dann besser unter der viele hundert Jahre alten königlichen Erde, auf die der Halbmond wie Balsam sein gelbes Licht tropfen ließ, bis hinab zu den Toten, als lebten auch sie.

Er verbrannte den Brief des Freundes und ging hinaus. Es war noch das gleiche Feld mit dem gleichen Reif, der unter seinen Stiefeln knirschte. Die Wolken waren noch höher hinaufgestiegen und duldeten ein intensiveres himmlisches Leuchten neben sich. Wie viele willst du noch mit dir hinabziehen, Greis, wandte er sich still an Ali Pascha. Er blickte auf den fernen Horizont, der schon seit Beginn des Krieges im Nebel lag. Aus welcher Richtung würde Tundsch Hatai wohl auftauchen? Er blickte hinüber auf die weite Fläche, als käme Tundsch Hatai in seiner Kutsche mit dem Reichswappen tatsächlich durch die Wolken herangerollt wie der Erzengel Gabriel. Doch dann wanderte Hurschid Paschas Blick zu der Landstraße hinüber, fast staunend, als wollte er nicht glauben, daß über diesen elend dünnen Strich das ganze Verhängnis sich zu nähern vermochte.

So sehr er sich dagegen wehrte, das ganze Durcheinander von Pferden, schmuddeligen Tataren, Salzeimern, Schnee, Honig, silbernen Schalen wirbelte in seinem Kopf herum. Dann stellte er sich diesen unter Tundsch Hatais Arm vor, und zu seiner Verwunderung erschrak er nicht darüber, sondern weinte. Durch die Tränen gebrochen, glitzerte silbrig der Kopf eines fernen Fischs.

Mit den Handflächen wischte er sich die Tränen von den Wangen. Du wirst weit fortgehen, sagte er zu seinem Kopf. Bis dorthin nur. Und er stellte ihn sich wieder an die Felljacke des Kuriers gepreßt vor. Sein Kopf, der Kopf eines Paschas mit sechs Orden, unter dem Arm eines mittleren Beamten.

Nein, sagte er. Das darf nicht sein. Außerdem, wie sollte er ihn denn am Tage des jüngsten Gerichts, wenn Allahs Posaunen erschallten und alle Toten sich aus ihren Gräbern erhoben, viele tausend Kilometer entfernt wiederfinden, und was sollte er ohne ihn anfangen? Er sah sich ohne Kopf wie angewurzelt auf einer Wegkreuzung stehen, inmitten einer Menge schiebender Toter, die alle den ihnen bestimmten Orten zueilten, und wieder schrie es in ihm: Nein, du bekommst mich nicht, Tundsch Hatai.

Jetzt erschien ihm alles leicht. Rasch kehrte er in das Zelt zurück, zog ein weißes Blatt aus dem Kasten und begann sein Testament aufzusetzen. Seine erste Anordnung war, daß man ihn unverzüglich, noch vor Sonnenaufgang am Morgen des folgendes Tages, und ohne Feier zu bestatten habe. Zweitens war es sein Wille, fünf Spannen tief (und keine Handbreit weniger) begraben zu werden. Die dritte Anweisung regelte die Verteilung seines Besitzes. Sie kostete ihn viel Zeit, nicht wegen des Anteils der Familie und der nahen Verwandten, der schnell bestimmt war, sondern wegen des Restes, den er für die Rettung seiner Seele aussetzte. Er erinnerte sich an eine Türbe, die er in seiner Jugend gesehen hatte, und zwar an der Straße zwischen dem alten Seestützpunkt Pascha Liman und ein paar verlassenen Stränden. Später hatte er im ganzen Reich noch viele prächtige Grabstätten und Mausoleen gesehen, doch das Bild dieser tristen Türbe mit dem Lichtlein, das dort zur Rettung der Seele eines gewissen Mirahor Pascha, einst Garnisonskommandeur des Stützpunkts, Tag und Nacht brannte, hatte sich ihm unauslöschlich eingeprägt. Eine solche Türbe, das war sein letzter Wille, möge auch zur Rettung seiner Seele errichtet werden. Er begann im Testament die Summen zu notieren, die für den Bau, den täglichen Wächterlohn, das Öl des Lichtleins aufgewendet werden sollten, und plötzlich spürte er, daß er bei der letzten Rechnung seines Lebens steckenblieb. Er konnte nicht ermitteln, wieviel von seinem Reichtum für die Türbe und das Öl des Lichtleins auszugeben war, gerechnet auf zweihundertachtzig, dreihundertzwanzig, vierhundertneunzig, sechshundertsechzig Jahre, oh, die Zeit des Todes war lang, von so viel größerem Ausmaß, und er geriet ganz durcheinander. Dann versuchte er sich an einer mittelfristigen Planung, strich sie wieder durch, füllte am Ende seines Testaments ein paar Zeilen mit Zahlen und war sich doch nicht sicher. Sogar als er das Testament schließlich versiegelt hatte und auf dem kleinen Gebetsteppich niederkniete, mußte er an das Lichtlein auf dem tristen Grab im Herbstfrost denken, und ein paarmal wollte er eigentlich wieder aufstehen und etwas korrigieren, doch er war sehr, sehr müde.

Als dann der Abend zu dämmern begann, hörten die Wachen, die vor dem Zelt Dienst taten, einen Schuß und stürzten hinein.

Der kaiserliche Kurier traf am Dienstagnachmittag ein, drei volle Tage nach seiner Abreise aus der Hauptstadt. Schlimmes ahnend, war Tundsch Hatai in unglaublicher Hast gereist. Trotzdem lag Hurschid Pascha bei seiner Ankunft schon fast vierzig Stunden unter der Erde.

Die Kutsche war kaum zum Stehen gekommen, als inmitten der quellenden Muskeln, der krachenden Gelenke, des Schaums und der Mähnen der Pferde schon wie eine Flamme Tundsch Hatais mit Henna frisch gefärbter Bart aufloderte.

»Wo ist er?« schrie der Kurier.

Selbst von außen war dem Zelt seine Leere anzusehen.

»He, Wache, gibt es denn keine Wache hier?«

Aus dem Zelt trat einer von Hurschid Paschas Leibwächtern.

»Wo ist dein Herr?« rief Tundsch Hatai.

Der Gardist blickte ihn aus ruhigen Augen an. Seine Hand wies zum Himmel.

»Er ist dort, Aga, hast du es noch nicht erfahren?«

Als ob ich es nicht geahnt hätte, heulte Tundsch Hatai innerlich auf. Engherziger, dachte er. Noch nach dem Tod willst du mir das antun. Ein paar Augenblicke lang tobte er wie ein Wilder. Er schlug auf den Gardisten ein, auf die Pferde, die sich kaum noch auf den Beinen halten konnten, und schließlich auch auf seine Tataren, von deren Rücken die Knute eine Wolke von Staub aufwirbelte.

Dann beruhigte er sich wieder ein wenig. Aus seiner ledernen Tasche zog er das »Handbuch« und blätterte lange darin, ohne zu entdecken, was er suchte. Schließlich fand er das vierte Kapitel: »Für den Fall, daß der durch Ferman Verurteilte Hand an sich legt, ehe der kaiserliche Katil Ferman eintrifft«. Er las es bereits zum zehnten Male, als er endlich etwas zu begreifen meinte.

»Bringt mich zum Grab!« rief er.

Man führte ihn hin, und eine Weile lang umkreiste er es wütend, als suche er nach einem geheimen Eingang. Dann befahl er, das Grab zu öffnen.

Er kicherte in sich hinein, als die Erde von den Schaufeln flog. Hast wohl gedacht, du kannst mir entkommen. He, he, he.

Das Graben dauerte lange. Der Leichnam wollte und wollte nicht auftauchen. Sie haben ihn gestohlen, schrie er immer wieder, ihr Elenden! Man erklärte ihm, der Tote selbst habe verlangt, ihn so tief zu begraben; sie hätten sich zuerst über diesen ziemlich merkwürdigen Wunsch sogar gewundert, fünf Spannen unter der Erde, doch jetzt, jetzt sei alles klar ... Ihr Elenden, er ist nicht da, versteifte sich Tundsch Hatai, ohne überhaupt zuzuhören.

In genau fünf Spannen Tiefe trafen die Hacken auf die Planken des Sarges. Es war noch Tag, als sie den Leichnam an einem Seil heraufzogen. An seinem Ende war ein Haken befestigt, den man dem Toten hinten unter die Weste geschoben hatte. Fast abgeknickt in der Mitte und über und über mit Lehm bedeckt, ließ man die Leiche auf dem Erdhaufen neben dem Grab nieder, wo Tundsch Hatai unverzüglich und ohne auf den Schmutz zu achten dem Toten mit zwei Hieben seines Krummschwerts den Kopf vom Leibe trennte.

Noch in der gleichen Nacht machte er sich auf den Weg nach der Hauptstadt.

KAPITEL 7
Weder Rand noch Zentrum. Kra-Kra

Die Kutsche des kaiserlichen Kuriers fraß die Landstraße in wahnsinnigem Tempo auf. Immer wieder steckte Tundsch Hatai den Kopf aus dem kleinen Fenster, um die Tataren an ihre Verspätung zu erinnern. Wie es das vierte Kapitel des »Handbuchs« vorschrieb, versuchte er mit allen Mitteln, mindestens die Hälfte jener vierzig Stunden aufzuholen, die Hurschid Paschas Kopf an der Leiche unter der Erde gelegen hatte, jeglicher ärztlicher Versorgung entzogen.

Während er auf das kontinentale Hochland hinausstarrte, das sich einsam und verlassen vor ihm dehnte, versuchte Tundsch Hatai im Kopf den Zeitgewinn zu berechnen, den ein Verzicht auf das Spektakel mit Hurschid Paschas Kopf einbrachte. Das fiel ihm nicht leicht, zumal er sich nicht richtig orientieren konnte, und zwar aus dem einfachen Grund, daß es an der Landstraße, auf der sie seit vielen Stunden dahinjagten, genau wie an allen anderen Straßen durch entnationalisiertes Gebiet, nur Kilometersteine ohne Zahlen gab.

Das waren die Gouvernements zwei, sechs und sieben. Andere Namen hatten sie nicht, und auch in den offiziellen Akten waren sie nur mit ihren Nummern registriert. Diese Gebiete waren nach dem Kra-Kra arealisiert worden. Auf Plateaus und in den Senken reihten sich die Dörfer und Siedlungen aneinander, manchmal an sanft abfallenden Berghängen und manchmal direkt in der Ebene. Die kaiserliche Landstraße schlängelte sich voll Abscheu zwischen den erstarrten Dörfern und Städten hindurch, wo graugekleidete Menschen, deren Sprache so schwerfällig war, als seien sie alle vom Schlagfluß getroffen, durch die Gassen schlurften.

Diese Menschen hatten keine eigene Sprache, keine Sitten, Farben, Hochzeiten, Tänze, Alphabete, Historien, Kalender, Chroniken oder Legenden mehr. Nichts war übrig. Ihr Gedächtnis hatte sich allmählich abgeschliffen, alles war verweht, so wie sich eine Hochebene nach tausendjähriger Windeinwirkung schließlich in ödes Wüstenland verwandelt, wo es nichts mehr gibt außer in Ellipsen, die der Geometrie des Deliriums zugehören, monoton sich hinziehende Sanddünen.

Und wirklich schien ihr gesamtes Leben auf merkwürdige Art in ein paar Ellipsen gefangen, die nirgends hinführten und zugleich niemals jemand freigaben. Schon vor vielen Jahren hatten diese Ellipsen einen Verlust des Gefühls von Zeit und Raum bewirkt, eine Art Statik, ein Sich-Drehen auf der Stelle, den Verlust alles Konkreten, von Jahren, Daten, Namen, ihre Ersetzung durch einen anonymen Einheitsbrei, weich und glitschig, ohne Ecken und Kanten, mit immer rundlichen, zerfließenden Formen.

Das schloß alles ein, angefangen bei der Kleidung, der nicht nur Farben untersagt waren, sondern auch Knöpfe, Taschen, Krägen, Nähte und auch sonst alles, was die Monotonie eines Gewands stören konnte (der Kra-Kra verlangte, daß die Kleider eines Arealisierten der abgezogenen Haut eines Tieres zu ähneln hätten, oder auch eines Menschen), bis hin zur Sprache, die sich in ihrem Bau diesem düster Nebulosen angeglichen hatte. Nach dem Absterben der eigenen Sprachen verwendete man eine Art Surrogat aus der Staatssprache. Dies war eine ganz und gar verarmte Sprache. Ihr fehlten die markanten Wörter, Epitheta waren rar, es gab keine Idiome, Sprichwörter, große Zahlen, Ordnungszahlen usw., und das System der Verben war auf Antipoden aufgebaut. Gegensatzpaare gab es aber nicht nur (wie in sämtlichen Sprachen) bei den Verben, etwa falten/entfalten, hemmen/enthemmen, sie bildeten die Grundlage für das ganze System. So war es üblich zu sagen: Leben/Unleben, Zeit/Nichtzeit, Ort/Keinort. Und so weiter. Außerdem sagte man niemals »einer stirbt«, sondern immer nur »einer geht kaputt«, und statt »jemand verletzen« sagte man »jemand entzweimachen«.

Diese Art, sich zu kleiden, die ganze Sprech- und Denkweise war wohlkalkuliert. Sie sollte bei den Angehörigen der arealisierten Nationen für viele Generationen das Empfinden absoluter Statik verankern: daß es schon immer so war und immer so sein wird und daß die verrückt sind, die glauben, daß es einmal anders war, und noch verrückter jene, die glauben, daß es einmal anders werden wird.

Die Gouvernements zwei und sechs waren seit zweihundertundneunzig Jahren völlig entnationalisiert, während man die Nummer sieben noch für jung hielt: nach hundertjährigem Dahinsiechen war ihre Sprache erst vor einiger Zeit endgültig verschieden. Die Doktrin sah vor, daß nach Erreichen des Total-Zero in den arealisierten Gebieten die staatliche Administration zum größten Teil aufgelöst, Polizei, Behörden, Archive abgezogen und durch ein paar wenige hohe Beamte, halb Geistliche, halb Kaufleute, ersetzt wurden, die sich in erster Linie mit dem Eintreiben von Steuern befaßten und im Lauf der Jahre, genau wie ihre Untertanen, allmählich das Datum, die Jahre, alles vergaßen, bis endlich die Zeit kam, da auch das Steuerzahlen eine Art Notdurft des Leibes wurde.

Polizei und Staatsverwaltung wurden in den arealisierten Provinzen abgeschafft, weil man die Lethargie dieser Gebiete nicht durch den Hinweis auf Herrschaft stören wollte. Nach dieser Kalkulation war die Präsenz von Polizei in den unruhigen Gouvernements unvermeidlich, um Regelwidrigkeiten zu unterbinden, während in den Gouvernements, in denen der Kra-Kra wirksam gewesen war, umgekehrt das Nichtvorhandensein von Polizei nützlicher schien. Ebenso hielt es die Zentralgewalt für ganz normal, wenn die hohen Funktionäre in den arealisierten Gouvernements verblödeten, denn jahrhundertelange Erfahrung hatte gelehrt, daß jene Führer, die in kollektives Träumen verfielen, nützlicher waren als die anderen, die ihren Verstand beisammenhielten, weil diese durch unbedachte Gesten leicht die allgemeine Lethargie störten.

Von den Gouvernements, die den Kra-Kra hinter sich hatten, drohte dem Reich keinerlei Gefahr mehr. Selbst wenn die gefährliche Saat noch keimte, dauerte es mit Sicherheit noch ein viertel oder ein halbes Jahrhundert, bis sie aufging, von der Wachstumsphase ganz zu schweigen. Einem großen Staat, wo in manchen Gegenden alle zwei oder drei Monate Verschwörungen oder Aufstände ausbrachen, mußte die Ruhe in den entnationalisierten Gouvernements natürlich als niemals endend erscheinen.

Seit vier Jahren fuhr Tundsch Hatai nun durch die Gouvernements zwei, sechs und sieben, ohne daß seine Vorführungen irgend jemand aufgefallen wären. Wenn er manchmal durch das Wagenfenster die lange Kette der Dörfer und Siedlungen nah und fern der Landstraße betrachtete, spürte er den Sog ihres toten Friedens. Von vielen hohen Funktionären des Staates und des Glaubens erzählte man sich, daß sie, der politischen Intrigen und Händel müde, der Lockung arealisierter Gebiete erlegen seien. Manchmal ließen sie einfach alles stehen und liegen und machten sich auf den Weg, lebendig beweint von Sippe und Gesellschaft. Niemals kehrten sie zurück. Und selbst wenn selten, sehr selten einer zurückkam, so war er doch womöglich weiter fort als sein eigenes Gespenst und so, also völlig verändert (selbst der Tod in seiner unterirdischen Einsamkeit bewirkte nicht solche Veränderungen an den Körpern), war er für alle ein Quell des Leids. Aber selbst der Kummer, den die Zurückgekehrten hervorriefen, war anders als sonst: ein heimlicher, unredlicher und ungetreuer Schmerz. Der Wiedergekehrte war nicht lebendig und nicht tot, nicht bei Verstand und auch nicht verrückt, weder nah noch fern. So wie Milch durch Säure gerinnt, war er einfach ein Zerstörer des Lebens in all seinen Beziehungen und Dimensionen. Er war schlimmer als ein Ungeheuer, denn er besaß eine Art Vorschuß auf den Tod, eine gewisse Kenntnis von ihm, während die anderen nichts darüber wußten. Man könnte sagen, daß er mehr noch als vom Tod etwas vom Nichtsein hatte, vom Königreich des Mangels, der sich ihm in eine tückische, einschläfernde, vor allem einschläfernde und deshalb schreckliche Macht verwandelte. Sie waren wie ein wandelndes Delirium mittem am Tag, zwischen Markt und lautem Trubel. Manchmal schien es, als schleppten sie eine mysteriöse, alles ansteckende Seuche ein, die an Menschen und Gebäuden Wunden und Risse von Schlaf hervorrief.

Die ganze Fahrt über wandte Tundsch Hatai den Blick nicht vom Kutschenfenster. Er kannte diesen Tod, der in Form von bestellten Feldern, Heustöcken und Hütten ohne Schornstein dalag. Er war einer der wenigen Menschen, die hierher kamen und etwas über ihn wußten.

Sooft er diesen verschlafenen Teil des Staates durchquerte, mußte Tundsch Hatai an andere Gebiete denken, die das genaue Gegenteil der Gegenden waren, in denen der Kra-Kra sein Werk getan hatte: die Gouvernements, die kraft eines Regierungsdekrets in den Ausnahmezustand versetzt beziehungsweise, nach dem alten Sprachgebrauch, zur Erde der Bosheit erklärt worden waren. Tundsch Hatai hatte sie auf Dienstreisen kennengelernt. Dort wäre es ihm niemals eingefallen, abgeschnittene Köpfe vorzuführen. Obwohl von einer verstärkten Wache begleitet, hatte er nicht einmal den Mut, irgendwo anzuhalten oder auch nur den Kopf aus dem Kutschenfenster zu stecken.

Diese Gouvernements waren gefährlich. Aus verschiedenen Gründen konnten sie nicht einmal der Armee zum verschärften Terror überlassen werden, dem Haram, wie die Greise sagten, und genausowenig dem Zentralarchiv, damit es den Kra-Kra ausübte. Weil beides nicht möglich war, übergab man sie der Ersten Direktion des Innenministeriums, die Anweisung erhielt, den Ausnahmezustand über sie zu verhängen.

Die Erste Direktion saß in einem massiven Gebäude nicht weit vom Zentralarchiv entfernt. Ihre Funktionäre waren sich im klaren darüber, daß der Staat ihnen die Verwaltung seines übelsten Teils anvertraut hatte, die aufsässigsten Gebiete, wo der verschärfte Terror nicht fruchtete und von Kra-Kra schon gar keine Rede sein konnte. (Einige davon hatten beides ergebnislos hinter sich gebracht.) Der Begründer der Direktion, der legendäre Derwisch Urudsch, hatte bereits in den ersten Sätzen seiner ersten, an den Herrscher gerichteten Denkschrift den Kernpunkt der Arbeit der Direktion definiert, der über die Jahrhunderte hinweg seine Gültigkeit behalten hatte: »In den unseligen Gebieten, wo weder Gold noch das Schwert noch Gift noch Honig noch Angst noch Schmeichelei noch Tod noch Leben das Ihre tun, da laßt das alte heilige Wort gelten: Wenn die Hälfte die Hälfte frißt, ist das Ganze nicht mehr.«

Daran arbeiteten in dem massiven kaffeebraunen Gebäude zahllose Beamte Tag und Nacht. Hier wurden tiefe Risse innerhalb der Nationen produziert, Hader, Jahrhunderte währende Feindschaften, Blutfehden, chauvinistische Hysterien; von hier aus wurden die Herausbildung von Dialekten, die Auseinanderentwicklung von Religion, Sprache und Sitten befördert, schwere Provokationen in Gang gesetzt, und so weiter.

In den Gouvernements, die sich im Ausnahmezustand befanden, herrschten ständig Grauen, Zwietracht, Aufruhr, Verwirrung, Zank, Delirium; es flogen die Fetzen, überall Wunden, Theater, Orgien, blutiger Karneval. Wer zufällig durchkam, dem standen die Haare zu Berge. Nicht ohne Grund hatten die Alten von der Erde der Bosheit gesprochen.

Sobald das Feuer des Hasses herunterbrannte, hatte es die Direktion eilig, Öl nachzugießen. Alte Akten wurden nach Erfahrungen durchforstet, und die Flammen schlugen wieder hoch.

Man rechnete damit, daß diese Gouvernements dann nach zwanzig oder fünfundzwanzig Jahren der Behandlung von selbst in den Schlaf der Erschöpfung fielen. Daraufhin gingen sie von der Direktion auf das Zentralarchiv über, das sie unter die Fittiche des Kra-Kra nahm.

Tundsch Hatai gehörte zu den wenigen, denen ein Vergleich zwischen den Gebieten im Ausnahmezustand und den arealisierten Gegenden möglich war. Auf der Erde der Bosheit war alles hitzig, wild, hektisch, von den Farben der Trachten, von denen nicht zwei sich glichen, bis hin zur Sprache, deren man sich überall so bediente, wie es einem gerade gefiel, hier näselnd, dort guttural, anderswo seltsam verdreht oder fast wirr. Ebenso war es beim Bauen von Häusern, bei den Bräuchen (Hochzeiten hatten sich in Leichenbegängnisse verkehrt, und andere wiederum taten aus Trotz gerade das Gegenteil), bei den Tänzen, den Vergnügungen oder auch Liedern, die in manchen Gegenden zum Verdruß der Nachbarn auf eine Art intoniert wurden, die eher Hundeheulen oder Spechtsgehämmer glich als Gesang. Zank herrschte unentwegt, wegen allem und jedem. Man zerstritt sich über die Dialekte, den Glauben, die Weiden, die Regeln der Dichtkunst; man prügelte sich, riß sich an den Bärten, vergoß Blut, zündete sich gegenseitig die Häuser an; die Mohammedaner warfen krepiertes Viehzeug in die Kirchen, die Christen schlachteten in den Moscheen Schweine; halbentblößte Männer fielen mitten am Tag über fanatisch verschleierte Frauen her, und umgekehrt reizten lose Weiber ehrbare Fanatiker auf; Dichter dichteten auf die verblüffendste Weise, in Zeilen, die auf dem Kopf oder senkrecht standen oder sich zu Kreisen wölbten; auf Jahrmärkten kam es zu unerhörten Wettbewerben, zum Beispiel, wer am weitesten spucken konnte und dergleichen mehr, während man sonntags oder an Basartagen in eine allgemeine Raserei geriet, die sich an einer Belanglosigkeit entzünden mochte und in einem Massenmorden endete.

Der Verkauf alkoholischer Getränke heizte alles noch an.

Während man in den Kra-Kra-Zonen stets einschläferndes Opium verkaufte, das die Bewohner von frühester Kindheit an als Tee zu sich nahmen, sorgte man in Gebieten im Ausnahmezustand für die massenhafte Verbreitung von Kaffee, Alkohol, Marihuana und anderen aufputschenden Mitteln, bei deren Genuß die Leute vollends durchdrehten, um jeden Preis Streit suchten und mit bläulich angelaufenen Gesichtern über jeden herfielen. Beim letzten Mal hatten sie in Tundsch Hatais Kutsche gebissen und dann, nachdem es ihnen nicht gelungen war, sie umzukippen, Säure darauf gespritzt.

Hoffentlich muß ich nicht noch einmal hierher, murmelte er vor sich hin, als die Kutsche die letzten Kilometer in diesem brodelnden Kessel zurücklegte. Da ist mir doch der Todesschlaf im Königreich des Kra-Kra tausendmal lieber als das Tohuwabohu in dieser Hölle hier.

Durch das Wagenfenster schaute Tundsch Hatai hinaus auf das in der Waisenhaftigkeit seiner Sträucher und Steine flach daliegende Land. Tausendmal lieber hier, dachte er wieder, während er gegen seinen Kopf ankämpfte, der ständig müde herabsinken wollte. Sie warten hier auf mich, dachte er. Vielleicht auf mich allein und sonst keinen, niemals, niemals ...

Und tatsächlich harrten die in ihrer winterlichen Verzagtheit jämmerlich verstreuten Dörfer und Siedlungen seit Wochen und Monaten darauf, daß im Schnee sein hennagefärbter Bart rot aufleuchtete. Durch ihr Biotop, diese formlose Gelatine, diesen Humus aus verfaulten, fermentierten Blättern, bewegte sich ab und zu wie ein Embryo, wie die Larve einer neuen Art ein abgeschnittener Menschenkopf oder Zerkopf, wie es in ihrer Sprache hieß. An einem Nachmittag eines Monats ohne Jahreszeit und natürlich auch ohne Jahr (man wußte nur noch, es war kalt, sonst nichts) machte ein Mann von draußen, ein komischer Kurier mit den königlichen Zeichen auf der Brust und am Sattel des Pferdes, einen Vorschlag. Er machte den Vorschlag, sie sollten sich, einfach so, kostenlos, etwas ansehen. Und weil sie Augen hatten, richteten sie diese auf das Etwas, das ein Menschenkopf war. Dann ging der Kurier weg und hatte ihnen gar nichts gesagt und auch nichts von ihnen gehört. Nach einiger Zeit, sie wußten nicht wie, spürten sie im Kopf so ein Durcheinander, so etwas wie Grippe. Das war die Erwartung, die sie vorher noch nicht gekannt hatten und für die es in ihrer Sprache noch nicht einmal ein Wort gab.

Dieser Kopf bewegte etwas in ihrem Dasein. Etwas regte sich tief drunten in der Dunkelheit ihrer Erinnerung wie am Grund eines Brunnens, schwach, erstickt, ohne je hervorzukommen.

Das zweite Mal zeigte ihnen der Kurier den Kopf nur ganz kurz, aber er erklärte etwas dazu. Das ist der Kopf eines Paschas, sagte er, doch sie begriffen überhaupt nichts. Es dauerte lange, bis sie endlich überzeugt waren, daß ein Pascha auch ohne Kopf sein konnte.

Als er beim dritten Mal bemerkte, wie begierig ihre Augen an dem ledernen Behälter hingen, verlangte er Geld. So begannen sie zu bezahlen.

Von da an wurden die abgeschnittenen Köpfe eine Art Fixpunkt, an dem sich ihre Lebensfäden verknüpften. Sie wurden Zahlen, Zeichen, Begrenzungslinien und schließlich eine Art Kalender. Die Ereignisse begannen zu ihnen in eine Beziehung zu treten: Das war zur Zeit des alten Kopfes, oder: Bald nach dem bereiften Kopf. Allmählich wurden die Köpfe wie Himmelsgestirne, wie die Eklipse des Monds, der Sonne, oder vielleicht sogar noch mehr, da sie doch zugleich auch irdisch waren. Es gab Köpfe, die zwei Jahreszeiten voneinander schieden (es kam ihnen so vor, als gehöre zwischen Jahreszeiten unbedingt etwas, das sie voneinander trennte), Köpfe des zweiten Schnees und schließlich Köpfe der Winde.

Dann fingen Frauen an, sich in Köpfe zu verlieben, etwa in den des blonden Paschas, und danach begannen sie zu fragen: Wo werden bloß all die Köpfe abgeschnitten? Die nächste Frage: Warum werden sie abgeschnitten? kam erst später, sehr viel später. Sie konnten absolut nicht begreifen, was eine Rebellion, und noch weniger, was ein Aufstand war. Aber Tundsch Hatai ließ nicht locker in seinen Versuchen, es ihnen irgendwie zu erklären, um sie noch lüsterner auf die Vorführungen zu machen. Es war schon sehr schwierig, ihnen wenigstens ein vereinfachtes Bild der staatlichen Hierarchie zu vermitteln, damit er sich dem Rang der Köpfe entsprechend bezahlen lassen konnte. Schließlich blieb etwas hängen, und sie fingen sogar zu schachern an und forderten immer mehr und immer höhere Chargen. Doch er verstand sich ebenfalls auf das Spiel: wochenlang blieb er unsichtbar, drohte, er werde die Vorstellungen abbrechen, hetzte die Pferde wie verrückt über die schwarze Landstraße, so daß die Laternen gelbe Lichtkleckse hierhin und dorthin schleuderten, die noch lange verstreut auf dem Schnee liegen blieben.

Tage und Wochen saßen sie, die bis dahin gar nicht gewußt hatten, was Warten bedeutet, in seiner Falle. Wie ein Haken, den man in die Tiefe eines Brunnenschachtes hinabgelassen hat, baumelte der abgeschnittene Kopf über all dem schon so lange Erstorbenen und Erstickten in den Schichtungen ihres Kollektivbewußtseins, den vertrockneten Balladen, den Heldenliedern, die Schimmel angesetzt hatten, über längst vergangenen Zeiten des Kampfes. Jede Berührung damit bewies seine dunkle Präsenz dort unten, doch nie vermochte er sich darin zu verfangen und es nach oben zu befördern. Wenn sich die Menge mit weit aufgerissenen Augen in völliger Erstarrung seinem Anblick hingab, spürte sie tief in sich, unterdrückt und geheimnisvoll, eine Versuchung, eine Bedrängnis, ein leidvolles Seufzen, da und dort mit einer Trauer besprengt, wie man sie nirgends im Leben, nur in den Träumen findet, gleich einem seltenen Mineral tief unter der Erde.

War Tundsch Hatai dann wieder fort, waren sie tagelang wie gelähmt. Eine furchtbare Apathie legte sich über ganze Dörfer, die dann wirkten, als hätten sie gerade einen epileptischen Anfall erlitten. Der Kopf war schon weit weg, in Tundsch Hatais olivgrüner Kutsche, doch sein Bild blieb in Wahrheit noch lange mitten unter ihnen. Wie Kohlsamen in schwarzer Erde keimte es da und dort in ihren Gedanken. Es gab Länder, da wuchsen Köpfe und wurden abgeschnitten. Es gab unruhige Länder. Es gab ein Land, Albanien, das von seinen Bewohnern »Shqipëri« genannt wurde. Das ließ sich in etwa mit »Gemeinschaft der Adler« übersetzen, irgendein Vogel, blutige Federn im Wind, Unwetter, oh...

Eines Morgens wurde im sechsten Gouvernement ein Bauer auf dem Lehmboden seiner Hütte liegend aufgefunden, die Kleider zerfetzt, die Haare zerrauft und mit Kratzspuren seiner eigenen Nägel im Gesicht. Er lebte noch, war jedoch nicht fähig, einen Grund für sein Handeln zu nennen. Ein wenig später versuchte er eine Erklärung, doch diese, an sich schon wirr, erreichte noch verworrener die Ohren der Lauschenden. Man glaubte zu begreifen, daß der Mensch die ganze Nacht über mit sich selbst gekämpft hatte, und es war ein gräßliches Gefecht, schlimmer noch, als wenn man mit seinen Lungen, seinen Nerven, seinen Adern kämpfte. Der Mensch, so versuchte er zu erklären, hatte mit den Worten der Sprache gerungen, und sie waren schwer und entsetzlich beharrlich, dennoch hatte er sich bemüht, sie aus ihrem Fundament zu reißen, um sie in eine neue Reihung zu bringen, aber das war schwierig, o wie schwierig, stöhnte er und zeigte seine Nägel, die blutig waren, als habe er sie dazu benutzt, die Wörter herauszukratzen. Oh, es war fast unmöglich, fast hätten sie mich umgebracht.

Die Leute hörten zu; sie hörten zu, dann zuckten sie die Schultern und gingen mit gesenkten Köpfen davon. Andere kamen, um sich den Menschen anzusehen, der im Sterben lag, ohne daß er noch zu erzählen imstande gewesen wäre, wer ihn so zugerichtet hatte. Dann gingen auch sie seufzend weg wie die anderen. Sie sollten nie begreifen, daß dieser Mensch zum ersten Mal, seit vor dreihundert Jahren ihre letzten Balladen verschwunden waren, ein Gedicht zu machen versucht hatte.

KAPITEL 8
Zentrum des Reiches. Schluß

Tundsch Hatai gelangte in die Hauptstadt kurz vor Mitternacht durch das Siebte Tor. Gähnend und leise fluchend öffneten die Wächter das Tor, und erst als sie im Licht der Fackeln seine Dokumente prüften, erstarb das Gemurmel.

»Schon wieder ein Kopf«, sagte einer, als die Kutsche des Kuriers in Richtung Innenstadt davonrumpelte. »Was ist da eigentlich los?«

»Warum wunderst du dich? Liest du denn keine Zeitung?« erwiderte der zweite Wächter.

Die Räder der Kutsche polterten derweil ohrenbetäubend über das Kopfsteinpflaster der schlafenden Hauptstadtstraßen. In der Dunkelheit hätte man meinen können, die hohen Mauern der Regierungsgebäude seien ein wenig über die Straße gebeugt. Ein paar vereinzelte Fackeln beleuchteten schwach die eisernen Tore mit den Türklopfern in Form menschlicher Fäuste und den Schlüssellöchern, aus denen die Leere der dunklen Korridore, die schweigend und menschenlos dahinter gähnten, jeden Moment als schwarzer Saft in die kalte Februarnacht herausfließen zu wollen schien.

Die Kutsche überquerte rasselnd den Platz des Osmanischen Halbmonds, vorbei an dem massiven Säulenbau der Bank und dem düsteren Gebäude des Außenministeriums. Unter dem Mond, der sich gerade im Osten erhob, zeigte sich die Tokmakhan-Säule von ferne in einem seltsamen Glanz, der eine Art Stimme in sich zu tragen schien, einen schmerzlichen Klang, der die Säule von oben bis unten befeuchtete. Die Stirn fast an die eisige Scheibe des Kutschenfensters gepreßt, konnte Tundsch Hatai im Halbdunkel die Speere der Wachen vor dem Schandkasten erkennen, diesen selbst jedoch nicht. Ali Pascha müßte eigentlich noch da sein, dachte er.

Das Zittern, das seine Seele befiel, sooft er bei der Rückkehr von Dienstreisen nachts in die Hauptstadt hineinfuhr, ließ seine Zähne aufeinanderschlagen. Die verschlossenen Türen mit ihren schwarzen Schlüssellöchern, aus denen jedes Leben herausgeflossen zu sein schien, lösten dieses Zittern allmählich in ihm aus. Was während seiner Abwesenheit alles geschehen sein konnte... Denn stets bedrängte ihn das Gefühl, während seiner Abwesenheit könne etwas Schlimmes geschehen. Vielleicht warf man ihm zum Beispiel vor, daß er sich verspätet hatte, oder seine Vorführungen mit den Köpfen waren ans Licht gekommen. Oder noch einfacher: Grundlos war etwas Schlimmes geschehen, bloß weil er nicht da war.

Die Kutsche fuhr an dem finsteren, mit Eisen gedeckten Palast des Scheik ul-Islam vorüber. Die Mauern schienen nur deshalb das Poltern der Räder zurückzuwerfen, weil sie wieder allen Zorn über Tundsch Hatais Haupt ausschütten wollten. Mit pochendem Herzen, fast am Fenster klebend, sah er hinaus auf die im Halbdunkel bedrohlich vorbeiziehenden großen Regierungsgebäude. Da, die furchteinflößende Bronzekuppel des Kriegsministeriums. Dort die Eisengitter vor dem endlos sich dahinziehenden Bau der Vierten Direktion. Die langen Mauern des Gefängnisses, des »Verwünschten Hofes«, ragten nicht weit von den gewölbten Dächern des Tabir Serail auf. Eine Weile polterten die Räder an dem gewaltigen, rechteckigen Palast des Großen Manuals entlang. Es hieß, in den Registern, die seit vielen Jahrhunderten geführt wurden, sei der gesamte unbewegliche Besitz des Reiches erfaßt, vom kleinsten bis zum größten. Tundsch Hatai seufzte. In diesen Registern, so hieß es, hatte alles seine Nummer, egal, ob es eine Herberge, eine Türbe, ein Ölbaum oder ein komplettes Meer war. Jeder Ölbaum, jede Ebene, jedes Meer hatte seine Nummer. Tundsch Hatai seufzte noch tiefer. So war es immer, wenn er den Eindruck hatte, mit dem Staat in seiner ganzen Größe konfrontiert zu sein. Und nie empfand er diese Größe mehr, als wenn er nachts von einer seiner Dienstreisen zurückkehrte.

Dort der Tempel des Osmanischen Lichts, hier die Westecke der Admiralität und gleich dahinter das sechsstöckige Gebäude der Ersten Direktion. Alle waren an ihrem Platz, so wie sie es stets gewesen waren und immer sein würden: schwere Mühlsteine, die sich unentwegt bewegten. O Allah, wie hast du doch alles gefügt, dachte Tundsch Hatai. Er stellte sich den Staat als eine unendliche Menge von großen und kleinen Mühlsteinen vor, die sich ohne Pause schwerfällig im Kreis drehten.

Während in der Ferne ... er mußte lachen: ha, ha, ha ... dort in der Ferne ein paar Albaner in ihren Hochtälern ... ha, ha, ha ... tatsächlich dieses furchtbare Gebilde ... ha, ha, ha ... glaubten ins Wanken bringen zu können.

Tundsch Hatai wäre vielleicht wirklich laut hinausgeplatzt, ha, ha, ha, hätte er sich nicht in der Hauptstadt befunden, zwischen Mauern, die fast seine Schläfen zu berühren schienen. Dort in der Ferne ..., mußte er immer wieder denken. Dort waren Ungarn, Albaner, Serben, Griechen, Kroaten, Rumänen und der übrige Haufen nichtislamischer Völker. Dort in der Ferne ... Ein heimlicher, undeutlicher, nebelhafter Schmerz kam von dort und nagte an seinem Bewußtsein.

Er war diesem Schmerz immer wieder begegnet, wenn er auf seinen langen Dienstreisen Tag und Nacht durch die endlosen Weiten des jahrhundertealten Staates hatte eilen müssen. Eines der großen Wilajets, Gouvernements und Paschaliks folgte dem anderen. Eines nach dem andern, jedes auf seiner eigenen Erde und mit seinem eigenen Schicksal, kamen die verschiedenen Völker des Reiches. Zahllos, verschwommen wie herbstliches Sternenleuchten, unkontrollierbar, fern, von weiträumiger Verachtung, wie ein Reif über allem liegend, bewirkten sie, daß er sich in seiner Kurierkutsche krümmte, soft sie wie der Nordwind mitten hindurchfegte. Es gab Momente, da ihm die ganzen Paläste mit ihren Säulen und Kuppeln inmitten dieser Völkerweite so winzig wie Kinderspielzeug vorkamen. Und obwohl diese Momente kurz waren, obwohl er später über seine eigene Schwäche lachte wie jemand, den ein Traum erschreckt hat, blieb doch der bittere Geschmack des Schmerzes, der sich gewöhnlich verlor, wenn er der Hauptstadt näher kam, in letzter Zeit immer länger auf seiner Zunge.

Das war es in Wahrheit, was Tundsch Hatai davon abhielt, des Nachts eines dieser Gelächter auszustoßen.

Er wischte das atembeschlagene Kutschenfenster blank, um festzustellen, durch welche Straße sie gerade fuhren, doch es gelang ihm nicht.

Die Kutsche hielt schließlich vor dem Haus des Oberarztes Evrenos, der zugleich dem Hofprotokollamt angehörte. Wenn Köpfe zu später Stunde eintrafen, war es vorgeschrieben, den

Oberarzt unverzüglich zu wecken, um die ärztliche Versorgung keine Sekunde zu verzögern.

Einer der Tataren pochte heftig an die Tür des Oberarztes, ein schweres, mit Metallplatten beschlagenes Tor aus Eichenholz. An der Mauer daneben war, wie bei jedem Wohnhaus eines wichtigen Staatsdieners, eine eiserne Laterne angebracht.

Tundsch Hatai stieg aus und ging auf und ab, um sich ein wenig die steif gewordenen Beine zu vertreten. Das Haus blieb dunkel, und der Tatar pochte noch einmal. Tundsch Hatai entdeckte eine zerrissene Zeitung, die jemand auf die Straße geworfen hatte. Er bückte sich, hob den Zeitungsfetzen auf und versuchte im trüben Licht der Laterne zu lesen. Der Ferman gegen Hurschid Pascha war darin abgedruckt. Mit schmerzenden Augen entzifferte Tundsch Hatai da und dort ein einzelnes Wort. Die Rede war von widerrechtlicher Aneignung der Schätze Alis.

Zum dritten Mal pochte der Tatar. Ebenfalls nur mit Mühe fanden Tundsch Hatais Augen in der »Chronik der Welt« den Namen von Vasilika, Ali Paschas Witwe. Weiter unten ging es dann um die neuerlich gesunkenen Bronzekurse.

Endlich ließ sich im Haus eine Stimme vernehmen.

»Wer ist da?«

»Ich bin Beamter des Staates und will zum Oberarzt Evrenos«, rief Tundsch Hatai.

»Er ist nicht da«, sagte die Stimme.

»Lüg mich nicht an«, rief Tundsch Hatai. »Du mußt ihn sofort wecken, es ist wichtig!«

Die Stimme hinter dem Fenstergitter blieb dabei, daß der Hausherr nicht da sei. Schließlich erfuhr Tundsch Hatai, daß er den Abend bei Freunden verbrachte. Er ließ sich die Adresse geben und fuhr los.

Es war nun bald ein Uhr. Das Räderklappern auf dem Pflaster hörte sich noch lauter an. Tundsch Hatai griff nach dem ledernen Behälter. Hättest du geglaubt, daß du einmal so in die Stadt zurückkehren würdest? wandte er sich im Geist an den abgeschnittenen Kopf. Ein Triumphzug hätte es werden sollen, auf einem Schimmel, mit Musik und Reden, und nun bist du in dem Behälter da. In einem Behälter, dachte er gleich darauf, den ich von Tür zu Tür schleppe, um dich endlich loszuwerden. O Allah!

Die Fassade des Hauses, in dem die Freunde des Oberarztes wohnten, war finster, doch irgendwo im Garten mühte sich ein schwaches Lichtlein ab. Die Tataren klopften nun abwechselnd, erst der eine, dann der andere, bis jemand öffnete. Der Mensch war ein wenig beschwipst und ziemlich begriffsstutzig, so daß es eine Weile dauerte, bis er endlich zu verstehen schien und sich auf den Weg machte, um den Oberarzt zu holen. Doch kaum die Treppe hinauf, hatte er, wie es schien, seine Aufgabe auch schon wieder vergessen, denn niemand kam. Schließlich stieß Tundsch Hatai das Tor, das der Beschwipste offengelassen hatte, vollends auf und trat ein.

Er stieg die Treppe hinauf, ging um ein paar kalte Ecken, bis er durch eine Glastür alle in einem mit flauschigen Teppichen und bequemen Matten ausgelegten Raum um den brennenden Kamin sitzen sah.

»Mein lieber Tundsch Hatai«, rief der Oberarzt Evrenos, als er ihn erblickte. »Komm her, ich möchte dir meine Freunde vorstellen.«

Tundsch Hatai schüttelte den Kopf. Er flüsterte Evrenos etwas ins Ohr, während die anderen das staubweiße Gespenst, das da urplötzlich zwischen ihnen aufgetaucht war, entsetzt anstarrten.

»Nimm ein Glas Raki, Effendi«, sagte jemand mit bebender Stimme, wohl um herauszubekommen, ob es sich bei dem ungeladenen Gast tatsächlich um ein menschliches Wesen handelte.

Tundsch Hatai wandte noch nicht einmal den Kopf. Oberarzt Evrenos begriff endlich, was los war, wurde schlagartig nüchtern und verlangte seinen Mantel.

Im Korridor gab es eine leichte Bewegung. Hinter der Glastür waren die Glut des Feuers zurückgeblieben, die Heiterkeit auf den Gesichtern der Gäste, wenn auch nach den Seiten hin ein wenig derangiert, und das Geflüster: Wer kann nur so krank sein, daß man Evrenos zu dieser Stunde ruft? Sicher ein Wesir. Gewiß, ein Regierungsmitglied wird es sein.

»Wir müssen den Aga der Gifte wecken, damit wir die Mittel zur Einbalsamierung bekommen«, sagte Evrenos, als sie die Kutsche bestiegen.

Tundsch Hatai antwortete nicht. Alles hatte seine Regeln. Seine Aufgabe war es, einen Kopf noch aus dem hintersten Winkel des Staates hierherzubringen. Um den Rest sollten sich die anderen kümmern. Nach dem Aga der Gifte würde man den Protokollchef wecken, der bei der Übergabe des Kopfes ebenfalls anwesend zu sein hatte. Sollen sie doch alle zusammenlaufen, dachte Tundsch Hatai ärgerlich und schnell in seiner Ehre gekränkt. Nachher kann man leicht ein großes Maul haben, aber sollen sie doch erst einmal versuchen, selber den Kopf hierherzubringen. Hunderte von Kilometern durch Eis und Schnee, und wenn man endlich da ist, liegt der Kerl unter der Erde. Fünf Spannen unter der Erde.

Dröhnend pochte einer der Tataren an das Tor des Agas der Gifte.

Soll er ruhig kommen, der Aga der Gifte, und meinetwegen auch der Aga der Konfitüren, wenn er will, Tundsch Hatai will mit euch nichts zu schaffen haben, das merkt euch, murmelte er vor sich hin. Er war nervös wie immer, wenn er Köpfe zu übergeben hatte, vor allem, wenn mit Scherereien zu rechnen war. Und das geschah nicht gerade selten. Jene, die Köpfe entgegenzunehmen hatten, beschwerten sich darüber, wie das Gesicht aussah, über mögliche Kratzer und besonders über die Festigkeit des Fleisches. Jeder war nur darauf aus, daß man ihm selbst keinen Pflichtverstoß nachsagen konnte, die anderen interessierten ihn überhaupt nicht.

Der Aga der Gifte kam mit seiner großen Tasche in der Hand wie benebelt in die Kutsche geklettert.

»Zum Protokollchef«, sagten Tundsch Hatai und der Oberarzt wie aus einem Munde. Beide rückten zusammen, um dem Ankömmling Platz zu machen.

Die Kutsche schepperte wie ein Haufen Ketten durch die mitternächtlichen Straßen. Der Kopf des Agas der Gifte schwankte hin und her. Wahrscheinlich war er wieder eingeschlafen. Aufgewacht, hätte Tundsch Hatai gern gerufen, erhebt euch aus euren warmen Federn, ihr hohen Beamten, und betrachtet den Kohl, den ich euch gebracht habe. Doch er dachte an die Scherereien, die ihm dann bei der Übergabe drohten, und sein Wunsch erkaltete im Nu.

Tok, tok, tok, pochten die Tataren an die hohe, schmale Tür des Protokollchefs.

Tundsch Hatai griff nach dem ledernen Behälter. Hättest wohl nicht gedacht, daß du einmal so in der Hauptstadt ankommst, mein Pascha, dachte er wieder. Ich gehe mit dir von Tür zu Tür, Hurschid Pascha, klopfe hier an, klopfe dort an, mal sehen, ob dich einer nimmt.

Er empfand ein gewisses Bedauern, doch auf eine mehr als häßliche Art.

Schließlich kam der Protokollchef heraus, dürr und grau. Selbst die Haarsträhnen, die unter seinem schlampig gewickelten Turban hervorschauten, schienen noch zu schlafen.

Er stieg in die Kutsche, die in Richtung auf das Protokollamt, wo die Übergabe stattfinden sollte, weiterfuhr. Eine Uhr in der Nähe schlug zwei.

Wieder fuhr die Kutsche durch eine Straße mit lauter Regierungsgebäuden. Der Palast der Siegel. Die Islamische Akademie. Tundsch Hatai erbebte. Zur Rechten zeichnete sich die Flanke eines massigen Gebäudes ab, das wie mit Bleistaub überpudert aussah. Der betagte Palast der Gerüchte, eine der ältesten Institutionen des Imperiums.

Immer, wenn er hier vorbei mußte, zog Tundsch Hatai unwillkürlich den Kopf ein. Die Vorstellung, ein Getuschel sei aus den Gegenden, wo er seine Vorstellungen gab, womöglich hierher gelangt, ließ ihn schaudern. Manchmal war er fest davon überzeugt, es müsse eines angekommen sein, doch ein gütiges Schicksal hatte wohl bewirkt, daß es in irgendeinem Ablagekorb verschwunden war, zwischen Milliarden von anderen Geschichten, die man sich hinter vorgehaltener Hand erzählte, ins Ohr flüsterte, von Neuigkeiten, altem Geschwätz, dem Gerede von Millionen Zungen über alles, was sich irgendwo ereignete.

Obwohl er seinen Kopf nicht bewegte, wußte Tundsch Hatai, daß die Mauern des entsetzlichen Palastes noch immer rechts von der Kutsche aufragten. Mein Gott, alles ist dort, dachte er. Seine Hand berührte den Behälter. Gewiß auch das Getuschel über dich, mein Pascha.

Es war Tundsch Hatai, als könne er all das Raunen und Tuscheln hören, und er erschrak noch mehr. Ein Teil davon kam direkt vom Grund der Erde, aus den Türben, den Gräbern mit ihren steinernen Turbanen, denn in den Aktenschränken der uralten Behörde, so hieß es, könne man alles wiederfinden, was in den letzten achthundert Jahren irgendwo von irgendwem geflüstert worden war.

Schließlich legte er mit einem erleichterten Seufzer die Stirn an die Fensterscheibe. Der Palast war zurückgeblieben, und mit ihm sein Raunen, das über viele tausend Akten verteilt war wie über einen endlosen Sandstrand. Oho, das Reich macht Lärm, pflegte Yüzgürül Effendi, der Direktor des Palastes der Gerüchte, dem Vernehmen nach zu sagen, wenn die Rede auf sein rechtes Ohr kam, das ihm schon seit langem Beschwerden bereitete.

Taubheit wünsche ich dir, knurrte Tundsch Hatai vor sich hin und berührte wieder den Behälter. Vielleicht hat auch dein Unglück dort seinen Ausgang genommen, mein Pascha.

Die Kutsche fuhr durch ein paar enge Straßen mit erloschenen Laternen. Dann hielt sie vor dem Protokollamt, und alle gingen mit dem Behälter, den der Kurier nicht aus der Hand gab, hinein. Tundsch Hatai vergaß den Palast der Gerüchte. Die blinde Wut, die er schon vor einer Weile empfunden hatte, packte ihn wieder. Die Übergabe zog sich hin. Sie beklagten sich über den Zustand des Kopfes und waren auch durch das Protokoll der Exhumierung, das ihnen Tundsch Hatai als Beweis, daß er volle vierzig Stunden unter der Erde gelegen hatte, unter die Nase hielt, nicht eines Besseren zu belehren. Sorgfältig betasteten sie die Wangen, besahen sich im Lichte einer Lampe die Augen des Ex-Paschas und seufzten.

Schließlich gelangten beide Seiten zu einem gewissen Einvernehmen: der Kopf wurde akzeptiert; allerdings legte man dem Übergabeprotokoll das Protokoll der Exhumierung bei, und quer darüber wurde, was all die Versehrungen des Kopfes betraf, vermerkt: »Beachte beiliegendes Protokoll«.

Als alles erledigt war und eine Abschrift des Protokolls in Tundsch Hatais Tasche steckte, machten dieser und der Chef des Protokolls sich auf den Nachhauseweg, während Evrenos und der Aga der Gifte noch zu bleiben hatten, um sich mit dem Kopf zu beschäftigen.

Die Kutsche setzte zuerst den Protokollchef ab und brachte dann Tundsch Hatai nach Hause. Das war es nun also, dachte der, während er das Tor aufstieß. Statt Jubel und Pauken da und dort ein mitternächtliches Klopfen und ein Behälter vor diversen Türen . . .

Tundsch Hatais Haus war von einem Garten umgeben. Der

Mond schien auf die kahlen, silbrig bereiften Mandelzweige. Es war ein klarer, präziser Glanz, der geradewegs von oben kam, wohin die Hände und Sinne der Menschen nicht reichten.

Eine Weile stand Tundsch Hatai da und betrachtete die Stickereien aus Eis. Er war völlig erschöpft, obwohl es ihm so vorkam, als ob er noch ein paar Augenblicke so bleiben könne. Im rechten Unterbauch spürte er eine schneidende Leere, wie ein Operierter nach der Entfernung eines Tumors. Er begriff, warum er so tief atmete. Der Kopf war übergeben, und das erleichterte ihn. Evrenos und der Aga der Gifte machen dich nun schön, fast wie einen Freier, dachte er. Die reifbedeckten Mandelzweige hatten das verächtliche Glitzern von Geschmeide.

Ihm war, als reinige das Mondbad seinen Leib vom Schmutz des Todes. Schließlich zog er den Schlüssel aus der Tasche seiner pelzgefütterten Jacke und öffnete langsam die Tür. Drinnen im Haus war es dunkel und warm.

»Tundsch, bist du es?« hörte er die leise, ein wenig bebende Stimme seiner Frau.

»Ja«, antwortete er fast stöhnend.

Zwei Sekunden später zeichneten sich die vagen Umrisse ihres in ein weißes, bodenlanges Nachthemd gehüllten Körpers in der Tür zum Schlafzimmer ab.

Er nahm ihre Hände.

»Wie ist es dir ergangen?« fragte sie.

»Gut. Und dir? Was machen die Kinder?«

»Es geht ihnen gut.«

Sie hatte einen leichten Schnupfen, was ihre Stimme noch wärmer machte.

»Was gab es denn hier?« fragte er.

»Vom ›Club der Veteranen‹ hat man vorgestern nach dir gefragt«, antwortete sie. »Warum, weiß ich nicht.«

»Und sonst? Gibt es etwas Neues?«

»Etwas Neues? In den höheren Kreisen spricht man nur noch von Ali Paschas Vasilika. Es heißt, sie hätte schon zwei Heiratsanträge abgelehnt. Obwohl Frau Makbule gestern gesagt hat, so etwas Besonderes sei sie gar nicht.«

»Hm. Und sonst?«

»Sonst? Nichts!« erwiderte sie. »Ach doch. Man sagt, um den Minister Gizer sei es nicht gerade zum besten bestellt.«

»So?«
»Jakup Paschas Tochter hat es gestern beim Schneider erzählt.«
»Trotzdem, sprich mit niemand darüber«, sagte er und legte seine Jacke ab.
»Natürlich nicht«, antwortete sie. »Warum sollte ich auch. Willst du baden?«
»Ja.«
»Im Bad ist heißes Wasser. Ich bringe dir frische Kleider.«

In dem feinen Nieselregen, der eingesetzt hatte, kaum daß das Wetter etwas milder geworden war, drängten gewaltige Menschenmassen auf den Platz, um sich den Kopf des gewesenen Mannes der Stunde, Hurschid Pascha, anzusehen, über den man noch vor wenigen Tagen diskutiert, spekuliert, einander widersprochen, Geschichten erzählt hatte, manchmal sogar übel in Streit geraten war und dabei alte, zwei, fünf oder vielleicht sogar sechzehn Jahre währende Freundschaften aufs Spiel gesetzt hatte, und das ganze Gerede, all die Vermutungen und Zankereien hatten nur ein Motiv gehabt: die zu erwartende Karriere des siegreichen Paschas, den manche schon, gar kein Zweifel, im Amt des Kriegsministers sahen, andere als Bejlerbej von Rumelien und wieder andere, weniger zahlreich, deshalb aber besonders stur, auf dem Posten des Großwesirs. Es gab aber auch Leute, die alles in Zweifel zogen, und andere, die ohne allen Sinn die Köpfe schüttelten, sich jedoch letzten Endes einer der grassierenden Spekulationen anschlossen, die Hurschid Pascha an allen möglichen Stellen sahen, nur an einer nicht: im Schandkasten.

Vielleicht lag es an der allgemeinen Enttäuschung, daß sich die meisten Leute auf dem Platz in einer einheitlichen Gemütsverfassung befanden, so wie überhaupt dem plötzlichen Wetterwechsel eine weitgehende Angleichung der Menschen untereinander zugeschrieben werden konnte, da er ihre Gesichter mit Niesen, geröteten Augen und laufenden Nasen ausgestattet hatte. Wie immer befanden sich Journalisten, Angestellte ausländischer Botschaften, verschleierte Frauen, Spitzel und Gerüchtejäger in der Menge. Die Gesichter in diesen Menschenmassen waren gewöhnlich auf den Schandkasten gerichtet, während die Leiber, Ellbogen, Knie und Füße in ein gegenseitiges brutales Sich-Stoßen, ein gemeines Reiben und Treten verwickelt waren. Die Beine der Staffelei des Malers Sefer, der sich wie üblich zum Porträtieren am Schandkasten eingestellt hatte, waren im Gedränge mehrfach verbogen worden und sahen nun aus wie dünne Insektenbeinchen.

Unter dem Kasten stand regungslos sein neuer Aufseher. Er war stämmig, hatte buschige Augenbrauen und verdrießliche Kiefer, deren viereckige Form sich in den Schultern und überhaupt seinem ganzen Körper fortzusetzen schien, der in einen gleichfalls viereckig wirkenden Mantel gehüllt war. Seine Aufseheraugen fixierten unentwegt den Kasten. Weil er so klein war, hatte er, wenn er feststellen wollte, was sich in der Menge tat, kräftig den Hals zu recken, und sollte sein Blick das Café gegenüber erreichen, mußte er sich auf die Zehenspitzen stellen.

Wie stets an solchen Tagen (der Wirt unterteilte die seinen in »Kopftage« und schlicht Tage) war das Café voll. Der Wirt tauchte immer wieder zwischen den Tischen auf, in der Hand das Kaffeekännchen, in dessen kupfernem Glanz das gleiche verhaltene Lächeln zu liegen schien wie auf dem Gesicht des Besitzers.

»Die Leute sind doch wunderlich und böse«, meinte er, während sich der schwarze Kaffeestrahl in die dickwandige Tasse ergoß. Der Strahl wurde dünner, blasser und löste sich schließlich in kleine Tröpfchen auf. Als bei dem Gast keine Zeichen von Unmut sich einstellten, fuhr der Wirt fort: »Seit es diese Nische in der Mauer gibt, habe ich immer wieder gesagt, ein Loch, das die Regierung macht, bleibt niemals leer. Doch die Menschen sind böse und unverbesserlich.« Der Wirt durchforschte aufs neue die Miene des Gastes, der seinen Kaffee zu schlürfen begonnen hatte. »Es wird immer Leute geben, die den Kopf zu hoch tragen und damit durch die Wand wollen und ihn sich dabei einrennen. Dann werden sie, wen wundert's, um diesen Kopf kürzer gemacht, damit die Leute, die ihn sich im Ibret Tasch ansehen, denken: So etwas wird mir nie passieren! Sie sagen es, doch gleich darauf reitet sie der Teufel, und sie machen genau das, was sie nicht machen sollen. Siehst du zum Beispiel diesen Knirps von Aufseher dort? Er tut erst seit ein paar Tagen hier Dienst. Vorher gab es da einen anderen, Abdullah hieß er.«

»Richtig, wo steckt er denn, der andere?« sagte der Kunde schließlich und sah zum Wirt auf. »So ein langer, dünner Kerl, wenn ich mich nicht täusche. Er sah doch ganz anständig aus.«

»Ja, wirklich«, erwiderte der Kaffeehausbesitzer. »Ich habe alle Kastenaufseher gekannt. Ihn auch. Er kam nach den Dienststunden manchmal auf einen Kaffee vorbei, dann saß er an dem Tisch dort in der Ecke. Er war eigentlich ganz vernünftig und anständig, doch dann, es war am letzten Samstag, geschah etwas Schreckliches.«

»Sieh einer an!« sagte der Gast, nun mit echtem Interesse.

»Es passierte etwas wirklich Erstaunliches«, fuhr der Besitzer fort. »Mitten im Dienst lief dieser rechtschaffene und schlichte Mann plötzlich rot an, die Adern an seinen Schläfen traten hervor wie Blutegel, er krümmte sich, und ganz verzerrt, wie ein Betrunkener, schwankte er die Holzstufen beim Kasten hinauf und begann auf die Menge hinunterzubrüllen.«

»Sieh an, sieh an«, meinte der Gast wieder. »Das ist wirklich ganz unglaublich.«

»Aber am schrecklichsten war, was er schrie«, sprach der Wirt weiter. »Viele Leute hielten sich die Ohren zu, damit man ihnen nachher nicht vorwerfen konnte, sie hätten hingehört, und andere rannten einfach weg.«

»Und was hat er gerufen?« fragte der Gast.

»Ach, was denn nicht, Effendi.« Der Wirt senkte die Stimme. »Gräßliche Dinge.«

»Sieh einer an«, meinte der Gast.

»Er beschimpfte staatliche Einrichtungen, die heiligen Monumente, alles, einfach alles, und am Schluß kreischte er heiser los: Ich bin ein Rebell, habt ihr gehört, ein Rebell. Schlagt mir den Kopf ab, schlagt ihn ab und legt ihn dort hinein, und er zeigte auf den Kasten.«

»Komisch«, sagte der Gast. »Und, hat man ihm wirklich den Kopf abgeschlagen?«

Der Wirt stutzte einen Moment, wobei er den anderen erstaunt anschaute.

»Nein, Effendi«, sagte er unbeteiligt. »Das geht doch nicht. Den Kopf abschlagen, in den Schandkasten legen ... Das war doch sein Größenwahn. Das gibt es doch nicht.«

»Was hat man denn sonst mit ihm angestellt?« fragte der Gast mit einer gewissen Ungeduld. »Befördert wird man ihn dafür ja wohl nicht haben.«

»Natürlich nicht«, antwortete der Wirt. »Er hat nach dem Gesetz seine Strafe erhalten. Doch kein Kopfabschlagen und noch weniger Ibret Tasch. Das wäre gegen alle Regeln gewesen.«

»Also, wie hat er nun geendet?«

Der Wirt kicherte.

»Wie er geendet hat? Das ist doch ganz einfach, Effendi. Rebellen dieser Sorte, die kleinen Rebellen, wie man sie nennt, werden nachts in den Sumpf Batak Avdi gebracht. Kennst du den Batak Avdi im Westen der Stadt? Dort, an einer seichten Stelle, erdrosselt man sie mit einer Bogensehne.«

»Ach ja, ich habe schon davon gehört, aber ich dachte, das geschieht nur mit Frauen, die das eheliche Gelöbnis brechen.«

»Die bringt man auch dorthin«, erwiderte der Wirt. »Aber auch noch eine andere Sorte von Übeltätern. Alles hat seine Regeln.«

»Wirklich komisch.«

»Der Mensch ist von Natur aus schlecht . . .«, fuhr der Kaffeehausbesitzer fort, brach jedoch ab, offenbar, weil man ihn gerufen hatte. Es war ein leises Quietschen wie von einer schlecht geschmierten Nabe, doch zur Verwunderung des Gastes erreichte es sogleich das Ohr des Wirts. »Entschuldige, Effendi«, sagte dieser und wandte sich nach dem Tisch, an dem, düster wie stets, die ehemaligen Herolde des Staates saßen.

Währenddessen war der Platz in dem dünnen Regen, der unverändert darauf hernierderrieselte, voll wie immer. Das Geräusch, das darüber lag, glich dem zähen Plätschern eines dicken und schweren Wassers von jener finsteren Art, die zwischen den Granitwänden einer Zisterne eingesperrt ist, mit Balken darüber und narbig von den Eisenhaken, die in seiner Tiefe versunken sind.

Während sie Hurschid Paschas Haupt betrachteten, kam vielen die Frage nach Ali Tepelena. Was ist denn mit Ali Paschas Kopf geschehen? Vorgestern war er noch hier, mit eigenen Augen habe ich ihn gesehen. Es heißt, es werde wieder Bewegung in die Bronzepreise kommen. Natürlich! Ali Paschas Kopf? ein Derwisch hat ihn am Rand der Stadt begraben. Aber sein ganzer Schatz ist noch immer nicht gefunden. Die Bronzekurse können doch nicht so rasch in Bewegung geraten. Ich habe etwas von den Opiumpreisen gehört. Der Schatz ist nirgends zu finden, doch der Grundbesitz war ja nun wirklich nicht zu verbergen. Ein paar hundert Leute sind dabei, ihn mit Latten, Seilen und allen möglichen anderen Werkzeugen und Instrumenten zu vermessen. Was für ein Besitz! Am Rand der Stadt, bei den alten Mauern von Byzanz, gibt es einen öden Flecken, dort hat man seinen Kopf begraben ...

Die Staffelei des Malers Sefer war offenbar schon wieder in das Gedränge geraten, denn sie war nicht nur lädiert, sondern dem Künstler schien im Ansturm auch der Pinsel ausgerutscht zu sein, oder ihm war die Farbe verlaufen, denn genau am Hals des gemalten Kopfes war ein dünner Faden entstanden. Da die verlaufene Farbe zufällig schwarz war, glich der Faden einem Gerinnsel schwarzen Blutes, das verspätet aus Hurschid Paschas abgeschnittenem Kopf floß.

Wem gehört dieser Kopf? fragte ein Neuankömmling. Die anderen drehten sich überrascht um: Ja, bist du denn von dieser Welt, Mann? Liest du keine Zeitungen? Hörst du denn nicht den Herolden zu? Die schreien sich schon den ganzen Tag über die Kehle wund. Und wieder ging alles im allgemeinen Getöse unter: Gibt es schon einen Ferman über Albaniens neuen Status? Nein, nicht daß ich wüßte! Als ich heute aus dem Büro kam, habe ich mir die Herolde angehört, doch über Albanien war nichts dabei. Offensichtlich nimmt dort die Armee die Dinge in die Hand. Das glaube ich nicht. Möglicherweise nicht. Es heißt sogar, die Militärs seien ein wenig ungehalten darüber. Und ich habe gehört, komm doch ein bißchen näher, also ich habe gehört, gestern sei im Tabir Serail ein Traum eingetroffen, woher, weiß man nicht, ein Traum ... Ein Traum? Ja, die ganze Nacht über haben die Spezialisten ihn zu deuten versucht. Brrr, da läuft es einem ja kalt den Rücken hinunter.

Am späten Nachmittag endete der Regen, und an der Schwelle zum Abend wölbte sich über dem westlichen Teil der Hauptstadt ein Regenbogen.

Der Platz war noch gefüllt zu dieser Dämmerstunde. Man erzählte sich, aus den staubigen Fernen Anatoliens habe ein

Kurier des Tabir Serail einen wichtigen Traum gebracht. Was mag das wohl für ein Traum sein? fragten sich die Leute auf dem Platz, hat er etwas mit dem Albanien-Ferman zu tun? Doch niemand wußte etwas zu sagen. Bekannt war nur, daß im Palast der Träume die Lichter bis zum Morgengrauen nicht ausgegangen waren, was bedeutete, daß man sich die ganze Nacht über mit seiner Interpretation befaßt hatte. Morgen nachmittag, so habe ich gehört, wird der Traum dem Herrscher vorgelegt, sagte jemand. Offenbar hängt Albaniens weiteres Schicksal von ihm ab.

Die Menschen wandten sich in die Richtung, in der sie den Winterpalast des erhabenen Padischah vermuteten, und schüttelten die Köpfe, als ahnten sie, was der Traum besagte, der von so weit her gekommen war.

Auf dem Platz vor dem Schandkasten schlug derweilen das ewig gleiche menschliche Tosen stumpf gegen die granitenen Mauern. Immer wieder dieses ferne Land. Bitte, sag mir doch noch einmal den Namen, den sie selber benützen. Shq... Shqi... das läßt sich ja gar nicht aussprechen. Wirklich, das will einem nicht über die Zunge. Auch die Bedeutung ist nicht so einfach, glaub mir, ich verstehe sie selbst nicht ganz. Shqip... Shqiprer... eine wirklich schwierige Bedeutung, irgend so ein Vogel mit blutigen Federn, kreist in der Luft, inmitten von Stürmen, wie soll ich nur sagen, o Allah.